CW00688957

RENÉ CHAR

Éric Marty est né en 1955 à Paris, agrégé de lettres, il est professeur à l'Université Paris VII. Il a publié aux Éditions du Seuil un roman, *Sacrifice* (1992) et des essais, notamment *L'Écriture du jour* (1985). Il est aussi l'auteur de *André Gide* (La Manufacture, 1987), *Louis Althusser, un sujet sans procès* (Gallimard, 1999), et *Bref séjour à Jérusalem* (Gallimard, 2003).

aux mêmes éditions

L'Écriture du jour, le journal d'André Gide
1985

Sacrifice
« Fiction & Cie », 1992

Édition des Œuvres complètes
de Roland Barthes (3 tomes), 1993-1995.

Roland Barthes, le métier d'écrire
« Fiction & Cie », 2006

chez d'autres éditeurs

André Gide
La Manufacture, 1987
(réédition La Renaissance du Livre, 1998)

Édition du Journal 1887-1925 d'André Gide
Gallimard, coll. « Bibliothèque de la Pléiade », 1996

Louis Althusser, un sujet sans procès
Anatomie d'un passé très récent
Gallimard, coll. « L'infini », 1999.

Bref séjour à Jérusalem
Gallimard, « L'Infini », 2003

Jean Genet, post-scriptum
Verdier, 2006

Éric Marty

RENÉ CHAR

Éditions du Seuil

TEXTE INTÉGRAL

ISBN 978-2-7578-0338-7
(ISBN 2-02-011525-5, 1re publication)

© Éditions du Seuil, mars 1990

Pour Christine

Le poème
est l'amour réalisé
du désir
demeuré désir.
RENÉ CHAR

Avant-propos

René Char est né le 14 juin 1907, il est mort le 19 février 1988. L'œuvre qu'il a écrite est là, disponible sous la forme des *Œuvres complètes*, parues de son vivant dans la collection « La Pléiade » en 1983, et dans quelques recueils publiés à part, comme *La Nuit talismanique, Voisinages de Van Gogh* ou *Éloge d'une Soupçonnée* réintégrés de manière posthume au grand ensemble. Bien que René Char ait été commenté par de grands écrivains comme Maurice Blanchot, André du Bouchet ou Jacques Dupin, il me semble que nous nous trouvons devant son œuvre comme les contemporains de Marcel Proust, une fois le dernier tome de *À la Recherche du temps perdu* publié : il nous reste à la lire.

Ce livre n'est pas une biographie. La notice en fin de volume y suppléa : trop de documents font défaut, et sa correspondance avec Georges Braque, Nicolas de Staël, Martin Heidegger ne sera consultable que dans une dizaine d'années. Sans doute faudrait-il aussi à René Char une Nadejda Mandelstam ou une Lou Andréas-Salomé pour parler de lui, comme celles-ci l'ont fait pour Ossip Mandelstam et Rainer Maria Rilke.

Il s'agit donc ici de lire et de présenter la poésie de Char. Depuis le premier poème commenté, *Déclarer son nom*, jusqu'au dernier, *Madeleine à la veilleuse*, ce livre se donne, de bout en bout, comme une interrogation sur l'hermétisme. René Char, comme Paul Celan (qui l'a traduit en allemand), ou Mandelstam (que Char, aidé de Tina Jolas, a traduit du russe), est un poète difficile : il appartient comme eux à une génération que les deux grandes fractures du XXe siècle (le nazisme et le communisme soviétique) ont mutilée. Cependant, Char a survécu à la lutte armée qu'il a menée contre les nazis, et il n'est pas, selon la formule consacrée, le poète « de l'impossibilité du poème depuis Auschwitz ». Si « la signification manque », ce n'est pas du fait de l'histoire : « L'obsession de la moisson et l'indifférence à l'histoire sont les deux extrémités de mon arc », écrit-il dans *À une sérénité crispée*. Bien que dans son combat et dans les risques mortels encourus il ait approché au plus près du Mal, il sera partisan, après la guerre, « d'effacer les traces et de murer le labyrinthe ». Ce retrait, qui est le contraire d'un oubli, n'a pas seulement une valeur politique, il est, à proprement parler, une décision poétique.

Son hermétisme ne relève pas plus de l'histoire politique que de l'histoire littéraire. Char, malgré sa participation au groupe surréaliste de 1929 à 1934, malgré l'intense collaboration qu'il a nouée avec des peintres comme Braque ou Matisse, malgré celle qui a amené Pierre Boulez à mettre en musique *Le Marteau sans maître* et *Le Visage nuptial*, ne peut être, comme on le verra, identifié à ce mouvement qu'on a appelé la modernité.

Aussi, pour comprendre le poème de René Char, ne suffit-il pas d'en faire le pion d'un système conceptuel donné d'avance ; il faut le lire. De ce fait, il nous est parfois arrivé de citer un poème dans son intégralité et de le commenter assidûment ; certains chapitres ne sont consacrés ainsi qu'à deux ou trois poèmes. Le lecteur excusera l'austérité de ces quelques passages, qu'une lecture de l'œuvre en diagonale aurait peut-être rendus plus attrayants, mais, me semble-t-il, moins féconds.

C'est ainsi que, peu à peu, de la lecture des poèmes a pu apparaître la logique d'une démarche tout entière animée du désir de comprendre.

Le livre comporte cinq parties. Dans « Les horizons du poème », il y est question de l'immédiat : *l'enfance, le paysage, la maison*, trois thèmes enracinés dans la poésie de Char. En sous-titre, au-delà même de cette exploration, j'indique les trois niveaux d'expérience qui se jouent : *l'épreuve sensible, l'épreuve ontologique, l'épreuve hermétique*. Char est un poète dont le langage puise ses ressources dans la proximité de son environnement ; mais ce qui le définit davantage, c'est que sa perception ne se réduit pas à celle d'une sensibilité ; elle est tout aussitôt abstraction au travers de laquelle le donné immédiat se convertit en une interrogation sur l'Être : l'enfance, c'est la conquête de la Parole, le paysage, c'est l'accession à la Terre, et la maison se révèle comme demeure impossible. Bref, ce qui est à l'origine – l'enfance, le paysage, la maison – est le support au travers duquel toute fondation apparaît comme chancelante. En s'ouvrant à l'immédiat, ce n'est pas la plénitude de l'expérience sensible qui est offerte, mais c'est l'hermétisme de toute présence.

Ce renversement thématique appelle à son tour une question : à partir de quelle poétique cela est-il possible ? La deuxième partie du livre est un commencement de réponse. Le poème se définit dans son essence poétique comme une interrogation des *similitudes*. Cette notion peut être envisagée sous plusieurs formes : rhétorique (les figures : métaphores, métonymies…) ou thématique (théorie des correspondances, des analogies…). Pour l'aborder, j'ai préféré partir d'une locution presque emblématique de l'œuvre de Char : celle de *Commune présence*, qui n'est pas seulement le titre d'un de ses poèmes, mais aussi celui d'une très belle anthologie de son œuvre, et qui a été utilisée, en connivence, par les traducteurs de Heidegger, dans la version en français du célèbre texte *L'Origine de l'œuvre d'art*. La *Commune présence* est une notion apparemment euphorique, elle semble célébrer la réconciliation des choses, des êtres et de la terre ; pourtant, au travers de cette locution, la *similitude* devient, chez René Char, une interrogation sur la séparation des êtres et des choses, des choses et de la terre. Si René Char a pu être sensible à la philosophie « des contraires » chère à Héraclite, c'est peut-être, c'est sans doute qu'il retrouvait en elle le tragique originel qui compose et déchire la « commune présence » : « énergie disloquante de la poésie ». Ainsi, la solitude des choses, des êtres et de la terre est ce qui sans cesse divise les similitudes.

Si chaque chose est séparée de sa semblable, elle se révèle alors, à la lettre, *hermétique*. La troisième partie du livre porte ce titre : « L'hermétisme ». Être hermétique, ce n'est pas utiliser des symboles occultes ou se réfugier dans un simple ésotérisme ; une telle attitude est nécessairement factice tant elle semble codée par avance. C'est au contraire percevoir dans cette séparation des choses, la possibilité du dévoilement d'une vérité : une vérité physique et métaphysique du monde, mais aussi une vérité éthique ; plus encore, dira-t-on, car elle les rassemble toutes, une vérité poétique. C'est pourquoi, dans cette partie, je me suis particulièrement penché sur les langages de Char : la présence du langage alchimique, la fragmentation, la référence gnostique ou cabalistique. Le langage hermétique est le mode de connaissance poétique du monde ; en cela, il s'oppose à tous les discours exotériques, c'est-à-dire aux discours qui prétendent faire du sujet le centre et l'origine du savoir, et qui, de ce fait, réduisent les êtres, les choses et la terre à n'être que des objets transparents et manipulables. Je me suis attaché à trois de ces discours exotériques : le discours de l'histoire, le discours de la religion (le christianisme occidental) et le discours de la technique. Pour la pensée hermétique, à l'inverse, le monde est chiffré, et c'est lui qui nous assigne en un espace occulte de la Création.

La quatrième partie de ce livre est tout entière consacrée à ce mot de Création. Je tente, au travers de diverses pistes, de montrer pourquoi la Création, dans la poésie de Char, est récusée tout à la fois comme modèle pour penser notre être et notre faire, mais récusée aussi en tant qu'elle est catastrophe. Au mieux, la démiurgie est le modèle au travers duquel notre présence et notre séjour terrestres reçoivent une image contrefaite ; au pire, elle est perçue comme tragédie et comme chaos ; on retrouve là l'hermétisme gnostique et aussi celui de la pensée juive de la cabale qui faisait dire à Mandelstam : « Tout l'élégant mirage de Saint-Pétersbourg n'était qu'un rêve, un voile étincelant jeté sur l'abîme, tandis que je voyais s'étendre autour de moi le chaos du judaïsme – ni patrie, ni maison, ni foyer, mais bel et bien chaos, monde utérin inconnu d'où j'étais sorti... » C'est dans cette partie du livre qu'il sera question, outre le refus du modèle chrétien et plus encore de son successeur, le modèle démiurgique de la technique, de l'attitude de Char pendant la Seconde Guerre mondiale, tout aussi bien de sa violence, de son énergie et de son désarroi que de la manière dont il perçoit le nazisme comme répétition du chaos originel de la Création.

Le livre s'achève abruptement, sans conclusion, avec la cinquième partie, consacrée au Désir. Mon but, en terminant par là, n'était évidemment pas de donner, au final, un son de cloche plus optimiste. Char, au travers de la lecture de ses poèmes, apparaît comme un homme qui a beaucoup désiré ; c'est peut-être dans la mesure même de son désir qu'il a pu élaborer cet univers poétique qui ne ressemble à aucun autre. Au cœur du questionnement de la présence et de la séparation, il y a le désir : dernière vertu ontologique à sauvegarder. Le désir, en tant qu'il est « amour réalisé du désir demeuré désir », nous enjoint de comprendre en quoi la séparation, la non-possession ne sont pas une négativité de l'Être, mais qu'elles permettent, au contraire, à la présence d'être sans cesse accrue, sans cesse agrandie, d'être dans une surabondance où toute chose, comme dans une œuvre d'art, nous est accordée. « L'éclair me dure », c'est par ce fragment de René Char que ce livre se termine : en trois mots, il dit tout cela.

Les horizons du poème

L'épreuve sensible
L'épreuve ontologique
L'épreuve hermétique

1

L'enfance

L'imaginaire, c'est le réel déjà – avant les
résultats. Un réel ayant les traits d'un gar-
çonnet mal rassuré au milieu de périls qui ne
l'ont pas encore reconnu.

Tous partis ![1]

« L'enfant à l'entonnoir » :
l'expérience du silence

L'affection, la connivence peut-être, qui lie René Char
à Rimbaud, à Rilke ou Proust, c'est cette image de
l'enfant silencieux – au creux de l'œuvre – associant la
parole créatrice à une nécessité muette qui précède et
hante le langage : figures de l'enfant en proie à l'étouffe-
ment de l'asthme, aux « chercheuses de poux », ou au
simple délaissement du temps. Le poème nous fait
entendre cette interminable et vacant instant de l'attente
qui anticipe la prise de parole poétique « à coup de serre-
ments de gorge[2] », et déborde sur elle. Le langage est
alors à ce moment dans sa turbulence la moins maîtri-
sable, et trahit ou excède celui que le réel, au travers de
ses cadres les plus opaques, requiert et agresse, appelle
ou rejette.

Le poème *Déclarer son nom*, que René Char a mis en

tête de son anthologie *Commune présence*[3], en quelques phrases, figure cela mieux qu'aucun autre :

> J'avais dix ans. La Sorgue m'enchâssait. Le soleil chantait les heures sur le sage cadran des eaux. L'insouciance et la douleur avaient scellé le coq de fer sur le toit des maisons et se supportaient ensemble. Mais quelle roue dans le cœur de l'enfant aux aguets tournait plus fort, tournait plus vite que celle du moulin dans son incendie blanc[4] ?

La beauté du poème – ce qui nous permet d'atteindre « le plus haut degré du compréhensible » – tient à ce que le poète, à l'occasion d'une épreuve intense, rassemble, en un réseau extrêmement dense d'analogies (« enchâssait »/« scellé », le « cadran »/la « roue »…), l'expérience conjointe de la similitude et de la séparation. L'enfant est à la fois parmi les choses et séparé d'elles, au cœur divisible et concret de l'espace et du temps. C'est parce que la roue du moulin qui le déchire et le fascine est – « dans son incendie blanc » – aussi celle du soleil, c'est parce qu'il est « aux aguets », mais enchâssé par la Sorgue comme le « coq de fer » est scellé sur le toit des maisons, c'est parce qu'il est au partage des choses et partagé par elles que les analogies dévoilent un décalage séparateur : « Mais quelle roue dans le cœur de l'enfant aux aguets tournait plus fort, tournait plus vite que celle du moulin dans son incendie blanc ? » La parole du poème se retourne, se dédouble et s'écarte d'elle-même : commençant à la première personne (« j'avais dix ans »), elle se termine à la troisième, séparation subjective où intériorité et extériorité se succèdent et s'entrecoupent sans pouvoir jamais coïncider.

Deux éléments situent le poème dans le *pays* de René Char : le moulin et la Sorgue, qui constituent son décor natal. Les moulins sont les anciens moulins à papier de L'Isle-sur-Sorgue. La figure de la roue est d'ailleurs omniprésente dans son œuvre : ici, image de l'anxiété, ailleurs, et en écho, figure de la jouissance érotique, comme dans *Envoûtement à la renardière*[5].

Et puis, il y a la Sorgue : « La Sorgue m'enchâssait » : comment entendre une telle phrase ? Elle nous ouvre tout d'abord au paysage du village de l'enfance, L'Isle, dont les maisons sont précisément enserrées dans les bras de la rivière la Sorgue. L'enfant se voit saisi, comme son village, par l'eau. Mais le verbe *enchâssé* signifie plus qu'une simple analogie entre l'enfant et son décor le plus proche : il désigne l'encastrement, l'enfermement des reliques dans une châsse, un coffre, un cercueil ; il désigne la mort et la survie. On mesure toute l'importance de ce mot si l'on se reporte à un poème bien antérieur, un récit de rêve, qui est comme son pendant psychique : *Eaux-Mères* écrit à l'époque dite surréaliste de Char, et publié en 1933, dans *Abondance viendra,* l'un des recueils qui constituera *Le Marteau sans maître*, récit de rêve modèle, tel que les surréalistes pouvaient en produire à cette époque.

Le rêve se situe à L'Isle-sur-Sorgue, dans la propriété familiale des Névons. Le narrateur voit sa mère et son neveu, marchant au milieu d'un fleuve, venir lui apprendre la mort par noyade d'un enfant du nom de Louis-Paul, dont le cadavre n'a pas été retrouvé. Puis le décor change. Le narrateur se trouve maintenant dans les sous-sols de la maison encombrés d'un bric-à-brac alchimique (cornue, four…), et la mère lui apporte alors un cercueil qui contient à ses dires, le cadavre de Louis-Paul, qu'elle appelle le « bâtard d'eau ». Le narrateur ouvre alors le cercueil rempli d'une eau claire sous laquelle apparaît le corps d'un enfant d'une huitaine d'années dont il va s'éprendre malgré son apparence monstrueuse, et qu'il va tenter de ranimer. L'enfant, en fait, n'est pas mort, et un amour profond se noue entre le narrateur et lui.

Interpréter le rêve serait en soi sans grand mérite tant celui-ci incarne l'archétype du «roman familial» dans lequel, par le biais de l'enfant noyé et bâtard, le sujet, au travers de cette résurrection, affirme sa propre souveraineté et sa renaissance; le rôle du matériau alchimique contribue, bien sûr, à cet idéal d'une autogénération de soi-même : notons simplement que ce poème, écrit à Saumanes, dans le Vaucluse, haut lieu sadien, n'échappe pas à l'impératif d'exécration des mères que Char partage avec Sade. Une psychanalyse conventionnelle du poème serait d'autant plus périlleuse que, comme certains rêves surréalistes, il est de part en part *truqué*, jeu d'écriture, puisque toute la seconde partie du texte est la parodie dissimulée du chant II des *Chants de Maldoror*[6].

«La Sorgue m'enchâssait» : à la lueur du récit de rêve, cette phrase de *Déclarer son nom*, sur laquelle on s'était arrêté, s'éclaire cependant davantage. La situation de l'enfant du rêve, qui a une huitaine d'années, noyé dans un cercueil rempli d'eau, préfigure concrètement – seul le rêve permet ce *réalisme* – la métaphore voilée et irréelle de l'enfant *enchâssé* dans l'eau de la Sorgue. L'enfant de dix ans n'est pas seulement, comme sa ville, emprisonné dans les bras de la rivière; il est aussi celui qui, déchiré par la roue du soleil, est immergé dans le «cadran des eaux». Ce que le rêve développe et donne à voir, le poème le condense en une extrême économie verbale. On saisit au passage l'évolution d'une écriture passant de la rhétorique surréaliste des années 1930, qui s'exerce à la figuration onirique, à une parole non-figurative, dont le laconisme est décisif.

Il reste néanmoins que l'écart temporel qui sépare les deux poèmes (près de trente ans, puisque la première publication de *Déclarer son nom* est de novembre 1959) atteste et vérifie l'authenticité d'une métaphore qui est, en effet, inscrite au centre de la poétique de Char. À la croisée de ces deux poèmes, ce titre, au premier abord énigmatique, *Déclarer son nom*. Tel est bien aussi l'enjeu de l'enfant bâtard, de celui qui se rêve tel, né de lui-même ou de son silence, de cet enfant noyé qui veut réapparaître : à la surface élémentaire du monde.

À mesure, pourtant, que l'image de l'enfant immobile et souffrant revient sous forme de variations dans l'œuvre de Char, il apparaît que la répétition insistante de cette figure l'éloigne progressivement de la référence biographique pour en creuser hermétiquement le sens poétique. Ainsi, ce bref poème, au titre étrange, *L'Enfant à l'entonnoir* :

> Un rêve est son risque, l'éveil est sa terreur. Il dort. Si un vœu à l'écart, s'enfuyant de lui, pouvait être encore lancé, le petit dormeur, qu'il s'élève dans l'air, un maillet au poing, sinon il sera lié au cerceau du tonnelet par des mains expertes ! Il dort. La noria et le raisin ne se guettent plus l'un l'autre. Druidique, il dort. Bredouille le miroir, parle au cœur le portrait. Et s'éveille à lui-même [7]. »

On retrouve dans ce poème les éléments présents dans les deux autres : le rêve, l'enfermement familial (« il sera lié au cerceau du tonnelet par des mains expertes »), les figures disjointes de la roue et du cœur reprises ici par la noria et le raisin. Cependant, alors que *Déclarer son nom* laisse l'angoisse enfantine de l'écrasement et du délire intérieur sans réponse, ce poème ouvre la terreur schizophrène à une alternative : « Si un vœu à l'écart, s'enfuyant de lui, pouvait être encore lancé, le petit dormeur, qu'il s'élève dans l'air, un maillet au poing, sinon... » La mention du maillet fait bien sûr songer au marteau du *Marteau sans maître*, première grande œuvre de Char, « symbole » de la création poétique que l'enfant est invité à brandir pour exorciser les effrois aliénants des contes et des légendes par lesquels le monde adulte le ligote : l'enfant attaché au tonneau, c'est la légende de saint Nicolas.

Par ailleurs, à l'espèce de fusion maternelle, tendre et narcissique qui, dans *Eaux-Mères*, noue le narrateur à l'enfant, c'est-à-dire à lui-même, s'oppose, à la fin de ce poème, une autre issue : « Druidique, il dort. Bredouille le miroir, parle au cœur le portrait. Et s'éveille à lui-même. » Dans ces dernières lignes, la tentation narcissique du miroir est écartée au profit d'une figure : « Parle au cœur le portrait », comme si la conquête du *maillet* permettait une autre saisie de soi, neuve et apaisée : le rêve alors n'est plus son risque, et l'éveil, sa terreur. Il dort, puis « s'éveille à lui-même ».

L'enfant à l'entonnoir, c'est l'enfant fou, l'enfant schizophrène et prisonnier de *Déclarer son nom*, mais qui, précisément, aurait atteint à une forme de grâce et de sacré, à l'écart des roues inversées et tournoyantes : « Druidique, il dort. » Avec son maillet, il fait songer au dieu silvain, le « dieu au maillet », honoré à Glanum, site gaulois proche de Saint-Rémy-de-Provence loué par René Char[8], et par son miroir, à Zarathoustra, au moment de son rêve, au début du livre II de Nietzsche.

On assiste ainsi dans l'œuvre de Char, comme chez Proust, à des suites de variations nouées et énigmatiques qui viennent mystérieusement se résoudre à l'occasion d'un poème. Entre *Eaux-Mères*, qui date de 1933, *Déclarer son nom*, paru dans les années 1960, et *L'Enfant à l'entonnoir*, écrit dans les années 1978-1979, s'esquisse obliquement le cheminement autour d'une même image de la violence de l'enfant sans langage.

Char y délaisse peu à peu le motif psychologique de l'enfant bâtard, pour désigner dans cette épreuve du silence un autre degré de dévoilement : la naissance du poème. C'est ainsi qu'il faut entendre, à la suite de *L'Enfant à l'entonnoir*, ces vers occultes extraits de *Gammes de l'accordeur*.

> Au désert d'agonie, sans pleurs au retour,
> La pendule bloquée et la fenêtre lente,
> Moi debout en sueur et vous secs en dedans,
> Ni meilleurs ni pires, nous murerons le four
> Et ouvrirons la chambre où guérit l'enfant bleu[9].

Cet *enfant*, bleu comme l'enfant noyé, enfermé comme ses doubles, se révèle ici, non plus comme l'objet du poème, mais comme le poème lui-même. L'opération alchimique est achevée, et le four, qui dans *Eaux-Mères* accompagnait l'alambic, est muré. L'« enfant bleu », qui, dans sa chambre, guérit, a, dans son sommeil, quelque chose de l'enfant à l'entonnoir, de celui en qui tournoient la roue et le cœur, ou de l'enfant du rêve : comme eux, il est pris entre une roue défaillante (la « pendule bloquée ») et une clôture (la « fenêtre lente »), comme eux, il est l'*enfant* : sur lui se penche le poète, celui qui a arraché la parole au silence.

Une différence, pourtant : la parole qui l'entoure n'est plus une parole personnelle ou autobiographique parlant au passé de souffrance ou de guérison. C'est le Nous de la parole et son futur qui sont convoqués : « Nous murerons le four et ouvrirons la chambre... » Char, avec l'âpreté allégorique qui lui est chère, éloignant ici les rémanences anecdotiques de son propre vécu, confère à l'image de l'enfant non point la simple place rimbaldienne ou proustienne d'une scène primitive, mais lui accorde, au contraire, le privilège d'un sens et d'une valeur *eschatologiques*, c'est-à-dire qui portent sur le devenir et le destin de l'entreprise poétique elle-même : « Nous […] ouvrirons la chambre où guérit l'enfant bleu. »

Ce n'est pas que *Gammes de l'accordeur* seraient une sorte de « dénouement » des poèmes cités précédemment, ou même une synthèse de ceux-ci. L'œuvre de Char ne se lit pas comme un roman, même labyrinthique, à partir duquel on pourrait retracer la trame d'une vie ou d'un destin à l'aide de quelques clés. Ce qui est certain, c'est que l'image de l'enfant silencieux revient dans son œuvre, mais chaque fois de moins en moins lisible comme une simple confidence. L'hermétisme de *Gammes de l'accordeur* vide le poème de tout appui anecdotique, tout en tissant des liens étroits et cryptés avec les poèmes antérieurs qui permettent de l'élucider. Ce n'est plus alors une *image*, même la pure image de l'enfant de la Sorgue, qui est dévoilée, mais une interrogation sur le silence, et sur le lien de ce silence avec la parole poétique. Il s'agit, pour Char, de s'ouvrir, au travers de ces variations, à un savoir sur sa propre parole et à ce qui en conditionne le sens et le destin : le silence, donc. Commencer à écrire – geste de chaque poème – répète l'expérience impersonnelle de la dépossession à laquelle l'enfance semble fatalement vouée :

> … nous murerons le four
> Et ouvrirons la chambre où guérit l'enfant bleu.

S'ouvrir à nouveau à sa parole.

Le chant de la terre : le don de la parole

À côté de la roue du moulin qui enclot l'enfant dans son silence, il est une autre roue, celle du chant circulaire du grillon, qui, elle, est, au contraire, sa chance. La première, angoissante, figure le mouvement perpétuel et vertigineux. Le cercle sonore que le chant du grillon dessine est, à l'inverse, fragmenté et intermittent[10]. C'est parce que son chant, plutôt que d'introduire le vertige du tournoiement, est avant tout interruption, c'est-à-dire *rythme*, que l'amitié se noue.

Si Char, dans *Jouvence des Névons*, décrit dans les premières strophes un enfant sans ami et un « ruisseau sans talus », soudain quelque chose a lieu :

> Dans le parc des Névons
> Un rebelle s'est joint
> Au ruisseau, à l'enfant,
> [...]
> Dans le parc des Névons
> Mortel serait l'été
> Sans la voix d'un grillon
> Qui, par instant, se tait[11].

Les Névons, c'est le nom de la propriété familiale de Char à L'Isle-sur-Sorgue, celle-là même où se situait le rêve d'*Eaux-Mères*. Les choses sont disjointes : un « ruisseau sans talus », un « enfant sans ami », la mort est l'horizon de l'été. Mais à la séparation inerte et passive du monde s'est ajouté l'être de la séparation *désirée* : un « rebelle » qui, alors, lui donne sens, tout comme son silence donne sens à l'émergence de son chant : « Dans l'enceinte du parc, le grillon ne se tait que pour s'établir davantage », écrit Char, en épigraphe au poème, comme pour ponctuer les deux derniers vers et particulièrement le « qui, par instant, se tait ». La présence bienfaisante du grillon ne vient pas de ce qu'il apporte de nouveau, mais tient à ce que son apparition confirme la séparation des choses en la retournant. Un rebelle s'ajoute à deux solitaires (le ruisseau et l'enfant), et le silence se joint au silence. C'est en ce que le réel se voit redoublé qu'il prend sens, et permet à l'enfant, dans l'enceinte de ce parc, au méridien de cet été, de *s'établir* lui aussi.

S'établir, c'est la condition pour commencer à parler.

En épilogue à un autre poème intitulé *Hommage et famine*, et comme sans rapport avec l'éloge ambigu de la femme qui le précède, Char écrit :

> (Il faisait nuit. Nous nous étions serrés sous le grand chêne de larmes. Le grillon chanta. Comment savait-il, solitaire, que la terre n'allait pas mourir, que nous, les enfants sans clarté, allions bientôt parler[12] ?)

Le grillon, solitaire une fois de plus, possède tout à la fois un savoir sur la terre – la terre comme sol, comme matière, et comme planète – et sur la parole, dont il pressent la commune mesure. On songe à ces quelques lignes préfigurantes de Stéphane Mallarmé : « Le grillon a une voix "une", non décomposable en matière et en esprit, il est "la voix sacrée de la terre ingénue" et cela parce que son cri n'est pas pénétré du néant des mots, comme au contraire le chant, à deux pas de là, d'une femme[13]. »

Le moment où l'enfant va parler, va déclarer son nom est un temps particulier : temps dont Mallarmé et Char pressentent que l'humain est absent, temps où il se noue à la terre comme horizon de sa victoire et son établissement poétique. L'humain est absent, disions-nous, et Mallarmé le précise, fût-ce en sa plus intense présence : la femme. Il est significatif et étrange que, de la même manière, Char, dans *Hommage et Famine*, sépare et oppose ces quelques lignes qui célèbrent l'alliance de l'enfant et du grillon du reste du poème consacré à la femme.

Le double savoir du grillon associe donc l'enfant à la terre et à la parole, à l'intérieur d'un temps particulier :

« … la terre n'allait pas mourir… » et « nous, les enfants sans clarté, allions bientôt parler ». Un même auxiliaire (*aller*) pour deux temps symétriques qui se croisent : la survivance et le commencement. « N'allait pas mourir… », « … allions bientôt parler » : dans la juxtaposition de la terre et de la parole, il est conféré au poème sa véritable dimension temporelle : celle d'un commencement absolu.

Entre le grillon du parc des Névons qui, « par instant, se tait » et ce grillon nocturne qui se met à chanter, il y a un lien et un intervalle très mystérieux qu'il est difficile de définir. C'est le moment où l'homme naît à la terre qu'il piétine : moment obscur. On passe d'un site où ce qui nous supporte et nous entoure (la prairie, le ruisseau, le talus) est encore disjoint à un autre espace où la parole peut advenir, parce que l'humain est soudain averti que son territoire – la terre – est vivant. C'est pourquoi le grillon qui se tait pour mieux s'établir et celui qui se met à chanter pour annoncer la parole ne font qu'un, ils forment les deux moments d'une même naissance.

Dans le chant du grillon, l'enfant a perçu une mesure : la mesure d'un au-delà de son paysage, et, simultanément, la mesure d'un autre temps. Le silence est effrité.

« La Torche du prodigue » : le don de l'écriture

À l'origine du poème, il y a donc le sommeil de l'*enfant bleu*, et puis la parole commençante de celui que le grillon accompagne. À cela il faut ajouter une nouvelle étape, celle par laquelle *vient* l'écriture :

> Comment me vint l'écriture ? Comme un duvet d'oiseau sur ma vitre, en hiver. Aussitôt s'éleva dans l'âtre une bataille de tisons qui n'a pas, encore à présent, pris fin [14].

Alors que la parole, émanant de soi-même, surgit difficilement du plus profond silence, l'écriture, à l'inverse, dans ce cinquième fragment de *La bibliothèque est en feu*, est présentée comme ce qui vient à soi. « Comment me vint l'écriture ? » À la virtualité douloureuse de la parole qui agite celui qui se tait encore, se substitue une autre forme de naissance. L'épreuve est remplacée par le don.

Pourtant, le don de l'écriture n'a rien d'élémentaire. Il croise en lui deux matières, le duvet et le tison, deux espaces, le dehors et l'âtre, deux mouvements, la chute de la plume et l'élévation du feu.

À l'origine de cette alliance des contraires, il y a deux confrontations avec la mort. Celle de la grand-mère maternelle du poète évoquée dans un poème de jeunesse, *Le Veilleur naïf*, dans lequel l'agonie est racontée :

> L'ange des mutilations avait frappé à la persienne
> De son aile large et muette
> Dans l'âtre les bûches frémirent
> Ne s'effritèrent plus [15].

La seconde mort est celle du père, remémorée dans un poème plus tardif, *Le Bruit de l'allumette* :

> J'ai été élevé parmi les feux de bois, au bord de braises qui ne finissaient pas cendres. Dans mon dos l'horizon tournant d'une vitre safranée réconciliait le plumet brun des roseaux avec le marais placide. L'hiver favorisait mon sort. Les bûches tombaient sur cet ordre fragile maintenu en suspens par l'alliance de l'absurde et de l'amour. (...) Le héros malade me souriait de son lit lorsqu'il ne tenait pas clos ses yeux pour souffrir [16].

L'analogie entre ces deux poèmes et le fragment de *La bibliothèque est en feu* dévoile clairement la mort de ces deux ascendants comme la métaphore originelle du don de l'écriture : la plume, la fenêtre, l'âtre et les bûches construisent une disposition identique de l'espace s'ouvrant à un même appel du dehors et à un même embrasement du dedans.

L'événement de la mort efface la limite des espaces et la séparation des choses. Par la vitre, à l'appel du duvet de l'oiseau, de la plume angélique ou du plumet des roseaux, se déclenche cette bataille de tisons « qui n'a pas, encore à présent, pris fin ». Ne verra-t-on pas, par la suite, comment la déconstruction de la maison, son ouverture à l'espace libre sont bien la figure la plus exacte de l'écriture pour Char ? Le poète, ici, semble avoir associé le don du poème à la mort de celui ou de celle qui a incarné l'âme du lieu, précisément parce qu'à sa disparition correspond la perte décisive de tout repli et de toute clôture. Dans ces évocations de la mort des ancêtres, il faut cependant moins prêter attention au fait biographique qu'à la figure de dépossession et de donation qui a pour cadre une même utopie de l'espace. Il ne s'agit pas d'en demeurer à un simple regard posé sur la vibration des flammes, mais de poser la seule question importante :

> Comment, faible écolier, convertir l'avenir et détiser ce feu tant questionné, tant remué, tombé sur ton regard fautif[17] ?

comme l'écrit René Char dans un autre poème, *Mirage des aiguilles*.

Détiser ce feu, n'est-ce pas ce que Char a accompli en convertissant les images d'agonie et de deuil en une figure, celle du don de l'écriture, car, il faut le noter, dans le cinquième fragment de *La bibliothèque est en feu*, point de départ de toutes nos remarques, il n'y a nulle allusion à l'une ou à l'autre de ces morts ?

Ces images, René Char les *détisera* aussi dans son dialogue avec Rimbaud, par exemple lorsqu'il voit dans son poème *Génie* celui où le poète s'est décrit comme dans nul autre : « Il est l'affection et le présent puisqu'il a fait la maison ouverte à l'hiver écumeux et à la rumeur de l'été [18]... » On retrouve, dans la première phrase du poème de Rimbaud, l'image de la maison ouverte, celle du croisement du froid et du chaud : ces figures que nous avons découvertes dans le fragment de *La bibliothèque est en feu*. Images que Char reformulera d'ailleurs dans son dialogue avec le poète.

> Il faut vivre Arthur Rimbaud, l'hiver, par l'entremise d'une branche verte dont la sève écume et bout dans la cheminée au milieu de l'indifférence des souches qui s'incinèrent [19].

Nouvelle figuration de la bataille de tisons : l'« hiver écumeux » de Rimbaud apparaît ici comme une autre manière de ressaisir par l'alliance des contraires le moment où l'écriture se donne à nouveau envers et contre la mort, cette fois-ci non plus au travers des images familiales condamnées à disparaître, mais au travers de celle du poète : « Il faut vivre Arthur Rimbaud... » : n'est-ce pas là, à la lettre, « convertir l'avenir » ?

Il faut donc aller plus loin. Il s'agit moins, pour Char, d'assigner à la naissance du poème le pathétique d'un événement que d'en élever les circonstances jusqu'à la butée d'une signification désormais vérifiable, quelles qu'en soient les « attenances ». Les morts ont disparu, reste la figure : le dehors, le dedans, le tison, la plume... L'image s'est purifiée des contingences, du lien biographique pour ne plus servir que la poésie : « Comment me vint l'écriture ? » À cette question cessent de répondre les circonstances ; la figure poétique, seule, témoigne :

« Comme un duvet d'oiseau sur ma vitre, en hiver. Aussitôt s'éleva dans l'âtre une bataille de tisons qui n'a pas, encore à présent, pris fin. »

Cette image qui parcourt toute l'œuvre de Char va d'ailleurs se creuser, se purifier davantage, se densifier, et, au détour d'autres poèmes, faire retour en une forme plus hermétique encore, comme dans ce fragment de *À la santé du serpent* :

> L'encre du tisonnier et la rougeur du nuage ne font qu'un[20].

L'échange entre le dehors et le dedans (le tisonnier et le nuage) n'est plus seulement évocateur d'un accès à l'écriture, il est l'écriture elle-même. Par un croisement renversé des éléments, ce qui ne fait qu'un, c'est l'*encre* (l'écriture) et le feu (son origine). Le poème, dans l'ascèse de la formule, opère une nouvelle réduction du contexte thématique. Ici, plus rien de narratif. Au « Comment me vint… » auquel succédait l'allégorie concrète (« Aussitôt s'éleva dans l'âtre… ») se substitue le rassemblement plus laconique encore des contraires : « L'encre du tisonnier et la rougeur du nuage ne font qu'un » : l'écriture est définie, sans plus d'intermédiaire, comme *commune présence*.

La parole a été représentée par Char comme ce moment où l'enfant naît à la terre, aux éléments et semble s'éveiller du silence et de l'immobilité des choses disjointes. L'écriture, elle, incarne une autre histoire, une autre aventure, un autre *dénouement* des choses et de l'espace.

Ces trois étapes : le silence, la parole, l'écriture, apparaissent alors comme la généalogie du poème. Par quel chemin de traverse en comprendre l'enjeu unique ?

2

Le territoire et la terre

Ne vis pas comme l'enfant recueille l'héritage du père : tradition, terre dénudée.

Héraclite, *Fragment 85* [21].

L'accès à la parole et le don de l'écriture se distinguent donc l'un de l'autre dans la discontinuité généalogique de l'œuvre. Ils ont pourtant en commun d'être portés par une même violence : violence de la noyade, de la solitude ou de la mort. L'origine est violence.

Dans de très nombreux poèmes, que ce soit *L'Adolescent souffleté* [22], ou le très obscur triptyque *Les Trois Sœurs* [23], ce qui demeure, c'est l'étroite épreuve de la survie et du départ.

On retrouve d'ailleurs, dans ces deux poèmes, un certain nombre des figures majeures que nous avons décrites précédemment. L'adolescent, que les iniquités giflent et envoient au sol, descend « à reculons dans le mutisme de ce savoir et dans son innocence », et, dans sa *fuite* vers la prairie et les roseaux, il a le sentiment que la terre, dans ce qu'elle a de plus noble et de plus persévérant, « l'a adopté ». De la même façon, dans le second poème, à l'agression des trois Parques (les « Trois Sœurs ») qui soufflent sur les doigts de « l'homme qu'elles ont désiré enfant. Vainement [24] », le poète répond en construisant l'espace d'une lutte, d'un combat : « L'air investit, le sang attise », écrit Char, reprenant, en une nouvelle variante, cette figure que, maintenant, nous connaissons bien.

Le poème désigne alors non plus la souffrance d'une immobilité, mais la violence d'un départ : « Le chasseur de soi fuit sa maison fragile. » Si l'origine est violence, c'est parce qu'elle est, avant tout, rupture avec elle-même. La figure de l'enfant dont on a présenté quelques images dans ces premières pages n'est ni attendrissement sur soi ni fascination rétrospective, bien au contraire :

> Cet enfant sur ton épaule
> Est ta chance et ton fardeau

écrit René Char, dans *Les Trois Sœurs*. Vers derrière lesquels transparaît elliptiquement l'image décisive d'Orion aveugle, un enfant sur l'épaule. Telle est bien la place de l'enfant dans les poèmes de René Char : fardeau et chance. Il est le guide, celui aussi qu'on élève et qu'on porte comme le géant mythologique Orion, avec soi, ou plutôt sur soi, vers un savoir ou vers un voir encore obscur parce qu'éblouissant. L'enfance, ou l'adolescence, n'est nullement retour en arrière, mais prospection : le poète n'a pas cédé aux Parques qui auraient voulu le garder enfant. Rupture, donc, départ, mise en marche.

Le paysage

Si le poète, pour se sauver des Parques, hisse l'enfant sur ses épaules, c'est parce que ce dernier est toujours tenté, parallèlement à son silence anxieux qui l'ouvre à l'écart et à la disjonction des choses, de trouver un refuge illusoire dans l'euphorie éphémère de son paysage immédiat. Dans certains autres poèmes, à côté du Char-Rimbaud, de celui qui, immobile ou fugueur, traduit les morsures de l'origine en énigmes, il y a aussi la place pour une mythologie plus simple et plus transparente : celle d'un angélisme du site de l'enfance. Pourtant, le temps de la rupture que nous venons de désigner n'est pas incompatible avec l'apparente nostalgie du *jadis*, qui transparaît dans ces autres poèmes, car la généalogie du poème, que nous avons décrite précédemment, serait bien peu ambitieuse si elle ne se nourrissait pas aussi de ces leurres.

Ce qui est frappant dans ces poèmes qui ont fallacieusement contribué à faire de René Char une sorte de chantre provençal d'un paysage perdu et regretté, c'est que la révélation du territoire euphorique n'est accordée que simultanément à l'apprentissage de sa dépossession : don et perte coïncident. Ainsi, dans le poème intitulé *Le Thor*[25], tout entier écrit à l'imparfait, on peut avoir l'impression d'un regard totalement tendu vers l'horizon disparu d'un paysage absolu. Devant le Thor, cette rivière proche de L'Isle-sur-Sorgue, l'enfant semble faire l'expérience heureuse d'une alliance des éléments, et le poème paraît se conclure sur le regret et le deuil de cet espace : « Dans le sentier aux herbes engourdies, la chimère d'un âge perdu souriait à nos jeunes larmes. »

En réalité, le poème refigure une temporalité beaucoup plus complexe que celle d'un simple imparfait nostalgique :

> Dans le sentier aux herbes engourdies où nous nous étonnions, enfants, que la nuit se risquât à passer, les guêpes n'allaient plus aux ronces et les oiseaux aux branches. L'air ouvrait aux hôtes de la matinée sa turbulente immensité. Ce n'étaient que filaments d'ailes, tentation de crier, voltige entre lumière et transparence. Le

Thor s'exaltait sur la lyre de ses pierres. Le mont Ventoux, miroir des aigles, était en vue.

Dans le sentier aux herbes engourdies, la chimère d'un âge perdu souriait à nos jeunes larmes.

Le poème joue sur une fausse continuité temporelle qui dissimule l'opposition de la *nuit* (évoquée dans la première phrase) et de la *matinée* (évoquée ensuite). Aucun mot – adverbe ou conjonction –, pas même un passage à la ligne ne sépare ces deux moments pourtant en conflit. Aussi l'« âge perdu » ne désigne pas le deuil de l'enfance ou son regret, mais le deuil *dès* l'enfance de ce que le jour feint d'accorder et que la nuit soustrait. L'enfance est toujours déjà *âge perdu*, dans la mesure où elle est, dans son présent même, divisée par cette alternance, incompréhensible pour elle, du jour et de la nuit. Mais, il y a plus, car, au milieu des larmes que l'engourdissement nocturne des choses fait couler, il y a aussi l'émergence d'un sourire : « ... la chimère d'un âge perdu souriait à nos jeunes larmes. » La léthargie de la nature nocturne ne figure qu'un deuil apparent ; elle est, en fait, expérience enfantine d'une ouverture à l'envers du paysage, c'est-à-dire initiation douloureuse et souriante aux vertus d'un dessaisissement. Grâce à la nuit, l'enfant, s'engouffrant avec elle sur le sentier « aux herbes engourdies », commence à se déprendre, malgré ses « jeunes larmes », des illusions du jour, des mirages de la transparence et de la lumière : il apprend à ne pas préférer le pays, dont, au matin, il peut se croire complaisamment le centre, à la nuit, dispensatrice de risque, d'étonnement et de connaissance. La juxtaposition des deux expériences, qui se confondent presque en un même instant dans l'écriture du poème, est là comme pour signifier que la révélation du paysage et sa soustraction sont une seule et même épreuve. Le dévoilement ne naît pas du jour et de sa plénitude, il le double en cet instant furtif, clandestin et nocturne où le sourire de la chimère qui s'évanouit répond aux larmes, comme parfois la vérité naissante se surimprime au désarroi et au découragement.

Si ce poème a pu être lu à contresens, c'est que tantôt, avec malveillance, on a fait de Char le simple poète d'une Provence disparue, tantôt, avec trop de bienveillance, le poète du pur présent, ou de la pure présence. À constituer le présent en motif absolu de sa poésie, on en est arrivé à en faire une banale figure de rhétorique aussi creuse que peut l'être le passé dans les plus fades poèmes de Lamartine. La poésie de Char est plus subtile : le passé n'y est jamais l'objet d'un *refoulement*, mais, comme on vient de le voir, d'un retournement.

On retrouve ici ce que Char peut écrire de Rimbaud et de ce temps de la rupture que nous essayons de définir :

> Rimbaud s'évadant situe indifféremment son âge d'or dans le passé et dans le futur. Il ne s'établit pas. Il ne fait surgir un autre temps, sur le mode de la nostalgie ou celui du désir, que pour l'abattre aussitôt et revenir dans le présent, cette cible au *centre* toujours affamé de projectiles, ce port naturel de tous les départs[26].

Comme Rimbaud, le poète n'assène pas la *présence* sous la forme d'une donnée naïve, naturelle ou empirique. C'est à partir de la *déconstruction* du passé qu'un autre temps peut apparaître : un temps ni perdu ni retrouvé. À la manière d'Orion, dans *Les Trois Sœurs*, portant l'enfant sur l'épaule, le poète, ici, a élevé l'imparfait auquel l'enfant était ligoté, pour en faire surgir la seule et véridique expérience qu'il dissimulait : celle du conflit du jour et de la nuit. S'allient alors, dans un paradoxe que seule la refiguration poétique peut formuler, la mesure heureuse du territoire natal et la nécessité de rompre avec lui.

Le *jadis*, symbole de l'utopie heureuse de l'origine, ne s'inscrit pas dans la mécanique classique du souvenir personnel. Ainsi, dans *Jacquemard et Julia*[27], poème qui, au travers de *l'herbe*, dit aussi la disparition du pays vivant : « Jadis l'herbe [...]élevait tendrement ses tiges et allumait ses clartés... », « Jadis l'herbe connaissait mille devises qui ne se contrariaient pas... », « Jadis l'herbe était bonne aux fous et hostile au bourreau... » L'herbe apparaît, dans ces premières strophes, comme l'espace totalisant qui abolit les limites, se fait prodigue aux désirs, à la folie, aux larmes et aux sourires : surface de la non-contradiction. Pourtant, ce *jadis*, qui revient comme leitmotiv, n'est opposé qu'*en apparence* au présent de désarroi et de détresse qui lui succède, à la strophe suivante : « L'inextinguible sécheresse s'écoule. L'homme est étranger pour l'aurore. » Char, s'est, en effet, expliqué, dans *Arrière histoire du poème pulvérisé*, sur le sens de ce *jadis*. Jacquemard, écrit-il, c'est son père, Émile Char, et Julia, sa première femme, décédée après une année de mariage, sœur de la mère du poète. Le pays évoqué par le leitmotiv « Jadis l'herbe... » n'est donc pas le pays *natal* de Char, il est d'un temps précédant sa naissance et sa personne : il s'agit d'une patrie antérieure, prénatale, d'un jadis où le poète est encore dans les limbes.

De la même façon, Char n'oppose pas innocemment ce passé antérieur à un présent mélancolique, celui de l'actuelle sécheresse qui rend « l'homme étranger à l'aurore ». Le poème se conclut, en effet, sur une autre forme de temps :

> Cependant à la poursuite de la vie qui ne peut être encore imaginée, il y a des volontés qui frémissent, des

murmures qui vont s'affronter et des enfants sains et saufs qui *découvrent.*

Tous ces verbes sont des *inchoatifs*, c'est-à-dire des verbes qui désignent le *commencement* présent : frémir, vont s'affronter, découvrent.

Ainsi, la méditation sur le lieu, le pays et l'enfance n'est pas figurée par une opposition mécanique entre le passé et le présent du poète, mais au travers de la double distorsion de ces deux temps : distorsion du passé, puisqu'il s'agit d'une préorigine impossédable et non d'un passé propre ; distorsion du présent, puisqu'il s'agit d'un présent à-venir : celui-là même dont parle Char, à propos de Rimbaud, lorsqu'il le nomme « cible au *centre* toujours affamé de projectiles, ce port naturel de tous les départs ».

L'espace magique du pays et de l'herbe n'est pas espace perdu puis retrouvé, il est espace indéfiniment poursuivi comme autre que lui-même : n'ayant jamais été éprouvé et ne pouvant pas être *encore* imaginé.

Tous ces poèmes du passé, donc, loin de s'opposer aux poèmes de la rupture et du départ, en sont comme l'aliment. Le passé y fait l'objet d'un travail complexe, elliptique et souvent dissimulé, pour se convertir en présent d'à-venir. Avenir initiatique à la nuit pour l'enfant du Thor, avenir du frémissement et de la découverte pour les enfants « sains et saufs » de *Jacquemard et Julia*.

Orion terrestre

La lecture conjointe de deux poèmes, *Le Thor* et *Jacquemard et Julia*, a permis d'approcher au plus près d'une expérience du temps et de l'espace : temps par où l'enfant mesure son territoire et simultanément s'en voit soustrait, espace au travers duquel les repères et les illusions chronologiques du passé et du présent sont délaissés au profit d'un temps prospectif, celui de la découverte.

La poésie de René Char ne se limite pas, cependant, à être la répétition en forme de variations d'une expérience de l'imaginaire, autour d'un carré d'herbe nocturne ou prénatal. Pour comprendre en quoi son poème se dévoile comme déconstruction nécessaire de l'origine, il nous faut revenir au geste du poète-Orion, hissant l'enfant sur l'épaule, tel, du moins qu'il apparaît dans cette œuvre aux apparences obscures, *Les Trois Sœurs*[28] :

> Dans l'urne des temps secondaires
> L'enfant à naître était de craie.
> La marche fourchue des saisons
> Abritait d'herbe l'inconnu.

On retrouve, dans la strophe liminaire du poème, l'herbe, espace prolifique, refuge d'un savoir. On retrouve aussi et surtout le pays prénatal : « L'enfant à naître était de craie. » Il ne s'agit plus cependant, comme dans *Jacquemard et Julia*, d'une antériorité immédiate et biographique, mais de l'antériorité d'une *ère*, comme on parle d'ère primaire : une antériorité située dans les couches géologiques (la craie), celle des temps « secondaires ». L'origine est, ici, reculée aux dimensions de la création du monde. On retrouve, enfin, l'imparfait qui enrobe ce monde béni, mais à l'évidence disparu : espace de la continuité des êtres et des choses, tel celui du paysage d'aurore perçu par l'enfant du Thor :

> La connaissance divisible
> Pressait d'averses le printemps.

> Un aromate de pays
> Prolongeait la fleur apparue.

Les Trois Sœurs font surgir pourtant une figure nouvelle, celle du poète qui, comme on l'a vu, a revêtu la stature mythique du géant Orion, portant l'enfant sur son épaule :

> Cet enfant sur ton épaule
> Est ta chance et ton fardeau.
> Terre en quoi l'orchidée brûle
> Ne le fatiguez pas de vous.
> Restez fleur et frontière,
> Restez manne et serpent ;
> Ce que la chimère accumule
> Bientôt délaisse le refuge.

Comment comprendre cette mystérieuse supplique adressée à la terre ? Le poète, que les Parques poursuivent et qu'elles veulent conserver enfant, plutôt que d'appeler la terre à redevenir le lieu de l'origine heureuse, lui demande, à l'inverse, de maintenir sa division présente, de demeurer l'espace de la séparation et de la contradiction des éléments. Le poète rejette tout retour au « jadis », toute régression aux « temps secondaires », c'est-à-dire à l'espace de l'unité. Il parle pour l'enfant qu'il porte à l'épaule, et il dit pour cet enfant l'exigence que la terre demeure « manne et serpent » : c'est-à-dire *conflit*. Enfin, lorsqu'il dit : « Ce que la chimère accumule/Bientôt délaisse le refuge », il signifie que l'herbe chimérique ne peut plus être un abri, mais doit se révéler comme lieu de la dispersion des illusions.

L'enfant du Thor, face à son carré d'herbe, demeurait encore dans l'expérience immédiate et sensible d'un imaginaire limité à l'aire de ses pas et de son regard : il n'y faisait que la simple, la répétitive et l'épuisante épreuve de la désillusion. Cette fois-ci, le poète demande : « Terre […] ne le fatiguez pas de vous ».

Dans *Les Trois Sœurs*, hissé sur les épaules du poète, l'enfant peut enfin ouvrir son regard au-delà du *territoire* mesuré dont il s'est par malheur épris : il peut s'ouvrir à la dimension de la Terre. Il cesse d'être l'enfant prisonnier de l'expérience fatale et vaine de fusion avec un territoire toujours déjà perdu, il accède soudain à l'incommensurable. Mais, surtout, à son regard se dévoile l'espace terrestre enfin découvert en ce qu'il est brisure, déconnection, partage. Devenu terre, son horizon alors n'est plus jamais le territoire perdu parce qu'imaginaire, unifié et antérieur, il est l'espace à gagner et à comprendre.

L'enfant demeuré enfant est toujours dans la crainte que la terre ne meure, parce qu'il ne l'éprouve que dans une identification étroite à son corps grêle. Prévenu par le grillon de *Hommage et Famine*[29] (« Comment savait-il, solitaire, que la terre n'allait pas mourir… »), ou porté par l'épaule du poète, du géant Orion, il opère un pas au-delà du reflet de sa propre image. Quittant son territoire, tel l'adolescent souffleté, il est, dans sa fuite souveraine, adopté par la terre[30].

Lorsque le poète demande à la terre de ne pas se réduire à la mesure enfantine du territoire, il faut bien sûr entendre, derrière l'allégorie, une demande adressée à soi-même, à l'enfant exigeant qui adhère à son propre corps. « Terre en quoi l'orchidée brûle […]/Restez fleur et frontière, /Restez manne et serpent » est aussi un impératif destiné à son propre regard. Que le regard s'élargisse, qu'il s'aiguise et voie dans la terre cet espace brisé, ouvert, qu'il ne la recouvre pas de ses pulsions de fusion. Bref, que l'enfant ne retienne pas le poète en arrière, mais qu'il soit, de tout son regard, *projeté* vers le poème :

> Communication qu'on outrage,
> Écorce ou givre déposés ;
> L'air investit, le sang attise.

Le poème *Les Trois Sœurs* pourrait être ainsi lu comme une vaste synthèse de tous les poèmes que nous avons cités précédemment. En lui se rejoignent toutes les figures : celle de l'enfant silencieux, celle de l'enfant au grillon, la bataille de tisons ici figurée par la rencontre de l'air et du sang, l'enfant du Thor, ceux de *Jacquemard* et *Julia*. On ne veut pas simplement dire qu'il résume en une seule des épreuves diverses, mais qu'en les rassemblant il les ouvre à un autre sens. Le geste qui commande le poème est évidemment celui par lequel le poète se fait Orion. Il ouvre par là le temps de l'origine intime ou individuelle à une temporalité mythique qui efface les dates et dévoile dans l'origine, en la reculant, une blessure sans remède. De plus, en hissant l'enfant sur ses épaules de colosse, en se faisant *pédophore*, le poète noue les unes aux autres des épreuves jusque-là dissociées : celle du désir de parole à celle du don de l'écriture.

L'œuvre d'art, comme espace du conflit en quoi la terre se dévoile, est, en effet, le véridique espace vers lequel le poète-Orion conduit l'enfant.

À la fin du poème, on peut lire ainsi ces quatre vers, dont l'obscurité première disparaît peu à peu :

> Meurent les yeux singuliers
> Et la parole qui découvre.
> La plaie qui rampe au miroir
> Est maîtresse des deux bouges.

Ici, le poète n'appelle plus seulement la terre à maintenir l'éclat nécessaire de sa division ; plus cruellement, il appelle à la mort : « Meurent... », dit-il. Ce qui est mis à mort, c'est bien alors l'expérience imaginaire et sensible éprouvée par l'enfant du Thor (« Meurent les yeux singuliers… ») et par ceux de *Jacquemard et Julia* (« Et la parole qui découvre »).

Aux yeux singuliers de l'enfant solitaire doit se substituer l'expérience du double : double qui désigne le poète et l'enfant juché sur son épaule. Puis, dans une allusion très elliptique à Georges de La Tour, peintre majeur dans l'œuvre de Char, le poète dit l'enjeu véritable de cette substitution :

> La plaie qui rampe au miroir
> Est maîtresse des deux bouges.

On aura reconnu ici la *Madeleine aux deux flammes* du peintre, tableau qui représente Madeleine pénitente, un crâne sur les genoux, regardant vers un miroir où se reflète la flamme de sa bougie. Ici, le miroir ne « bredouille[31] » plus, parce qu'il est œuvre d'art, tableau. En lui, les « yeux singuliers » ne sont plus en quête d'une simple et fuyante image. Avec l'œuvre, la flamme est *plaie*, « le sang attise » : le reflet est l'espace blessé en quoi les contraires font alliance. Comme souvent chez René Char, c'est un tableau qui, prenant la place du poème, figure l'emblème qui désigne l'objet de la conquête, car, au travers de la peinture de La Tour, on retrouve une figure proche de celle de la bataille de tisons, du *don de l'écriture*, vers laquelle le poète guide l'enfant.

La violence du don de l'écriture peut d'autant mieux s'inscrire dans une poétique du pays qu'elle est arrachement au sol, déracinement de l'aire du territoire, et accès à l'épreuve de la terre comme totalité fragmentée. Sans doute faut-il faire le deuil de son espace imaginaire et intime, pour pouvoir – orphelin et prodigue – être *adopté* par la terre. Le poète n'échappe aux

Georges de La Tour, Madeleine aux deux flammes.
© *Metropolitan Museum of Art, New York.*

> *« Meurent les yeux singuliers*
> *Et la parole qui découvre.*
> *La plaie qui rampe au miroir*
> *Est maîtresse des deux bouges. »*
> Les Trois sœurs.

Parques – ces déesses de la mémoire qui voudraient clouer le poète au cercle étroit du souvenir – qu'en portant son double enfantin à l'épaule, c'est-à-dire en le hissant à hauteur d'écriture.

Si on a pu reconnaître çà et là une complicité affirmée avec Rimbaud, peut-être faut-il lire aussi *Les Trois Sœurs* comme dépassement de l'expérience poétique formulée par Proust. Dans *À la recherche du temps perdu*, la quête d'un territoire de l'origine, au travers du parcours successif de Combray, de Balbec et de Venise, trouve comme seule issue la métaphore tardive du *Temps retrouvé*, temps de la réunification de l'espace enfantin, celui de Swann et celui de Guermantes. On trouve, dans l'œuvre de Char, une tension et une préoccupation tout autres. Être adopté par la Terre, n'est-ce pas là une façon de répondre à la question de Hölderlin. « Est-il sur Terre une mesure ? »

Oui, peut-être, la mesure du poème, la mesure du tableau qui passe par l'oubli de la territorialité.

Avec *Les Trois Sœurs*, on passe d'un cadre thématique auparavant imprégné par l'horizon immédiat du sensible à une visée et à une question ontologiques. L'enfant y est dans une relation encore plus distante à l'égard de tout psychologisme : prêt à naître, il est encore saisi dans la craie des temps secondaires, puis il est hissé sur le corps mythique d'Orion.

Dès lors, ce *départ* violent qu'est le don d'écriture (« Il faut partir Arthur Rimbaud… »), qui se trouve énoncé dans tant de poèmes, ne peut être compris comme une sorte d'appel lyrique à un quelconque nomadisme. Il ne s'agit pas de quitter *quelque chose* – un lieu, un pays, ou une demeure –, mais de découvrir à partir de ce lieu qu'il recouvre une autre dimension que lui-même. Le départ, loin d'être un abandon, une rupture physique et pathétique, est, en quelque sorte, un « sur-place », un piétinement, par où le lieu s'élève à plus que lui-même et devient site terrestre.

Du mythe de l'enfant prodigue, René Char retient essentiellement l'élévation de la torche et l'incinération de l'« enclos[32] », et non l'éloignement œdipien. De même, l'adolescent souffleté n'a pas à aller bien loin pour être enfin adopté par la Terre qui lui manquait, simplement vers la « prairie et la barrière des roseaux dont il cajolait la vase et percevait le sec frémissement ». Terre : « Restez fleur et frontière. »

3

La demeure

> Se tenir fermement sur terre, et, avec amour,
> donner le bras à un fruit non accepté de ceux
> qui vous appuient, édifier ce qu'on croit sa
> maison, sans le concours de la première
> pierre qui toujours inconcevablement fera
> faute, c'est *la malédiction*[33].

La maison des Névons

La maison, comme le carré d'herbe de jadis, c'est le
lieu où l'enfant habite, où il se situe le mieux. Cette
maison, on l'a vu avec le don de l'écriture, s'ouvre,
s'est ouverte au dehors. Cessant d'être l'enceinte protectrice de l'enfant, elle absorbe l'air, associe le dedans à
l'extérieur, l'âtre au vent qui l'attise : bataille de tisons.
À ce titre, la demeure apparaît comme un espace emblématique pour le poème : contenu et contenant, comme le
mot, elle apparaît comme la métaphore la plus riche de
la possession et de la dépossession. Demeure paradoxale
du poème au travers de laquelle il s'agit de comprendre
maintenant sa fonction ésotérique.

Pour qui lit René Char, la maison, c'est d'abord celle
des Névons, la propriété familiale où il est né. Lieu où il
s'est retiré aussi à plusieurs reprises, par exemple, lors
de sa rupture avec les surréalistes, en 1935.

Cependant, Les Névons ont pris leur place la plus forte, dans la poésie de Char, lors de leur perte, en 1954. À la suite de la mort de la mère du poète, Char et sa sœur Julia furent confrontés au désir de leurs frère et sœur de vendre la propriété : le parc fut finalement acheté par une société qui y fit construire une cité HLM et transforma le ruisseau des Névons en route.

Même si René Char consacre un long poème à l'événement, *Le Deuil des Névons*, il serait illusoire d'y chercher la clé déterminante d'une poétique de la demeure ; en effet, après avoir égrené, sur un mode presque élégiaque, les images du lieu, Char conclut son poème par cet impératif : « L'oublier rondement[34]. » Dans cette évocation directe de la perte de la demeure, le poète ne laisse entendre qu'une sorte d'*amen* nietzschéen. C'est ailleurs, dans d'autres poèmes, qui ne mentionnent pas Les Névons, que Char exprime sa douleur d'endurer « de [son] logis, pierre après pierre, […] la démolition[35] ». Plus significatif encore, dans ce poème intitulé *Sept Parcelles de Lubéron*, Char reprend pour qualifier cette injustice la comparaison avec les massacres commis au XVIe siècle contre les protestants vaudois de Provence et la destruction du village de Mérindol, dont précisément Sade avait fait son cheval de bataille pour remettre en question les décisions du parlement d'Aix-en-Provence contre lui[36].

Sade est omniprésent dans l'œuvre de Char. On a déjà cité son nom à propos d'*Eaux-Mères*, en raison de leur commune exécration des mères, mais il y a d'autres liens. Outre le lien érotique dont il sera question à la fin de ce livre, il y a aussi le voisinage géographique, puisque Sade, par ses propriétés de Saumanes et La Coste, s'est trouvé dans des lieux presque mitoyens à L'Isle-sur-Sorgue. Il y a enfin ce lien familial : la marraine de Char était la descendante d'un des notaires de

Sade, et le poète a découvert chez elle un certain nombre de lettres autographes.

Derrière la demeure familiale et réelle des Névons, que Char, au fond, nous dit si peu regretter dans *Le Deuil des Névons*, il y a en superposition une autre demeure, demeure irréelle, qui serait comme son double, demeure voilée d'hermétisme et de secret, la demeure sadienne, qui seule suscite une émotion violente : « De mon logis, pierre après pierre,/J'endure la démolition ». Cette demeure, si secrètement inscrite dans le paysage de Char, au point qu'elle ne figure que derrière une allusion cryptée extrêmement elliptique et indirecte à Sade, est la seule véritable. L'importance de la demeure sadienne est confirmée par sa présence dans des poèmes antérieurs, et toujours sous la forme d'un code ou d'un chiffre qui rend difficile son identification. Par exemple, dans *Suzerain*[37], poème de l'enfance et de l'initiation qui se termine ainsi :

> J'ai remonté ainsi l'âge de la solitude jusqu'à la demeure suivante de L'HOMME VIOLET. Mais il ne disposait là que du morose état civil de ses prisons, de son expérience muette de persécuté, et nous n'avions, nous, que son signalement d'évadé.

Sans les indications que Char a fournies, plus tard, dans *Arrière histoire du Poème pulvérisé*[38], il n'aurait peut-être pas été facile de reconnaître Sade dans la figure ésotérique de *l'homme violet*, même si les allusions à l'emprisonnement, à l'absence de tout portrait du marquis de Sade eussent pu nous le faire découvrir. Quoi qu'il en soit, Char indique ceci : « D.A.F. de Sade, *l'homme violet*, dont je lisais les lettres plaintives écrites peu avant sa mort, à Charenton, au notaire Roze, l'aïeul de ma marraine Louise. » On retrouve dans un poème antérieur, *Devant soi*[39], une même allusion à la présence, en amont de la maison, de la demeure sadienne.

L'expérience initiatique de la Demeure est ainsi livrée sous l'emblème sadien, comme demeure de l'absence, de la fuite, du silence, de l'emprisonnement et de l'évasion : seuls piliers, vaporeux et vibrants, de la Maison. Le propriétaire y est défini par l'absence de toute identité, que signale la locution *l'homme violet*, c'est-à-dire l'homme crépusculaire, l'homme du couchant et du levant.

Superposée à la maison familiale se dresse donc la demeure sadienne : vouée à la destruction comme le « château ultra-violet » du poème *Devant soi*, ou à l'autodestruction comme celle que l'on vient de découvrir. Elle prend cette valeur initiatique du fait précisément qu'elle est un lieu de passage et d'évasion, et non un abri. Les figures familiales et paternelles sont une fois encore recouvertes par une généalogie qui n'a rien de biographique. La maison des Névons est enfouie sous les décombres plus essentiels d'une demeure qui est avant tout « maison mentale », lieu poétique du dépassement de toute demeure : lieu du poème.

La présence de Sade nous déprend du mythe d'un Char, poète-propriétaire, ou poète de l'enracinement dans la maison provençale et familiale. Si René Char a pu, par intermittence, associer sa poésie à sa propre demeure, c'est en lui adjoignant parallèlement un double occulte, et en se dépossédant par là de son propre héritage. Il importe que, derrière ce nom de Névons, Char ait mis plus qu'un amour ordinaire du lieu, qu'il ait, dès avant sa perte, su aussi percevoir, dans ses vieux murs, la « muraille d'incendie » qui les faisait vibrer, le locataire absent, persécuté et fraternel.

La nuit était ancienne
Quand le feu l'entrouvrit.
Ainsi de ma maison[40].

Dans ces trois vers qui inaugurent le poème au titre explicite, *Déshérence*, Char fait allusion à la destruction de sa demeure, mais il indique aussi autre chose : le feu et l'éclosion d'une ouverture, comme si étaient entremêlées l'une à l'autre la fulguration des flammes – cette bataille de tisons qui signala en son temps le don de l'écriture – et la dépossession de la demeure héritée.

La maison absente

La poétique de la demeure, dans l'œuvre de Char, est plus une entreprise de déconstruction de la maison qu'une entreprise d'édification. Lorsque le poète associe la demeure au poème, il porte une attention quasi exclusive à deux éléments cardinaux pour lui, la vitre et le toit : fondations plus authentiques que toute pierre, déconnectées de la bâtisse.

La vitre permet au dehors de pénétrer le dedans et au dedans de s'ouvrir indéfiniment au dehors. La fenêtre est le *médium illimité*[41], du fait de sa mitoyenneté entre ces deux espaces et de sa transparence minérale qui permet une présence-absence de toutes limites. *Médium*, c'est-à-dire support qu'aucun repère ne vient relativiser, et, bien sûr, qualité magnétique d'une transmission magique des choses. Pour autant, la vitre n'est pas l'abolition des différences, car elle est aussi l'emblème d'une *double face* de l'espace. La vitre ne rejoint sa propre essence que si elle s'exauce comme intermédiaire, mais, ajoutons tout de suite, intermédiaire hermétique des choses : elle sépare inexplicablement ce qu'elle laisse s'interpénétrer dans le feuilletage de sa transparence.

> Pures pluies, femmes attendues,
> La face que vous essuyez,

De verre voué aux tourments,
Est la face du révolté ;
L'autre, la vitre de l'heureux,
Frissonne devant le feu de bois.

Je vous aime mystères jumeaux,
Je touche à chacun de vous ;
J'ai mal et je suis léger[42].

Le Carreau (c'est le titre du poème) apparaît comme l'emblème de cette figure chère à René Char comme elle l'est à Hölderlin, la *parataxe* : la juxtaposition, ou le face-à-face intransitif, des choses : le mal et la légèreté, la révolte et le bonheur, le dehors et le dedans. La gémellité ainsi construite ne dévoile pas la ressemblance, mais la symétrie qui indéfiniment interdit aux deux faces, aux deux visages de se rejoindre : ainsi, le visage, comme le poème, est cette « vitre inextinguible » que les pluies ou les femmes révèlent comme dédoublé et répétant son propre mystère. Le poème est demeure, vitre, non parce qu'il serait l'érection d'un monument verbal, mais parce qu'il est simultanément le lieu de l'intervalle et de la réciprocité, dressant son espace comme figure poétique de la division et de l'indivision.

Le toit est l'autre élément qui localise la maison du poème. Comme la vitre, il doit, pour devenir médium, éviter de s'opacifier en miroir :

L'étoile qui rauquait son nom indéniable,
Cet été de splendeur,
Est restée dans le miroir des tuiles.
Le féroce animal sera domestiqué[43] !

Trop de lumière, celle d'un trop bel été, transforme le toit en miroir : les mots s'y emprisonnent, et il capture leur rauquement et leur nom. Seule la « puissante nuit froide », comme l'écrit Char, dans la suite du poème, permet d'abolir cette « clarté d'utopie » qu'est le reflet : fusion servile de ce qui doit demeurer séparé pour advenir. Char écrira à propos d'Arthur Rimbaud : « Gagne, je te prie, tes tuiles transparentes[44]. »

Le toit n'est pas, cependant, le simple pendant horizontal de la vitre. En l'isolant des autres éléments de la demeure, Char en fait l'instrument par lequel les murs se dérobent, et toute fondation protectrice est suspendue :

> Au terme du tourbillon des marches, la porte n'a pas de verrou de sûreté : c'est le toit. Je suis pour ma joie au cœur de cette chose, ma douleur n'a plus d'emploi[45].

Le toit se révèle être le matériau par lequel l'espace tout entier est inversé, comme le souligne d'ailleurs le titre du recueil dans lequel figure ce fragment : *Fenêtres dormantes et Porte sur le toit*.

Le poète n'habite pas seulement par son poème une maison occulte, mais une demeure désorientée qui redéploie ses éléments au sein d'un espace dans lequel les oppositions architecturales du dehors et du dedans, du haut et du bas sont déplacées ou abolies.

Cette demeure est avant tout lieu de passage, le contraire d'un édifice ou d'une architecture. Réduite à l'ouverture hermétique du carreau et à la clôture sans piliers du toit, elle est aussi ce qui mène le regard au plus loin, au plus extrême.

L'exploration répétée de la maison par le poème mène à une dépossession plus définitive encore de sa fonction d'abri, comme si, de manière intermittente, la « maison d'esprit » s'écroulait[46], vaincue par d'autres lois : celle du nuage, de la fontaine, du vent ou de la rivière :

Loi de rivière, loi au juste report, aux pertes compensées mais aux flancs déchirés, lorsque l'ambitieuse maison d'esprit croula, nous te reconnûmes et te trouvâmes bonne[47].

C'est précisément parce que la maison est le médium poétique qu'elle fait l'objet d'un duel interminable des éléments : conflit qui, même au travers de ses pans les mieux établis, ne cesse de déposséder le poète de retraite :

> Promptes à se joindre, à se réconcilier
> dans la destruction du corps de notre maison,
> Immuables sont les tempêtes[48].

La tourmente, le dépeçage auxquels la maison est soumise dans la poésie de Char ne tiennent pas seulement au fait que la maison serait un espace naturellement combattu par ce qui lui est extérieur. C'est qu'en fait « il n'y a pas de siège pur », comme le poète, répondant à lui-même, dit en écho à l'exclamation qu'il formule dans *J'habite une douleur*[49].

> Songe à la maison parfaite que tu ne verras jamais monter.

Dans ce même poème, on retrouvera l'emblème de la vitre, non plus dans sa dimension médiumnique, mais comme absente, par l'ouverture de laquelle l'univers incommensurable du vent vient s'engouffrer :

> Tu rêveras que ta maison n'a plus de vitres. Tu es impatient de *t'unir* au vent, au vent qui parcourt une année en une nuit.

Le vent n'est plus alors seulement la tempête destructrice qui disjoint les pierres. Il est, en pénétrant l'espace

56

intérieur de la demeure, ce qui la grandit à la mesure planétaire de la terre : le « vent qui parcourt une année en une nuit ». Le poète doit arracher son visage de la vitre autrefois bienfaisante, tout comme enfant il doit s'arracher à son carré d'herbe pour épouser une autre mesure, une autre dimension : celle de l'espace terrestre. N'est-ce pas d'ailleurs ce que suggère le poème qui fait immédiatement suite à *J'habite une douleur*, et qui pourtant, selon un procédé cher à René Char, semble en être la parfaite introduction ?

> Un jeune orage s'annonçait. La lumière de la terre me frôlait. Et pendant que se retraçait sur la vitre l'enfance du justicier (la clémence était morte), à bout de patience je sanglotais[50].

Dans l'orageux et lumineux frôlement de la terre, auquel mélancoliquement succède la retombée vers le reflet de l'enfance, se dévoile cette nécessité de voir disparaître toute vitre, l'impatience d'accéder dans le tourbillon du vent à un plus durable frôlement terrestre : le « vent qui parcourt une année en une nuit ».

« Épouse et n'épouse pas ta maison[51] », écrit René Char dans *Feuillets d'Hypnos*. Tel est le principe qui commande ce perpétuel mouvement de possession et de dépossession, signalé par Jean Roudaut[52], au croisement duquel la maison et le poème sont conjoints. Mais, au-delà d'un simple jeu du poète avec lui-même, où serait esquivée la tentation d'une assise et d'un abri, il y a plus qu'un simple mouvement de balancier. On y découvre le travail poétique toujours inachevé dans lequel, par le déplacement occulte d'une initiation sadienne, par l'identification de l'écriture aux articulations les plus vulnérables de la demeure, comme le toit et la fenêtre, et enfin par l'arrachement de la maison au sol de ses lourdes et puissantes fondations, le poète tente, sans relâche, de creuser le sens d'un mot : *habiter*.

C'est ainsi, que, par un autre mouvement, Char attribue parfois au mot maison une majuscule qui en dévoile la dimension proprement mystique ou tout simplement poétique. Cette distinction ésotérique, au travers de laquelle *maison* et *Maison* ne recouvrent plus le même site, dévoile la demeure et l'errance comme un même principe :

> Ainsi les philosophes et les poètes d'origine possèdent-ils la Maison, mais restent-ils des errants sans atelier ni maison[53].

Maison qui est peut-être alors semblable au Temple juif de Jérusalem, au Temple démoli de la diaspora. Espace mystique au sens où il se construit dans un cheminement ou un piétinement qui recule ou perd sans cesse son but. Maison désignée « à la fois demeure pour le souffle et la méditation[54] ».

On trouve une sorte d'allégorie de cette demeure dans un poème de Char souvent commenté : *Effacement du peuplier*[55]. L'arbre y figure une autre image de la demeure aux fenêtres absentes, de la demeure unie au vent.

L'arbre parle et dit :

> Laissez le grand vent où je tremble
> S'unir à la terre où je croîs.

L'arbre est bien la maison, partagé entre le mouvement de l'errance sur soi (*le tremblement*) et le lien à la terre. Mais c'est principalement dans les derniers vers du poème que le sens de la demeure nous est livré :

> Une clé sera ma demeure,
> Feinte d'un feu que le cœur certifie ;
> Et l'air qui la tint dans ses serres.

L'arbre alliant les éléments (terre et vent) devient clé, et la clé devient demeure.

Ainsi définie, la Maison confirme la nature des diverses bâtisses que nous avons explorées : la maison sadienne, la maison médiumnique, la maison unie à la terre et au vent. Elle est passage, ouverture, clé sans porte. Reflétant son essence ouvrante dans sa propre présence concentrée en elle-même (« une clé sera ma demeure »), la maison poétique est une maison absente, sans cesse poursuivie, dans un recul de toutes limites :

> Comment dire ma liberté, ma surprise, au terme de mille détours : il n'y a pas de fond, il n'y a pas de plafond [56].

La demeure a disparu, ou plutôt elle a rejoint sa définition première, elle s'est faite Maison, pure clé, déchiffrement d'elle-même.

La demeure

> Il faut aussi se souvenir de celui qui
> oublie où mène le chemin [57].

Martin Heidegger définit le verbe *habiter*, sur le mode du poème, comme ce qui désigne l'entre-deux qui unit et sépare le ciel et la terre [58]. Cette approche répond en partie à ce que la poésie de Char révèle. Pour ce dernier, *habiter* ne remplit cependant sa signification complète que si l'on entend aussi dans ce mot le mouvement d'un départ et d'une errance. Errer, c'est alors, comme on l'a vu dans l'épreuve qu'Orion propose à l'enfant, découvrir la dimension terrestre du paysage.

Dès les poèmes de *Placard pour un chemin des écoliers*, recueil publié peu après sa rupture avec les surréalistes, Char désignait déjà cette dimension paradoxale et singulière de la demeure poétique.

C'est essentiellement au travers des gitans, si souvent présents dans ces poèmes, que le thème apparaît. Étrangement, les gitans y incarnent moins la métaphore du nomadisme que celle d'un retour à l'horizon d'un « mythe millénaire[59] », au travers duquel ces « économes du feu[60] » peuvent nous laisser espérer un « gîte invisible ». Ce « gîte invisible » est l'emblème en quoi sont conjointes l'errance et la demeure :

> … vous conserverez
> Le bâton débonnaire
> Qui guida jusqu'à nous
> L'inquisition des nomades
> Ceux qui enflamment avec leurs semelles informes
> Le fourrage et les plaies de la terre
> Terre aux yeux de volailles mais aux cils d'objets
> caressants et de lessive en plein air[61].

Habiter la terre, c'est la marquer de ces repères, ces traces mobiles que sont les volailles et les linges étendus. Terre qui cesse par ces marques d'être le simple objet du regard humain, puisque à son tour, à travers elles, elle possède alors désormais, elle aussi, des yeux et des cils pour les ouvrir ou les clore : « Terre aux yeux de volailles… »

Habiter la terre sur le mode de l'errance, c'est ainsi s'ouvrir, comme humain, au regard de la terre, s'ouvrir à cette possibilité d'être regardé par elle. Il est à peine étonnant, de ce point de vue, que René Char, bien plus tard, reprenne pratiquement les mêmes termes, pour décrire le cheminement du peintre Georges Braque, son alter ego :

> J'ai vu, cet hiver, ce même homme sourire à sa maison très basse, tailler un roseau pour dessiner des fleurs. Je l'ai vu, du bâton percer l'herbe gelée, être l'œil qui respire et enflamme la trace [62].

Tout comme les gitans, guidés par le bâton, ont enflammé les plaies de la terre par les traces de « leurs semelles informes », le peintre, lui aussi, est celui qui, quittant sa « maison basse », perce la terre et « enflamme la trace ».

Habiter poétiquement la terre, ce serait alors faire des traces, comme les gitans et comme le peintre ?

> Un poète doit laisser des traces de son passage, non des preuves. Seules les traces font rêver [63]

écrit René Char dans *Les Compagnons dans le jardin*, répondant ainsi à la question. Mais, c'est principalement dans son important recueil *La Nuit talismanique* que, reprenant ces thèmes de la trace et de la preuve, du chemin et de la maison, il nous livre, plus qu'un aphorisme, une réelle méditation.

Dès le premier poème de ce recueil, Char dévoile, dans *Dévalant la rocaille aux plantes écarlates* [64], deux modes opposés de l'errance. Le premier, confus et passif, est celui d'un cheminement naturel, irrésolu et hasardeux : « Réalité quasi sans choix […].Ainsi va-t-on. » C'est l'errance impuissante, dont les délices éventuelles sont contingentes, comme celles du rêve. Puis, selon un procédé cher à son écriture, Char passe à la ligne. Un renversement de perspective est opéré.

Soudain nous surprend l'ordre de halte et le signal d'obliquer. C'est l'ouvrage.

Une autre route s'est ouverte – chemin de traverse –, celle du poème. Les réflexions qui suivent alors dans ce poème portent sur la nature de cette nouvelle direction, mais aussi sur la poétique passée :

Comment ramener au liseron du souffle l'hémorragie indescriptible ? Vaine question, même si un tel ascendant avait eu son heure dans nos maisons dissimulées. Il n'est pire simplicité que celle qui nous oblige à chercher refuge.

D'une part, Char s'oppose au poème-refuge (on retrouve là les vers déjà cités des *Trois Sœurs* : « Ce que la chimère accumule/Bientôt délaisse le refuge[65] ») ; d'autre part, il indiquera, dans un poème plus tardif, la nature de ce rejet.

L'écriture […].Pour nous : le liseron du sang puisé à même le rocher, liseron élevé au-dessus d'une vie enfin jointe, liseron non invoqué en preuve[66].

À la preuve appartient une poétique du refuge, de l'arrêt, à la trace, au contraire, le poème de la marche ininterrompue formant une dimension adverse.

Nous marcherons, nous marcherons, nous exerçant encore à une borne injustifiable à distance heureuse de nous. Nos traces prennent langue[67].

C'est ainsi que se conclut *Dévalant la rocaille aux plantes écarlates*. Au futur répété du « Nous marcherons » succède le présent de « Nos traces prennent langue », comme si le mouvement même qui appelle à marcher était le secret opérateur d'un poème qui déjà s'écrit.

La Nuit talismanique poursuit chaotiquement la promesse, et ses vœux se réalisent par fragments :

> Maintenant que les apparences trompeuses, les miroirs piquetés se multiplient devant les yeux, nos traces passées deviennent véridiquement les sites où nous nous sommes agenouillés pour boire[68].

Tout comme les traces des gitans sur les chemins de terre ouvrent à des « gîtes invisibles », ici, les traces, elles aussi, cessant de fatiguer inutilement le sol, ne le creusent que pour y faire naître des sources, où, comme dans un cercle sans fin, le poète s'agenouille pour s'abreuver.

> Qui a creusé le puits et hisse l'eau gisante
> Risque son cœur dans l'écart de ses mains[69].

Le « Ainsi va-t-on », la marche qui ne laisse aucune trace parce qu'elle est inconséquente, cette marche-là est oubliée comme un faux souvenir. Seules demeurent alors les traces en qui résonnent encore l'empreinte du corps et la tension de l'enjambée :

> Voici que dans le vent brutal nos signes passagers trouvent, sous l'humus, la réalité de ces poudreuses enjambées qui lèvent un printemps derrière elles[70].

La Nuit talismanique décrit ainsi le chemin comme la demeure du poète, chemin dont les traces modèlent et reculent rétrospectivement le but. Nouveau déplacement infligé à la maison qui, de plus en plus, s'unit à la terre qui la porte, et disparaît presque totalement dans les traces qui y mènent :

> Parler et dire ce qui doit être dit au milieu du grand anonymat végétal amène aux attenances de la demeure[71].

Posséder, édifier, habiter cette maison sont autant de gestes vains : son seul locataire, le poème. Sans doute, d'ailleurs, n'est-ce pas au poète de désigner ou de figurer directement un espace pour nos yeux. À cette tâche, le peintre, maître du visible, y est peut-être plus apte.

Char raconte ainsi que, lorsque Braque peignait à Sorgues, en 1912, il lui arrivait de « pousser une pointe jusqu'à Avignon », et de s'arrêter devant le palais des Papes.

> Les murs nus des salles intérieures le fascinaient. « Un tableau accroché là, s'il tient, pensait-il, est vérifié. » Il attendit, pour savoir, l'année 1947, année au cours de laquelle ses œuvres y furent mises en évidence [72].

1947, c'est, rappelons-le, l'année de la grande exposition d'art contemporain organisée à Avignon par Yvonne Zervos, l'amie du poète. À cette occasion, Char écrivit le poème *Georges Braque intra-muros*, dont nous avons déjà cité quelques lignes, à propos des gitans, et qui est, sans doute, le texte où la dimension proprement poétique de la demeure se dévoile à nu :

> J'ai vu, dans un palais surmonté de la tiare, un homme entrer et regarder les murs. Il parcourut la solitude dolente et se tourna vers la fenêtre. Les eaux proches du fleuve durent au même instant tournoyer, puis la beauté qui va d'un couple à une pierre, puis la poussière des rebelles dans leur sépulcre de papes.
>
> Les quatre murs majeurs se mirent à porter ses espoirs, le monde qu'il avait forcé et révélé, la vie acquiesçant au secret, et ce cœur qui éclate en couleurs, que chacun fait sien pour le meilleur et pour le pire [73].

On retrouve le tournoiement des eaux du fleuve, l'éclatement du cœur qui ne sont pas sans faire songer à la situation de l'enfant de la Sorgue.

La demeure élue par le peintre révèle, dans l'interprétation qu'en donne le poète, une nouvelle et ultime dimension de la demeure : espace religieux (« surmonté de la tiare »), espace mystique, ou plus encore espace *pontifical*[74]. Pontifical, ici, ne doit pas s'entendre au sens liturgique comme étant « relatif au pape », même si Char semble avoir eu une certaine sympathie pour les papes schismatiques d'Avignon du XIVe siècle. Le palais des Papes est un lieu pontifical désaffecté, et ses papes sont désignés par Char comme *rebelles* : « La poussière des rebelles dans leur sépulcre de papes ». Plus véridiquement, pontifical, ici, désigne l'activité poétique, dès lors qu'on l'entend, avec Char, dans son sens étymologique : pontife, celui qui fait des ponts. Char, d'ailleurs, ne désigne-t-il pas souvent le poète comme *pontonnier*, ou encore, l'œuvre poétique comme *appontement*[75] ?

On comprend alors que ce palais des Papes, pour massif qu'il soit, est avant tout une demeure en écart, tout comme on comprend soudain que Char, lui-même, ait élu, dans ce très énigmatique fragment du poème *Tous partis !*, le pont Saint-Bénezet comme site le plus reculé mais le plus désiré de son poème :

> Longtemps j'ai été locataire de la cinquième arche du pont Saint-Bénezet. Je sais tout de la disparue et elle de moi. De nos accablements, de notre gaieté, à mon écriture[76].

Ce fragment reste incompréhensible si l'on ignore que ce pont Saint-Bénezet est le pont d'Avignon, pont brisé et, depuis le XVIIe siècle, rompu après sa quatrième arche. C'est, en quelque sorte, l'analogon poétique du palais des Papes, comme lui en ruine, comme lui désaffecté, comme lui chargé d'une dimension mystique et ésotérique : construit par un *enfant*, au XIIe siècle – l'âge roman, si important pour Char – sur l'ordre du Christ.

Le pont Saint-Bénezet à Avignon.
© Roger Viollet.

« *Longtemps j'ai été locataire de la cinquième arche du pont Saint-Bénezet. Je sais tout de la disparue et elle de moi. De nos accablements, de notre gaieté, à mon écriture.* » Au demeurant.

Le lien avec le palais des Papes est à la fois celui d'une contiguïté géographique et d'une identité symbolique, souligné par Char lui-même, dans la description qu'il fait du décor du *Soleil des eaux*.

> À la clarté grise du passé, nous distinguons le palais des Papes à Avignon […], le pont Saint-Bénezet enfin, brisé net au milieu du Rhône qui le cerne de toutes parts, l'assaille de tourbillons et l'isole de l'avenir[77].

La cinquième arche du pont, là où réside et se reconnaît le poète, est précisément l'arche absente du pont, celle que l'écriture désigne comme *son* lieu, l'arche manquante. C'est en arrivant à cette arche que Char écrit alors à propos du poète :

> Parvenu à l'arche sonore, il cessa de marcher au milieu du pont. Il fut tout de suite le courant[78].

L'écriture poétique, l'œuvre de manière plus générale se révèlent alors comme ce qui vérifie ses pouvoirs dans un lieu s'ouvrant dans un écart ésotérique et hermétique au monde. Cet écart, c'est la demeure souveraine si patiemment recherchée dans les bâtisses improbables que nous avons décrites.

Quels rapports entre l'enfant de la Sorgue et le poète qui cherche dans l'arche manquante du pont une demeure sans plus de fondations ?

Au-delà du parcours parfois un peu labyrinthique de poème en poème, on aura surtout voulu désigner le mouvement génétique qui construit souterrainement la poésie de Char. Ce n'est pas sans nécessité que, en sous-titre, nous avons indiqué les trois étapes par lesquelles on peut saisir la direction de son cheminement :

l'épreuve sensible, l'épreuve ontologique, l'épreuve hermétique. Il est temps maintenant de dire ce que nous entendons par là.

À l'origine du poème, sans doute, il y a une parole qui tente d'appréhender l'espace immédiat auquel elle se heurte : la rivière, la roue, la solitude ou le vide qu'elle pénètre. C'est l'expérience de l'enfant encore muet, noué aux éléments que les similitudes gouvernent. Expérience sensible d'un territoire balisé de repères dont les significations ne s'offrent que sur le mode de l'anxiété ou de la jouissance naïve des premiers instants : enfant enchâssé dans la Sorgue, ou au contraire enfant parcourant joyeusement le Thor. Cet espace, qu'il soit celui d'un simple carré d'herbe, celui de l'eau ou celui de la maison familiale, n'est pas seulement un territoire de sensations, ou, du moins, il est aussi l'espace qui, au revers de ces sensations, ouvre l'enfant à une nécessité encore inconnue mais fatale : l'impératif d'une parole. Toute la poésie de Char tient à l'importance de cet instant, elle tient à cette obligation dans laquelle il est de comprendre la fatalité de cet impératif et de l'interpréter.

L'espace qui tient captif ou qui suscite ces sensations peut bien rester replié sur lui-même : il confirmera alors le silence anxieux, il conservera l'enfant enfant, immobilisé soit par la crainte de perdre ce qui l'a un instant ébloui, soit par la fascination muette qui l'enchaîne au vertige des choses ; bref, il maintient l'enfant à sa fragilité et à sa peur : peur de la nuit, peur du rêve ou de la mort. C'est l'expérience au travers de laquelle l'enfant-Char rejoint l'enfant-Proust aliéné à l'aubépine, ou au baiser maternel. Mais l'espace aussi peut s'ouvrir à ce qu'il contient vraiment ; c'est là qu'intervient le poète. Si l'enfance est si importante, c'est parce que, sans doute, c'est aussi sur lui-même, adulte, que se joue le même combat : combat contre la mort, contre les

Parques, qui, « vainement », pour le faire mourir, voudrait le conserver enfant. Son combat n'est pas un combat contre les sensations, c'est une lutte avec l'espace.

Les poèmes que nous avons commentés dévoilent le même projet : celui de convertir l'expérience sensible en une expérience ontologique, ou encore travailler l'expérience sensible pour amener l'espace à dévoiler ce qu'il contient d'ontologique pour l'homme. La lancinante tentative de hausser le territoire limité de la perception à la dimension de la Terre n'est pas autre chose. La Terre diffère du territoire en ceci qu'elle n'est plus le pré-carré d'une affectivité humorale ou sensitive, mais qu'elle détient en elle notre condition ; loin de dépendre de notre regard comme le paysage que nos yeux englobent, elle est ce qui nous porte et nous suppose. Cependant, la Terre n'est pas séparée du territoire ; elle lui est superposée, et contenue par lui. La lutte avec l'espace est avant tout travail intérieur du poète sur sa perception, et par lui accès à une aire qui ne serait plus le simple reposoir d'une subjectivité sans cesse menacée par ses défaillances. Le problème n'est pas de remplacer une perception subjective par une autre, mais plus radicalement de substituer à la perception humaine fondatrice du paysage un espace-terre fondateur du poème.

En effet, le retournement de l'épreuve sensible en épreuve ontologique, l'arrachement du sujet à la portion congrue de son territoire perceptible au profit de la découverte de la terre fondatrice, se confondent avec l'accès à l'œuvre. L'expérience des gitans est aussi celle de Braque, le cheminement d'Orion et de l'enfant les amène à saisir dans le tableau de La Tour le modèle de leur quête, et, enfin, l'ouverture de la maison au dehors, au vent et à la terre est, comme on l'a vu, le don de l'écriture. À cela il faut ajouter que la poésie n'est pas le roman ; elle ne mène pas d'une illusion de jeunesse à un savoir plus grand : l'épreuve sensible et l'épreuve ontologique ne se succèdent pas comme dans le fil chronologique d'une intrigue ; elles s'entremêlent, parfois même se confondent, dans la brève durée d'un poème ; c'est aussi cette condensation qui rend quelquefois la poésie de René Char si difficile à saisir.

À l'épreuve sensible et à l'épreuve ontologique qui nouent intensément toutes les strates du poème, il faut en ajouter une troisième : l'épreuve hermétique.

Dans la poésie de Char, le niveau ontologique de l'expérience poétique ne fait qu'un avec le niveau hermétique. S'il faut combattre et lutter avec l'espace immédiat que la perception nous offre et nous retire, pour obtenir ce qu'il contient véridiquement, c'est que l'être-terre du paysage n'est présent qu'à un niveau occulte, en écart de ce qui est donné naturellement. C'est dans cette mesure que l'exploration poétique du monde, son parcours, qui est aussi une façon de l'habiter, ne mène qu'à des lieux cryptés, invisibles au premier regard, voilés par ce qu'ils détiennent. C'est l'herbe pré-natale de *Jacquemard et Julia*, la maison sadienne qui double secrètement la maison familiale, le palais des Papes de Braque, ou l'arche manquante du pont Saint-Bénezet. Démasquer les semblants de la perception sensible, ce n'est pas seulement être conduit à découvrir des espaces voilés, c'est aussi et surtout être amené à comprendre que ces fondations secrètes, ces fondations qui nous échappent ne sont fondatrices que pour autant qu'elles sont occultes, n'ont de portée ontologique que pour autant que l'apparence leur manque, et ne délivrent de signification que pour autant que celle-ci est hermétique.

L'impératif de la parole que l'enfant de la Sorgue perçoit dans la rupture des similitudes des choses ne le mène pas à dénouer les entrelacs et les liens qui le maintiennent « au cadran » tournoyant des eaux ; sa seule ouverture : se maintenir au milieu des tourbillons et prendre place dans ce qui, seul, peut leur donner sens : l'arche manquante du pont.

Notes

Sauf mention contraire, toutes les citations font référence à l'édition de la Pléiade des œuvres complètes parue en 1983 aux Éditions Gallimard.

1. *Tous partis !*, in *Fenêtres dormantes et Porte sur le toit*, p. 610.

2. *Possible*, in *Arsenal, Le Marteau sans maître*, p. 8.

3. *Commune présence*, anthologie présentée par Georges Blin, Gallimard, 1964.

4. *Déclarer son nom*, in *Au-dessus du vent, La Parole en archipel*, p. 401.

5. *Envoûtement à la renardière*, in *Seuls demeurent, Fureur et Mystère*, p. 131.

6. Voir Lautréamont, *Les Chants de Maldoror*, Chant II, Éd. G/F, p. 125-126.

7. *L'Enfant à l'entonnoir*, in *Effilage du sac de jute, Fenêtres dormantes et Porte sur le toit*, p. 616.

8. Voir notre analyse de *Voisinage de Van Gogh*, IIIᵉ partie, p. 117.

9. *Gammes de l'accordeur*, in *La Flûte et le Billot, Chants de la Balandrane*, p. 558.

10. Char parlera d'ailleurs d'Héraclite, maître du fragment, comme d'un « insecte éphémère et comblé ». *Héraclite d'Éphèse, Recherche de la base et du sommet*, p. 721.

11. *Jouvence des Névons*, in *La Sieste blanche, Les Matinaux*, p. 302.

12. *Hommage et Famine*, in *Seuls demeurent, Fureur et Mystère*, p. 148.

13. Cité par Y. Bonnefoy dans sa préface à l'œuvre poétique de Mallarmé, Gallimard, coll. « Poésie », p. 12.

14. *La bibliothèque est en feu*, in *La Parole en archipel*, p. 377.

15. *Le Veilleur naïf*, in *Le Bâton de rosier*, p. 789.

16. *Le Bruit de l'allumette*, in *Sept saisis par l'hiver, Chants de la Balandrane*, p. 536.

17. *Mirage des aiguilles*, in *Retour amont, Le Nu perdu*, p. 425.

18. *Génie*, in *Les Illuminations, Œuvres complètes*, Gallimard, « La Pléiade », 1951, p. 197.

19. *Aisé à porter*, in *Recherche de la base et du sommet*, p. 726.

20. *À la santé du serpent, fragment XXII*, in *Le Poème pulvérisé, Fureur et Mystère*, p. 266.

21. Héraclite, fragment 85, in *Trois Présocratiques*, Yves Battistini, Gallimard, coll. « Idées », p. 41.

22. *L'Adolescent soumis*, in *Consentement tacite, Les Matinaux*, p. 313-314.

23. *Les Trois Sœurs*, in *Le Poème pulvérisé, Fureur et Mystère*, p. 249-251.

24. *Arrière-histoire du Poème pulvérisé*, cité in *Notes des Œuvres complètes*, p. 1247.

25. *Le Thor* in *Les Loyaux adversaires, Fureur et Mystère*, p. 239.

26. Arthur Rimbaud, *Recherche de la base et du sommet*, p. 733.

27. *Jacquemard et Julia*, in *Le Poème pulvérisé, Fureur et Mystère*, p. 257-258.

28. *Les Trois Sœurs, Le Poème pulvérisé*, in *Fureur et Mystère*, p. 249-251.

29. *Hommage et Famine, op. cit.*, p. 148.

30. *L'Adolescent soumis, op. cit.*, p. 313-314.

31. *L'Enfant à l'entonnoir, op. cit.*, p. 616.

32. *La Torche du prodigue*, in *Arsenal, Le Marteau sans maître*, p. 7.

33. *Rougeur des Matinaux, fragment XVIII*, in *Les Matinaux*, p. 333.

34. *Le Deuil des Névons*, in *La bibliothèque est en feu..., La Parole en archipel*, p. 391.

35. *Sept Parcelles de Luberon*, in *Retour amont, Le Nu perdu*, p. 421-423.

36. À la suite de la condamnation de Sade par le parlement d'Aix-en-Provence pour les délits sexuels commis à Marseille, Sade avait rétorqué que celui-ci avait laissé faire les massacres des Vaudois en 1545 à Mérindol (Vaucluse), pour lui ôter tout droit de justice.

37. *Suzerain*, in *Le Poème pulvérisé, Fureur et Mystère*, p. 261.

38. *Arrière histoire du Poème pulvérisé*, cité dans les *Notes des Œuvres complètes*, p. 1247.

39. *Devant soi*, in *Abondance viendra, Le Marteau sans maître*, p. 57.

40. *Déshérence*, in *Retour amont, Le Nu perdu*, p. 437.

41. *Le Visage nuptial*, in *Seuls demeurent, Fureur et Mystère*, p. 152.

42. *Le Carreau*, in *La Sieste blanche, Les Matinaux*, p. 310.

43. *Loi oblige*, in *La Flûte et le Billot, Chants de la Balandrane*, p. 558.

44. *Les Rapports entre parasites*, in *Abondance viendra, Le Marteau sans maître*, p. 54.

45. *Le Doigt majeur*, in *Comment te trouves-tu là..., Fenêtres dormantes et Porte sur le toit*, p. 604.

46. *La Scie rêveuse*, in *Dans la pluie giboyeuse, Le Nu perdu*, p. 453.

47. *Ibid.*

48. *La Rive violente*, in *Aromates chasseurs*, p. 527.

49. *J'habite une douleur*, in *Le Poème pulvérisé, Fureur et Mystère*, p. 254.

50. *Le Muguet, ibid.*, p. 254.

51. *Feuillets d'Hypnos*, fragment 34, in *Fureur et Mystère*, p. 183.

52. Jean Roudaut, *Introduction aux Œuvres complètes*, p. XVI.

53. *La Barque à la proue altérée*, *Recherche de la base et du sommet*, p. 719.

54. *Arthur Rimbaud, ibid.*, p. 731.

55. *Effacement du peuplier*, in *Retour amont*, *Le Nu perdu*, p. 423. Voir aussi notre commentaire du même poème dans la II⁰ partie de ce livre, p. 102-103.

56. *La bibliothèque est en feu*, *La Parole en archipel*, p. 379.

57. Héraclite, *Fragment 82, op. cit.*, p. 41.

58. Martin Heidegger, *L'homme habite en poète*, in *Essais et Conférences*, Gallimard, coll. «Tel», 1980, p. 233 sqq.

59. *Exploit du cylindre à vapeur*, in *Placard pour un chemin des écoliers*, p. 96.

60. C'est le titre d'un des poèmes du même recueil, p. 107.

61. *Aux économes du feu, ibid.*, p. 107.

62. *Georges Braque intra-muros*, *Recherche de la base et du sommet*, p. 679.

63. *Les Compagnons dans le jardin*, in *La Parole en archipel*, p. 382.

64. *Dévalant la rocaille aux plantes écarlates*, in *La Nuit talismanique qui brillait dans son cercle*, p. 489.

65. *Les Trois Sœurs, op. cit.*

66. *Cruels assortiments*, in *Chants de la Balandrane*, p. 541.

67. *Dévalant la rocaille aux plantes écarlates, op. cit.*

68. *Vétérance, ibid.*, p. 500.

69. *Yvonne*, in *Retour amont*, *Le Nu perdu*, p. 430.

70. *Vétérance, op. cit.*

71. *Verbe d'orages raisonneurs..., ibid.*, p. 493.

72. *Braque, lorsqu'il peignait*, in *Recherche de la base et du sommet*, p. 678.

73. *Braque intra-muros, op. cit.*, p. 678-679.

74. Cette notion est suggérée par René Char dans les propos que rapporte Dominique Jacquet, in *Données traditionnelles et Poésie*, in *Colloque Char*, numéro spécial de la revue *Sud*.

75. *Nouvelles-Hébrides, Nouvelle-Guinée*, in *Recherche de la base et du sommet*, p. 708.

76. *Au demeurant*, in *Tous partis !*, *Fenêtres dormantes et Porte sur le toit*, p. 609.

77. *Le Soleil des eaux*, in *Trois Coups sous les arbres*, p. 912.

78. *Vers aphoristiques*, in *La Nuit talismanique qui brillait dans son cercle*, p. 495.

La commune présence

Les arbres ne se questionnent pas
entre eux, mais trop rapprochés, ils
font le geste de s'éviter. De la chê-
naie s'élance trois fois l'appel du
coucou, l'oiseau qui ne commerce
pas. Pareil au chant votif du météore.

Volets tirés fendus, in *La Nuit
talismanique qui brillait
dans son cercle.*

La mauvaise santé des roseaux a
toujours attristé mon cœur. Ruisseau, aveugle un peu ton miroir, toi
qui n'as d'yeux que pour ces mau-
dits.

Tous partis !, in *Fenêtres dormantes et Porte sur le toit.*

Les similitudes

Le poème

Ce qui unifie l'expérience sensible, l'expérience ontologique et l'expérience hermétique, c'est la question de la poésie elle-même, véritable sujet des poèmes que nous avons commentés. En ce sens, on pourrait reprendre la formule tant de fois citée de Maurice Blanchot : « L'une des grandeurs de René Char, celle par laquelle il n'a pas d'égal en ce temps, c'est que sa poésie est révélation de la poésie, poésie de la poésie, et, comme le dit à peu près Heidegger de Hölderlin, poème de l'essence du poème [1]. »

Cependant, il faudrait donner un autre sens à la locution « poème de l'essence du poème », car elle est trompeuse. Blanchot semble, dans son article, penser plus à la pratique « moderne » de la *mise en abyme* utilisée par Mallarmé ou Valéry qu'à ce que suggère Heidegger ; et, en réduisant le poème à n'avoir pour sujet et objet que lui-même, cette perspective critique rend curieusement équivalentes l'essence de la poésie et la rhétorique verbale : il ne suffit sans doute pas qu'une chose se reflète elle-même pour qu'elle atteigne son essence : la réflexivité, comme telle, n'est pas atteinte de l'être. Si la question de la poésie est centrale dans l'œuvre de Char, ce n'est pas qu'il serait captif de sa propre contemplation ; comme il l'a écrit, dès *Moulin premier* :

> L'oscillation d'un auteur derrière son œuvre, c'est de la pure toilette matérialiste[2].

En vérité, l'analyse de Heidegger à propos de Hölderlin n'est pas non plus satisfaisante, car, dans son esprit, le poème de l'essence du poème définit le poète comme l'intermédiaire entre les dieux et le peuple : « Le dire du poète consiste à surprendre les signes des dieux pour ensuite faire signe à son peuple[3] » ; or, s'il est arrivé à Char de jouer ce rôle, une fois dans sa vie, ce fut pendant la Résistance, comme Héros, au sens grec de ce mot.

Le poème, pour Char, n'est ni miroir de lui-même ni législateur du monde. Pour Char, la poésie est tout simplement la vérité : « … poésie et vérité, comme nous savons, étant synonymes[4]. »

En ce sens, Char a échappé aux perspectives ouvertes par les Modernes, pour qui l'âge poétique est clos. Rimbaud et Mallarmé ayant, par leur démarche, condamné, selon ces mêmes Modernes, l'œuvre au néant : le poète y devient un imposteur, puisque, privé d'œuvre, il n'a pour seul recours que le subterfuge d'un retour infini sur lui-même et sur son vide. La question de l'imposture de la poésie et de l'art en général est devenue, de ce fait, essentielle à la notion de modernité, parcourant, soit de manière cynique et affichée, soit, au contraire, dans un refus vertueux, toutes les avant-gardes du xxe siècle. Le mouvement surréaliste, auquel Char a appartenu quelques années, avant de le fuir, est sans doute celui qui a posé le problème dans toutes ses dimensions. D'un côté, usant et abusant de l'imposture comme pratique et comme définition de la poésie (éternels gags, mythomanie, provocations…), et de l'autre, au contraire, fétichisant l'innocence et la transparence du poète contre les artifices de la littérature. Pour Char, la poésie ne tient pas à la personne du poète ; il s'est d'ailleurs toujours gardé de la tentation d'opérer une synthèse entre sa vie et son œuvre ; dans cette mesure, il n'y a pour lui d'imposture qu'*en deçà* du poète :

> Le dessein de la poésie étant de nous rendre souverain en nous impersonnalisant, nous touchons, grâce au poème, à la plénitude de ce qui n'était qu'esquissé ou déformé par les vantardises de l'individu[5].

L'impersonnalité dont Char parle ici n'est pas l'impersonnalité mallarméenne d'un sujet crucifié au néant du langage. Il écrira à ce propos, visant sans doute l'héritage mallarméen :

> Refuser la goutte d'imagination qui manque au néant, c'est se vouer à la patience de rendre à l'éternel le mal qu'il nous fait[6].

Cette impersonnalité mène, au contraire, à une souveraineté, ou encore à une invulnérabilité :

> Le bien décisif et à jamais inconnu de la poésie, croyons-nous, est son invulnérabilité. Celle-ci est si accomplie, si forte que le poète, homme du quotidien, est le bénéficiaire après coup de cette qualité dont il n'a été que le porteur irresponsable[7].

La souveraineté et l'impersonnalité qui alimentent ainsi le poète sont ce qui l'ouvre enfin à une *ubiquité* que son « corps non multiple gênait[8] », et aux bénéfices hermétiques de son écriture : « Tu es reposoir d'obscurité sur ma face trop offerte[9] », dit-il au poème, dans *Pour renouer*.

Le problème de l'imposture de la poésie ne sera situé par Char qu'au seul niveau qui est le sien, celui du langage :

Toute association de mots encourage son démenti, court le soupçon d'imposture. La tâche de la poésie, à travers son œil et sur la langue de son palais, est de faire disparaître cette aliénation en la prouvant dérisoire [10].

Remarquons ici que Char, dans une sorte d'optimisme violent, résout le problème, à peine l'a-t-il posé. Si le langage par essence est risque d'imposture, alors ce ne peut être à partir du langage lui-même que le soupçon peut être exorcisé, mais par un pari sur les pouvoirs immanents de la poésie.

Dès sa rupture avec les surréalistes, Char s'était engagé, notamment dans les fragments de *Moulin premier* et de *Partage formel*, à explorer ces pouvoirs. Il s'agissait déjà, comme l'indique une note des *Œuvres complètes*, sans doute inspirée par Char lui-même, de les redéfinir du fait de « la dévalorisation, les mises en cause diverses, voire la dérision attachée » aux notions de poète et de poème, qui semblaient « tombées en déshérence, sinon sur le point de disparaître [11] ».

Dès lors, pour comprendre à quel niveau la poésie se dévoile comme le sujet fondamental de l'œuvre de Char, il faut se garder d'y chercher un poète captif de son reflet, mais tenter de saisir l'aire de signification et de vérité dans laquelle le poème, en effet, est à la recherche de sa propre essence.

La similitude

La vérité poétique se déploie dans un espace apparemment restreint : celui des similitudes. C'est à l'intérieur de l'étroit manège des similitudes qu'elle s'exauce ; ou, plutôt, on dira : la vérité poétique pose le problème des similitudes : c'est là la seule cible de signification de la poésie ; par elle, on peut penser tout à la fois ses dimensions les plus extrêmes et les plus centrales : la métaphore, la rime, la structure versifiée, l'analogie, les correspondances, les contraires, les identités, le signifiant, l'un et le multiple ; c'est-à-dire aussi bien le cadre à l'intérieur duquel le réel se présente comme poétique que le langage qui absorbe et re-présente cette présence.

En énonçant que la poésie *pose le problème de la similitude*, et non qu'elle est similitude, on veut se garder de verser dans une simple théorie esthétique ; par ailleurs, pour prendre un exemple extrêmement simple, il est bien évident que, entre la similitude instaurée par Ronsard entre la rose et la femme et celle que propose Rilke entre la rose et l'Ouvert, il y a deux manières opposées de penser l'Un ou l'identique : à un bout, on trouve chez le premier une perception analogique du temps érotique ; chez le second, la tentative de briser toute saisie en extériorité de l'objectif et du subjectif que l'ininterrompu angélique de la fleur noue l'un à l'autre. De la même manière, on ne saurait confondre le propos de Mallarmé sur la métaphore : « Tout le mystère est là : établir les identités secrètes par un deux à deux qui ronge et use les objets, au nom d'une centrale pureté[12] », et la métaphore proustienne, qui, loin de vouloir « ronger et user les objets », ne désire rien tant qu'en manifester l'éternité. Reste que tous deux *posent le problème des similitudes*.

La similitude permet d'autant plus de révéler l'intense circulation des identités qu'elle est problématique, ou qu'elle ne va pas de soi. La similitude ne peut être totalement dite que lorsque la différence a été pensée, perçue et ressentie. Plus qu'aucun autre poète du xxᵉ siècle – à l'exception de Proust, bien sûr –, Char a été, en ce sens, un virtuose de la similitude, bien loin en cela du goût pour l'image spontanée de la simple association psychique des surréalistes.

Char privilégie, d'une part, l'alliance du concret et de l'abstrait, et, d'autre part, l'alliance des contraires. Donnons, pour le premier cas, cet exemple si représentatif de son écriture, où la densité et le croisement des similitudes abstraites et concrètes sont tels qu'ils ouvrent le poème à dévoiler, pour reprendre l'expression de Gauguin, « ce que les yeux n'eussent pu voir ». Il s'agit du serpent : sa fuite est désignée ainsi :

> Par le lien qui unit la lumière à la peur,
> Tu fais semblant de fuir, ô serpent marginal[13] !

La similitude du concret et de l'abstrait est représentée ici par la « lumière » et la « peur », où l'on peut lire aussi l'assimilation de l'effet (cet éclair de lumière qui témoigne de la disparition du serpent) et de la cause (la peur) : tous deux alors ne faisant qu'un ; mais la similitude n'est pas le simple rapprochement de deux identités, elle s'inscrit comme *quasi-réel* dans l'espace du visible : c'est *par le lien* – c'est-à-dire la similitude – entre lumière et peur que le serpent s'enfuit. Ajoutons que Char, renchérissant sur cette condensation poétique, désigne cette fuite comme *semblant* (« tu fais semblant de fuir… »), car le serpent n'a fait que disparaître, que s'évaporer du visible, sans pour autant s'écarter de son site. La similitude ne rend pas compte du réel, elle dévoile le visible authentique que dissimule la myopie de notre perception, et se révèle comme la véridique organisatrice de ce réel.

L'autre type de similitudes associe donc les contraires. Quelques vers désignent le taureau dans l'arène :

> Il ne fait jamais nuit quand tu meurs,
> Cerné de ténèbres qui crient,
> Soleil aux deux pointes semblables[14].

L'alliance des contraires est opérée par l'inversion des métaphores : le taureau est soleil, et l'arène ensoleillée est ténèbres. La similitude n'est pas une ornementation qui s'ajouterait au tableau de la réalité. La similitude est *événement* : c'est au moment où le taureau meurt (« quand tu meurs ») et simultanément à sa mort que le renversement s'opère. Par cette inversion, Char rétablit dans sa profération poétique les dimensions solaires du taureau présentes dans les mythes de la Grèce archaïque, et perdues pour nous.

Le travail des similitudes mène alors à un certain hermétisme, car la condensation extrême du sens sature et obture parfois notre capacité de compréhension immédiate.

Le principe des similitudes est l'espace par lequel la différence analogique de deux êtres est pensée ou représentée :

> Astres et désastres, comiquement, se sont toujours fait face en leur disproportion [15]

similitude des signifiants qui, ici, déborde des analogies et rend compte de leur face-à-face tragique ou comique.

Ainsi, dans l'œuvre de Char, nulle présence d'un mimétisme entre la chose et l'écriture, comme on peut en trouver tant d'exemples chez Francis Ponge, dans l'œuvre duquel, selon Jacques Derrida, « la crevette *ressemble* à l'écriture, à des signes de ponctuation... », et où la simple « analogie est l'espace de cette surimpression [16] ». Ponge demeure, à l'égard du langage et des choses, dans le pur souci de la dénotation, c'est pourquoi sa poésie demeure *mimesis*, et que de la sorte, on peut dire, en effet, de lui qu'il « relève le défi des choses au langage[17] ».

Non seulement le mot de *chose* n'a pas le même sens pour Ponge et pour Char, mais, de plus, ce dernier n'est jamais, ou très rarement, dans un rapport monologique à une chose, mais dans une relation dialogique à des doubles : sa poésie permet aux choses de se faire face : comme l'astre et le désastre, ou comme dans *Le Soleil des eaux*, le bien et le mal :

> Circonscrits, l'éternel mal, l'éternel bien y luttent sous les figures minimes de la truite et de l'anguille[18].

Ce face-à-face ne se limite pas au domaine métaphysique comme pour l'astre, ou au domaine moral comme pour le bien et le mal, il est aussi au plus près de la simple perception ; ainsi, à propos des liens de la couleur et de la ligne chez le peintre Miró, il écrit :

> Pas de paisible voisinage entre lignes et couleurs. Parfois un accompagnement, *similitude de démarche qui révèle la nature contraire de la couleur...*[19]

La similitude, enfin, peut revêtir une forme plus immédiate encore, celle de la sensation pure, comme dans ce fragment de *Feuillets d'Hypnos*, où il est question de son combat de résistant :

> Une si étroite affinité existe entre le coucou et les êtres furtifs que nous sommes devenus, que cet oiseau si peu visible, ou qui revêt un grisâtre anonymat lorsqu'il traverse la vue, en écho à son chant écartelant, nous arrache un long frisson[20].

2

L'ordre poétique

Commune présence et séparation

Dans l'œuvre de René Char, le réseau poétique des similitudes est souvent, et à juste titre, associé à la locution de *commune présence*, qui a donné son titre à sa très belle anthologie publiée en 1964 ; elle apparaît comme la conceptualisation poétique des analogies. Cependant, l'apparente limpidité de ses sonorités ne doit pas tromper : plutôt que de dévoiler l'accès radieux à une coprésence parfaite des éléments, elle nous amène davantage au dialogue violent des choses.

> Les enfants et les génies savent qu'il n'existe pas de pont, seulement l'eau qui se laisse traverser. Aussi chez Braque la source est-elle inséparable du rocher, le fruit du sol, le nuage de son destin, invisiblement et souverainement. Le va-et-vient incessant de la solitude à l'être et de l'être à la solitude fonde sous nos yeux le plus grand cœur qui soit. Braque pense que nous avons besoin de trop de choses pour nous satisfaire d'*une* chose, par conséquent il faut assurer, à tout prix, la continuité de la création, même si nous ne devons jamais en bénéficier[21].

De ce texte, écrit en 1947 et consacré à Georges Braque, il faut tout d'abord extraire une phrase : « Le va-et-vient incessant de la solitude à l'être et de l'être à la solitude fonde sous nos yeux le plus grand cœur qui soit. »

Le *cœur*, écrit Char dans *À Faulx contente*, c'est la « source et [le] sépulcre du poème[22] », l'espace, ou l'arche, au centre duquel s'opère ce va-et-vient perpétuel ; mais comment comprendre qu'il lie réciproquement et indéfiniment l'être et la solitude ? Peut-être précisément comme ce qui, dans l'œuvre de Char, noue l'une à l'autre commune présence et séparation. Si, d'un côté, le poète est celui en qui il y a « communication et [...] libre disposition de la totalité des choses entre elles[23] », ce ne peut être, comme l'écrit Char, au début de son texte sur Braque, au prix de l'illusion qu'il existerait des ponts entre ces choses :

Les enfants et les génies savent qu'il n'existe pas de pont, seulement l'eau qui se laisse traverser.

Précepte auquel on peut ajouter :

La poésie est de toutes les eaux claires celle qui s'attarde le moins aux reflets de ses ponts[24].

On a vu, et on verra à nouveau, combien la fonction d'un poète pontonnier ne s'opère que sur l'arche absente ou brisée, et la dévoile comme refuge hermétique. Croire que le pont existe, qu'il peut vaincre et posséder les choses par sa seule fonction de traverse, c'est manquer la dimension la plus profonde de la commune présence sans cesse tenaillée par les antagonismes.

En effet, ce que Braque relie, aux yeux de René Char, ce ne sont point choses en naturelle connivence, mais au contraire en écart : le rocher et la source, le fruit et le sol, le nuage et son destin.

De la sorte, la commune présence n'est pas l'unité confondue et fusionnelle d'une nature pacifiée et réunie : si le rocher et la source y sont inséparables, c'est parce que la source déchire le rocher, le creuse et l'ouvre. À ce titre, rien de plus éloigné de la poésie de Char que la métaphore simplifiée du reflet qui associerait les mêmes; ou plutôt, si le même est convoqué, c'est à l'intérieur d'une continuité énigmatique :

> Douleur et temps flânent ensemble.
> Quelle volonté les assemble ?
> Prenez, hirondelles atones,
> Confidence de leur personne[25].

Ou encore :

> Le cœur s'éprend d'un ruisseau clair,
> Y jette sa cartouche amère.
> Il feint d'ignorer que la mer
> Lui recédera le mystère[26].

Continuité où le «pont» des mots est sans cesse dépassé par ce qu'il traverse. L'insoluble lien qui associe le ruisseau à la mer – cette similitude sans solution – n'est pas traité par Char comme il l'est par Chateaubriand, qui associe l'alouette des champs à l'alouette marine, mais au travers de ces formules :

> La source a rendu l'ajonc défensif en le tenant éloigné du jonc[27]

entre l'ajonc marin et le jonc d'eau douce, une simple lettre qui sépare.

Lorsqu'il arrive à René Char d'établir un lien métaphorique où n'apparaissent que les surfaces d'une même identité, c'est aussitôt pour lui substituer la plus grande asymétrie ; ainsi dans *L'Allégresse*[28], titre qui est déjà lui-même une antiphrase, il commence par écrire, sur le mode proustien :

> Les nuages sont dans les rivières, les torrents parcourent le ciel

mais, très vite le reflet est remplacé par une similitude antagoniste :

> Le temps de la famine et celui de la moisson, l'un sous l'autre dans l'air haillonneux, ont effacé leur différence

où, au travers d'une allusion elliptique à Héraclite, l'unité pacifiée de la métaphore est détruite ; on lira d'ailleurs, dans un autre poème, la dénégation de la belle métaphore première :

> Je voyais […]le gravier qui brillait dans le ciel du ruisseau et dont je n'avais, moi, *nul besoin*[29].

Certes, Char n'est pas resté dans la violente simplification qu'il affichait dans *Le Marteau sans maître*

> Nous aimions les eaux opaques, prétendues polluées, qui n'étaient le miroir d'aucun ciel levant[30]…

Entre le pur reflet de l'image analogique et la séparation absolue de l'opacité, il y a, pour Char, l'ouverture de ce perpétuel va-et-vient entre Être et solitude, qui creuse alors opacité et reflet dans un même espace. C'est sans doute en écho à cette analyse qu'il faut aussi entendre la nomination de

> Cet instant où la beauté, après s'être longtemps fait attendre surgit des choses communes, traverse notre champ radieux, lie tout ce qui peut être lié, allume tout ce qui doit être allumé de notre gerbe de ténèbres[31].

Lorsque Char écrit « lie tout ce qui peut être lié », il établit un programme analogique pour tout aussitôt le dépasser, puisque cette gerbe est désignée comme gerbe de ténèbres, et que, par une seconde antithèse, elle devient flamme destructrice. Plus tard, dans le poème *L'Allégresse*, auquel nous avons fait allusion précédemment, il désignera précisément le cœur (ce qui joint l'être à la solitude) comme un « gerbeur » ambigu :

> Saurons-nous, sous le pied de la mort, si le cœur, ce gerbeur, ne doit pas précéder mais suivre ?[32]

De ce croisement de la séparation et de la commune présence, on donnera aussi quelques exemples :

> Fruits, vous vous tenez si loin de votre arbre que les étoiles du ciel semblent votre reflet[33].

Ou encore, dans le même poème :

> Le sang demeure dans les plumes de la flèche, non à sa pointe. L'arc l'a voulu ainsi[34].

La conjonction de la coappartenance et de la division tient à ce que le poète veut donner la chose sur le mode singulier de sa présence : arc ou fruit. Contrairement à Ponge, encore une fois, pour qui le pari de décrire les choses de leur propre point de vue est une « perfection impossible », René Char suppose que les choses doivent, dans le poème, « conserve[r] l'attitude de leur vérité[35] ».

Si Francis Ponge peut affirmer que « ce ne sont pas les choses qui parlent entre elles mais les hommes entre eux qui parlent des choses », et qu'il ajoute : « On ne peut aucunement sortir de l'homme[36] », c'est que son retour aux choses, son « parti pris des choses » demeure, dans un strict mimétisme, une attitude préphénoménologique, simple variation imaginaire autour d'une chose qui n'advient jamais à son être, mais demeure toujours objet, avec, à côté de lui, l'homme sujet. Dans le poème de Char, l'arc comme les fruits tiennent leur langage, non à partir d'un mimétisme sommaire, mais à partir du dialogue des choses entre elles : dialogue de la flèche et de la blessure, de l'arc et du sang, ailleurs dialogue du fruit et de l'arbre, du sol et des étoiles ; or ce dialogue, loin de révéler une cohésion ou une solidarité objective des choses, dévoile, au contraire, la séparation de ce qui, aux yeux des humains, semble pourtant attenant : l'arc pas plus que le fruit ne se soumet servilement aux règles de la finalité, de la causalité ou du calcul dans lesquelles les hommes les objéifient ; tout résiste à cette « énigmatique maladie » des hommes à « faire des nœuds[37] » ; le fruit n'est pas noué à son arbre, et la pointe de la flèche au sang qu'elle fait jaillir. C'est pourquoi, s'il y a commune présence, similitude, c'est à partir du dévoilement d'une séparation et d'une différence.

> Sur la montagne dans l'ombre, le jaune matinal céleste s'insinuant dans un bleu cendre *ne produit pas le vert*, mais suscite le rose carillon, lequel harcèlera, jusqu'au jour envahisseur. La nature consent à l'observation tamisante du peintre, pas à la fange dont elle aurait pu l'aveugler[38].

Ces propos sur le peintre Arpad Szenes, qui s'appliquent si bien à la poésie de Char, confirment tout cela. Le vert est ici rejeté comme le stéréotype de la communion des couleurs, celle du jaune et du bleu. À l'archétype technicien de l'*addition* qui se dévoile par les connotations du verbe *produire*, Char préfère une autre rencontre : le « rose carillon », par lequel l'aurore se dévoile en sa singularité sonore. La nature impose à l'observateur son mode d'être propre, rejetant la fusion aveuglante de la fange du coloriste qui croit à une loi humaine ou oculaire des couleurs.

Ainsi, René Char ne se situe pas dans un optimisme naïf de la commune présence, et, dans une loi conventionnelle des similitudes, il sait que si « l'arbre de plein vent est solitaire », « l'étreinte du vent l'est plus encore[39] ». Si la solitude de l'arbre de plein vent retourne l'étreinte en solitude plus grande encore, puisqu'elle la redouble, en ce retournement se révèle alors une similitude inaperçue entre solitude et étreinte, entre ces deux antagonistes qui se suscitent réciproquement. Parmi ces images fondamentales en quoi se conjoignent similitudes et séparation, il faudrait enfin citer celle qui *nomme* souverainement le figuier tel qu'en lui-même : « Le figuier allaiteur de ruines[40]. » L'évidence de l'image qui conjoint en elle la mort et la vie, la destruction et le nourrissement, le lait de la figue et le site du figuier (mais sans doute faut-il avoir vu ces figuiers pour comprendre cette évidence) réalise de manière plus laconique encore ce qu'il faut entendre par similitude.

Dans son ballet *La Conjuration*[41], René Char a projeté une allégorie de la commune présence, dont le héros malheureux et le martyr est l'« homme-miroir », celui qui croit aux simples et transparentes similitudes du reflet, et qui, de ce fait, faute d'aller de l'autre côté de lui-même, de l'autre côté du miroir, est conduit, par son idéalisme, à la mort : « ...*L'homme-miroir*, prince des nœuds, meurt d'erreur et pur de compromis[42]. » C'est que le rôle du poète, s'il n'est pas d'enseigner « la fin des liens », doit être néanmoins de faire « éclater les liens de ce qu'il touche[43] » ; au travers de la *commune présence*, « l'être, l'objet, dans le final mental ne sont plus narcissiques[44] » : les similitudes cessent de représenter la simple réflexivité des mots et des choses, mais fondent un espace dont les gémellités sont fendues, les analogies antagonistes, et où, réciproquement, la division promet le dialogue, et le conflit révèle l'échange, dévoilant ainsi « l'altercation ininterrompue avec le réel, celui que nous dégageons et celui qui s'oppose à nous[45] ».

Les contraires : Héraclite

> Les choses sont contraires.
> *Recherche de la base et du sommet*[46].

À l'encontre d'André Breton qui soutient, dans le *Second Manifeste surréaliste*, l'idéal d'une résorption des contradictions, d'une fusion harmonieuse des oppositions qui gouvernent la conscience commune[47], René Char semble promouvoir l'idée d'un dialogue conflictuel des choses. Pour simplifier, on pourrait dire que Breton demeure, dans la logique de son discours général, à l'intérieur d'une perspective néohégélienne au sein de laquelle l'identification terminale des contraires renvoie à une identité antérieure, originelle, tandis qu'à l'inverse ce serait la référence héraclitéenne qui gouvernerait la philosophie esthétique de René Char. Pourtant, la lecture d'Héraclite proposée par Char est si particulière qu'on ne peut se satisfaire d'une telle proposition ; pas plus que Bergson pour Proust, Héraclite n'intervient de manière réellement philosophique dans son poème, et, comme il l'écrit lui-même dans *Héraclite d'Éphèse*[48] :

Ce que nous entrevoyons, ce sont un ascendant, des attouchements passagers.

Dans ce texte d'ailleurs, comme dans toute l'œuvre de Char, il est à peine question de philosophie, et, s'il est question de *connaissance*, c'est en dialecticien tragique que le poète sait en saisir la négativité féconde :

> … comme les lois chaque fois proposées sont, en partie tout au moins, démenties par l'opposition, l'expérience et la lassitude – fonction universelle –, le but convoité est, en fin de compte, une déception, une remise en jeu de la connaissance.

D'une certaine manière, Char, au travers de ce relativisme et de ce pessimisme, est profondément héraclitéen ; il sait que cette philosophie n'est pas le simple discours d'un dogmatisme, mais que, comme dans la théologie négative, l'objet même de sa parole – le principe des contraires et du conflit – détruit à mesure ce qu'elle construit ; si une vérité alors peut être saisie, c'est dans cet écart perpétuel de la parole avec elle-même :

> Au-delà de sa leçon, demeure la beauté sans date, à la façon du soleil qui mûrit sur le rempart mais porte le fruit de son rayon ailleurs.

Dès lors, il ne faut pas rechercher dans la poésie de Char une adhésion à un système conceptuel, et, pour bien comprendre la notion de *contraire*, si importante pour lui, peut-être faut-il à l'inverse saisir en quoi il se distingue d'Héraclite.

Il n'est pas sans importance de constater que le premier fragment de René Char où le nom d'Héraclite apparaît est à la fois un éloge du philosophe, mais laisse transparaître une certaine réticence à l'égard du désir d'Harmonie, ou du désir de l'Un. Ce fragment est extrait de *Partage formel*, écrit dans les années 1938 :

Héraclite met l'accent sur l'exaltante alliance des contraires. Il voit en premier lieu en eux la condition parfaite et le moteur indispensable à produire l'harmonie. En poésie il est advenu qu'au moment de la fusion des contraires surgissait un impact sans origine définie dont l'action dissolvante et solitaire provoquait le glissement des abîmes qui portent de façon si antiphysique le poème. Il appartient au poète de couper court à ce danger en faisant intervenir, soit un élément traditionnel à raison éprouvée, soit le feu d'une démiurgie si miraculeuse qu'elle annule le trajet de cause à effet. Le poète peut alors voir les contraires – ces mirages ponctuels et tumultueux – aboutir, leur lignée immanente *se personnifier*, poésie et vérité, comme nous savons, étant synonymes[49].

Le fragment, pour apparemment obscur qu'il puisse paraître, semble directement dirigé contre la lecture « hégélienne » d'Héraclite proposée par Breton : la fusion des antagonismes. Cette tentation à laquelle le vœu d'harmonie peut mener est, pour Char, ce qu'une poésie authentique des contraires doit combattre. La condition est de les maintenir coûte que coûte en opposition, et, pour cela, d'identifier, de personnifier leur généalogie (« leur lignée immanente »), c'est-à-dire décliner le paradigme de leur conflit. On a d'ailleurs, dans *Partage formel*, un exemple très concret de cet impératif : dans un fragment suivant, Char écrit :

> Homme de la pluie et enfant du beau temps, vos mains de défaite et de progrès me sont également nécessaires[50].

Ce fragment illustre la nécessité de « personnifier la lignée immanente des contraires », puisqu'il est l'extension généalogique d'un fragment écrit dans le recueil précédent *(Moulin premier)* : « Il faut être l'homme de la pluie et l'enfant du beau temps[51]. » Alors que le fragment de *Moulin premier* demeurait encore au sein de l'illusion d'une fusion des contraires dans l'unité psychologique de l'individu, le fragment de *Partage formel*, loin de se résoudre à l'harmonie, développe le conflit et en « personnifie » les valeurs généalogiques, avec les notions de « progrès » et de « défaite ». Et d'ailleurs, par l'expression « vos mains », repousse l'intériorisation du « il faut être », soulignant le maintien de la différence. La nécessité conflictuelle n'aboutit pas au vœu d'une unité, mais creuse au contraire le « milieu » où la contradiction se produit : chacun des éléments *ignore* l'autre et n'existe qu'à sa rencontre.

Il y a une raison très simple au fait que les contraires sont ignorants de leur vis-à-vis et que leurs oppositions sont sans cesse reconduites de fragment en fragment, c'est qu'il ne s'agit jamais, chez René Char, de *contraires logiques*, emboîtés les uns dans les autres par une simple symétrie inversée : le lien au travers duquel ils se font face n'est pas celui de la contradiction, mais de l'opposition asymétrique : ainsi, dans notre dernier exemple, il n'y a pas de réelle contradiction d'identité entre *défaite* et *progrès* (alors qu'il y en avait une entre « homme de la pluie » et « enfant du beau temps ») ; le véritable contraire de *défaite* serait *victoire*, or Char lui oppose le mot *progrès*.

Lorsqu'on recense les prétendus contraires héraclitéens, on s'aperçoit qu'il en est presque toujours de même ; ainsi :

Les dés aux minutes comptées, les dés inaptes à étreindre, parce qu'ils sont *naissance* et *vieillesse*[52].

Ou encore

Reconnaître deux sortes de possible : le possible *diurne* et le possible *prohibé*. Rendre, s'il se peut, le premier l'égal du second ; les mettre sur la voie royale du fascinant impossible, degré le plus haut du compréhensible[53].

Et enfin :

> À chaque effondrement des *preuves* le poète répond par une salve d'*avenir*[54].

On voit que, contrairement à Breton, Char ne peut viser à la totalité harmonieuse ou à l'Un. Comme il l'écrit dans un aphorisme du *Nu perdu* : « L'asymétrie est jouvence[55]. » Notre défiance à voir dans le poème de Char une simple application de quelques préceptes héraclitéens se confirme jusque dans la manière dont il détourne les oppositions de Héraclite : ainsi, Héraclite oppose *abondance* et *famine* (strict couple logique) dans l'un de ses célèbres fragments : « Dieu est jour et nuit, hiver et été, guerre et paix, abondance et famine…[56] » ; Char propose un couple presque identique, mais légèrement déformé par l'asymétrie : « Le temps de la famine et celui de la moisson…[57] ».

Ce qui est plus frappant encore, c'est que la révélation asymétrique surgit souvent à partir d'une déconstruction hermétique de l'alliance des contraires. Ainsi, le poème *Effacement du peuplier*, déjà cité à propos de son fameux vers « Une clé sera ma demeure[58] ». L'arbre engage, en effet, l'univers à accomplir une fusion des éléments opposés (terre, feu et air) :

> L'ouragan dégarnit les bois.
> J'endors, moi, la foudre aux yeux tendres.
> Laissez le grand vent où je tremble
> S'unir à la terre où je croîs.

Mais la suite du poème s'emploie à définir une autre démarche : celle du poète, logée dans les énigmes de l'asymétrie :

> Une clé sera ma demeure,
> Feinte d'un feu que le cœur certifie ;
> Et l'air qui la tint dans ses serres.

Si le peuplier demande qu'on laisse le vent s'unir à la terre au début du poème, le poète ne réclame ni n'exige, à la fin, une identique alliance des éléments : la parole naïve de l'arbre semble s'être effacée derrière la parole plus complexe du poète (rappelons, d'ailleurs, que le titre est *Effacement du peuplier*). Ces trois derniers vers sont, en effet, déséquilibrés par deux asymétries : une première asymétrie temporelle situe l'action du feu dans le présent et l'action de l'air dans le passé, une autre asymétrie grammaticale nous empêche de saisir immédiatement si *feinte* détermine « demeure » ou bien « clé ». Il apparaît que c'est bien la demeure qui est « feinte » par le feu, au sens tout simplement où elle est demeure fictive et irréelle : on ne saurait la concevoir comme abri ou comme maison, puisque c'est la clé – instrument d'ouverture – qui la symbolise. Le feu est ce qui simule la demeure. En revanche, l'« air » se révèle comme le donateur de la *clé* ; c'est pourquoi Char emploie un passé simple (« la tint ») : son action est première, antérieure à celle du feu. L'air, de plus, ne prend pas la place que jouait le vent pour le peuplier. Char écrit : « Et l'air qui la tint dans ses *serres*. » L'air révèle alors sa véritable nature : c'est l'*aigle alchimique*, c'est-à-dire le principe ésotérique de vaporisation aérienne, et non l'élément naturel ou même le symbole poétique qu'incarne le vent du peuplier.

De la sorte, il apparaît, au travers de l'asymétrie temporelle comme de l'asymétrie syntaxique, que la clé n'est pas un « symbole » poétique obtenu par une fusion des contraires que seraient le feu et l'air, mais qu'elle se dévoile au terme d'un processus décalé de transmutations successives. La demeure comme la clé ne sont pas au centre d'une harmonie universelle ni le point de fusion des éléments fondamentaux de l'univers : toutes deux renvoient à l'écart, à des processus en marge de l'harmonie naturelle des éléments, à un hermétisme chiffré creusé d'asymétries.

On reviendra plus loin sur la signification de l'utilisation du code alchimique par le poète, manifesté ici par la présence de l'ésotérisme de l'aigle ; on comprendra alors la nature ductile et fuyante de cette clé et sa nature « mercurielle ».

Ce qui est important, c'est que le poète propose dans un même poème deux poétiques très différentes ; d'une part, une poétique de l'antithèse et de l'harmonisation des conflits naturels ou élémentaires, c'est celle que le peuplier allégorique incarne, et, d'autre part, une poétique de l'asymétrie et de la transmutation qui distingue ainsi le poète de l'arbre. À la transparence des vers qui expriment les vœux du peuplier s'oppose l'obscurité de ceux qui traduisent l'idéal poétique.

Le poème ne saurait être, pour Char, l'espace sophistiqué où les contraires, par un simple jeu verbal, se dissoudraient en identités symboliques, où la terre et le ciel, le ciel et l'eau, le feu et la terre réconcilieraient l'homme et la nature dans un jeu simplifié de similitudes. Les contraires sont, à l'inverse, l'occasion pour lui de mesurer l'écart des choses, la séparation occulte qui définit le poème comme un multiple et la demeure comme dévoilement de l'absence de l'édifice harmonieux : la clé.

Grâce à l'asymétrie, toute conciliation est aussitôt doublée de l'énigme de l'inconciliable, car les contraires ne peuvent se résoudre par le jeu univoque d'une complémentarité. En ce sens, le poème déploie la signification poétique comme espace tragique.

> *… l'homme acharné à tromper son destin avec son contraire indomptable : l'espérance*[59]

écrit Char dans *Feuillets d'Hypnos* ; l'espérance, ici, ne s'oppose pas à son exact contraire qui serait le désespoir, mais au *destin*. Aussi l'espérance ne peut combler la négativité de son « contraire », ni la rééquilibrer puisqu'elle s'affronte à lui dans un antagonisme oblique, dissocié et donc sans solution. C'est peut-être la définition la plus pure du tragique : non pas une simple mécanique confrontant des symétries opposées, mais l'espace du conflit aveugle des asymétries : « … tromper son destin avec son contraire indomptable : l'espérance. » Tandis que l'espérance pourrait s'acclimater du désespoir, elle ne peut, dans le fragment de Char, que vainement tenter de tromper le destin, et si les contraires sont *indomptables*, c'est qu'ils ne se situent pas au même niveau : l'un (l'espérance) est humain et même « trop humain », l'autre (le destin) est gouverné par les dieux.

Comme nous le dit l'étrange *Chanson de velours à côtes*[60], ce qui déchire les contraires (en l'occurrence « la nuit » et « le jour »), ce ne sont pas les hétéroclites conciliateurs naturels que sont le vent, la montagne enneigée ou nue, mais le *rien* : « Il était entre les deux un mal qui les déchirait. Le vent allait de l'un à l'autre ; le vent ou rien, les pans de la rude étoffe et l'avalanche des montagnes, ou rien. » Véritable espace où tragiquement les contraires s'apparient : la séparation absolue.

> Nous avons les mains libres pour unir en un nouveau contrat la gerbe et la disgrâce dépassées. Mais la lenteur,

99

la sanguinaire lenteur, autant que le pendule emballé, sur quels doigts se sont-ils rejoints[61] ?

Ici, Char révèle que, quand bien même les asymétries (gerbe et disgrâce) pourraient être levées, ce ne serait que pour introduire une nouvelle interrogation et une nouvelle dépossession. « Sur quels doigts se sont-ils rejoints ? » demande le poète, dans un nouveau creusement des contraires, plus énigmatique, mêlant le totalement concret et le totalement abstrait : la « sanguinaire lenteur » et le « pendule emballé ». Cette *lenteur*, qui, dans d'autres poèmes du même recueil, qualifie tantôt le « soleil[62] », tantôt l'« amour[63] », n'est sanguinaire que pour autant que, nous échappant, elle suscite son contraire, l'« emballement ». Le lieu où s'exauce ce nouvel inconciliable est un lieu improbable : « Sur quels doigts se sont-ils rejoints ? » On retrouve alors peut-être, dans cette opposition de la lenteur et du pendule emballé, l'image première sur laquelle nous avons commencé ce livre : l'enfant de la Sorgue dont le cœur tourne plus vite et plus fort que la lente roue du soleil et des moulins.

En plaçant la poétique des contraires dans l'espace étroit du tragique, René Char s'écarte aussi de la perception baudelairienne ou gidienne au travers de laquelle l'homme tout à la fois diabolique et angélique concilierait ses antagonismes dans une esthétique du mal ou dans le questionnement de la gratuité de tout acte. Telle n'est pas la perspective de Char : le problème de l'individuation ne le retient pas ; comme il l'écrivait dans un fragment de *Feuillets d'Hypnos* :

Ce que tu as appris des hommes – leurs revirements incohérents, leurs humeurs inguérissables, leur goût du

100

fracas, leur subjectivité d'arlequin – doit t'inciter, une fois l'action consommée, à ne pas t'attarder trop sur les lieux de vos rapports[64].

Lorsqu'il est question des antagonismes indomptables de l'humain, le poète ne les situe pas à un niveau existentiel, ils sont mesurés à la racine la plus profonde : celle de la Création, comme en témoigne ce fragment de *Feuillets d'Hypnos* aux accents cabalistiques :

> N'étant jamais définitivement modelé, l'homme est receleur de son contraire[65].

C'est parce que la Création, comme nous le verrons plus loin, est inachevée, et sans cesse en recommencement, que l'homme est ainsi désarticulé aux extrêmes de lui-même.

Le poème, lui, ouvre une autre perspective, loin de *« notre contradiction renouvelée*[66] *»*, hors de ce *« rebelle et solitaire monde des contradictions*[67] *»* ; il tente, en se situant sur un autre modèle que celui de la démiurgie, et en choisissant comme seule demeure celle de la clé alchimique, de se modeler à l'aide d'un autre *limon* :

> *Demeurons dans la pluie giboyeuse et nouons notre souffle à elle. Là, nous ne souffrirons plus rupture, dessèchement ni agonie ; nous ne sèmerons plus devant nous notre contradiction renouvelée, nous ne sécréterons plus la vacance où s'engouffrait la pensée, mais nous maintiendrons ensemble sous l'orage à jamais habitué, nous offrirons à sa brouillonne fertilité, les puissants termes ennemis, afin que buvant à des sources grossies ils se fondent en un inexplicable limon*[68].

Une fois encore, Char écarte de son horizon la notion stérile et élémentaire de *contradiction*. Passant de la « pluie giboyeuse », qui renverse en positif la catastrophe du *déluge*, à l'«inexplicable limon», qui s'apparente à la glaise originelle, René Char inverse le cours chronologique de la Création, il la remonte à rebours ou à reculons pour ressaisir l'asymétrie première qui nous constitue dans ses «termes ennemis». Tout comme dans *Effacement du peuplier*, le poème se détourne de l'idéal factice d'une harmonie élémentaire, mais, simultanément, il exclut aussi l'horizon psychologique de l'intériorité. Le véritable domaine où le travail des similitudes poétiques se dévoile comme transmutation hermétique des contraires, c'est l'univers génétique, le contre-jour d'une Genèse, que le poème, support de toutes les instances de l'être, révélerait alors comme l'espace-temps d'une signification manquante.

Le poème peut bien apparaître alors comme *Le Mortel partenaire*[69], prononçant à l'oreille du poète des paroles «appropriées, ou énigmatiques»; son secret «tient au plus profond du secret même de la vie»; les poètes s'en approchent, elle les tue:

> Mais l'avenir qu'ils ont ainsi éveillé d'un murmure, les devinant, les crée.

L'asymétrie n'est pas une préciosité de langage qui se substituerait aux jeux baroques de l'antithèse et qui leur succéderait comme une nouvelle rhétorique; sa valeur essentielle, c'est de conférer aux similitudes – mesure de tout poème – la portée d'une interrogation sur la signification, écart primordial, et fondateur du sujet humain comme de la poésie, écart dans lequel ils s'allient et se combattent pour s'obtenir. Si «la commune présence» ne s'exauce authentiquement qu'à l'intérieur d'une approche où l'être se dévoile comme espace de division et de séparation des choses ou de l'humain, ce n'est pas que la poésie de Char se réduirait à être une nouvelle poétique de la nature, c'est que la commune présence révèle aussi la similitude comme le lieu privilégié d'où questionner l'être.

Similitude et solitude

C'est bien parce que la poésie ne se révèle pas comme l'intermédiaire transparent par lequel le monde serait totalisé comme un vaste réseau de correspondances que la figure du poète n'apparaît jamais, chez René Char, comme *médium* du monde, et qu'à ce titre il s'est très vite écarté du mythe surréaliste.

On peut s'en rendre compte à propos d'un récit de Char intitulé *Madeleine qui veillait*[70]. Il s'agit d'une rencontre avec une femme nommée Madeleine coïncidant avec l'achèvement, l'après-midi même, d'un poème intitulé *Madeleine à la veilleuse*, consacré au tableau du peintre Georges de La Tour. Un dialogue s'engage entre le poète et cette femme au prénom si troublant qui l'a abordé. Il lui propose de marcher quelques instants avec elle :

> J'ai pris le bras de la jeune femme et j'éprouve ces similitudes que la sensation de la maigreur éveille. Elles disparaissent presque aussitôt, ne laissant place qu'à l'intense solitude et à la complète faveur à la fois, que je ressentis quand j'eus mis le point final à l'écriture de mon poème.

L'histoire en elle-même, tout au moins celle de la rencontre, peut faire songer à *Nadja* de Breton : l'étrangeté de la femme, le fait qu'elle est sans doute une prostituée… Char y songe d'ailleurs, lorsqu'il écrit à un moment de son récit :

> Le souvenir de la quête des énigmes, au temps de ma découverte de la vie et de la poésie, me revient à l'esprit.

Je la chasse, agacé. « Je ne suis pas tenté par l'impossible comme autrefois » (je mens).

Telle est la première phase du récit : encore soumis aux rémanences du surréalisme, à l'expérience de la coïncidence magique. Mais la seconde phase nous fait entrevoir la poursuite d'autre chose, puisque, très vite, à peine a-t-il éprouvé les similitudes que celles-ci disparaissent pour laisser place à « la solitude et [à] la complète faveur » : sentiment double qui traduit ce que le poète a ressenti, l'après-midi même, en achevant son poème. Madeleine n'est plus alors perçue comme analogique de la Madeleine peinte, elle s'efface pour laisser place au seul univers du poème et de son écriture. Ce qui est perçu excède le simple rapprochement des deux corps, pour concerner l'acte d'écriture et lui seul. Le poème est ainsi comme authentifié, ou, pour reprendre un terme déjà employé par Char à propos de Braque, est *vérifié*. Cet autre niveau d'expérience poétique ne se limite pas à la sensation ou au *hasard objectif*, cher à André Breton. Comme pour mieux se différencier, après s'être un moment identifié, Char rend compte de ce qui lui est advenu, par l'expression du « grand réel » qui se distingue évidemment du *surréel* :

> L'accès d'une couche profonde d'émotion [...] est propice au surgissement du grand réel.

C'est presque simultanément à l'expérience sensible que les similitudes sont converties en une épreuve intérieure qui ne concerne plus que l'œuvre, et que, de ce fait, la tentation de confondre et d'unifier sur un même plan analogique le poème et la « vie » est repoussée. La relation du poète, non plus à un objet hasardeux, mais à son propre poème, prend de soi-même l'avantage. La *solitude* prend le pas sur les similitudes.

Il n'est de similitude
Il n'est que solitude
Partant qu'hurlement et loup[71].

Au travers de son emblème poétique (le loup), Char substitue à la figure du poète, médiateur du monde, sa propre expérience du retrait séparateur, seul susceptible d'ouvrir à la nomination et au dialogue des choses.

Ce refus de consentir à une mythification du poète l'engage de la même façon à ne jamais en rester à la contemplation fascinée de lui-même, au travers de ses doubles. Que ce soit dans *Marmonnement*[72], où, au travers du loup, Char dessine l'allégorie de son ombre poétique, ou dans *Éclore en hiver*, il désigne la subjectivité créatrice comme le lieu d'un écart asymétrique, et non d'un narcissisme en miroir. Dans le premier poème, il dit à son ombre-loup :

Non-comparant, compensateur, que sais-je ? Derrière ta course sans crinière, je saigne, je pleure, je m'enserre de terreur, j'oublie, je ris sous les arbres. Traque impitoyable où l'on s'acharne, où tout est mis en action contre la double proie : toi invisible et moi vivace.
Continue, va, durons ensemble ; et ensemble, bien que séparés, nous bondissons par-dessus le frisson de la suprême déception pour briser la glace des eaux vives et se reconnaître là.

Briser la glace, c'est casser le miroir analogique, éviter le risque que l'écriture ne se réduise à l'expérience d'un rassemblement de soi autour du simple reflet : « invisible et [...] vivace », « ensemble, bien que séparés » désignent des lignes de fuite séparatrices qui déconcertent toute tentation d'intérioriser les similitudes comme modèle de la subjectivité créatrice. Il en sera de même dans *Éclore en hiver*[73], où l'on retrouve autour de la volte-face de la flamme d'une bougie une nouvelle variation poétique sur le don de l'écriture. L'ombre que l'ombre du poète met au monde, par le biais de ce «trait lumineux», au cours de la nuit disparaîtra avec l'accomplissement de l'ouvrage poétique lui-même :

Mais, force intacte et clairvoyance spacieuse, c'était bien, l'aube venue, mon ouvrage solitaire qui, me séparant de mon frère jumeau, m'avait exempté de son harnais divin. Brocante dans le ciel : oppression terrestre.

L'ouvrage solitaire (et non le jour) est ce qui permet au poète cette séparation avec son double, et qui le délivre, dit Char, de ce *harnais divin*. Le poème décharge le poète de tout prolongement redondant des analogies (comme dans *Madeleine*), et de tout au-delà explétif et surnuméraire qui risquerait de colorer l'espace du conflit poétique du leurre religieux de la similitude. Le double doit, comme l'Ange des *Feuillets d'Hypnos*, se tenir «à l'écart du compromis religieux[74]». De même que la tentation du surréel est déclinée, dans *Madeleine qui veillait*, au profit du «grand réel», de même, ici, le poétique ne plie pas le genou devant la tentation d'un au-delà du poème : «Brocante dans le ciel : oppression terrestre.»

L'interrogation des similitudes n'est pas pour Char le truchement vers un au-delà du poème, totalisant et fusionnel, car, loin d'être un effacement des limites, une érosion des contours, elle permet de saisir les choses et l'humain à l'exact point où ils se séparent et, de ce fait, constituent en commune présence ce «point de bris où la vie feint de se diviser[75]». Cette interrogation inscrit aussi le poète à l'écart des rêveries complaisantes d'une réconciliation avec le donné immédiat du monde. Les similitudes ne sont pas la donation de l'Un, ou accès magique à la totalité de l'être ; parce qu'elles sont questionnement, elles ouvrent avant tout la parole poétique aux reculs toujours plus accentués de sa signification, à son retrait, à sa rétractation. Que ce soit à partir des similitudes que les choses ou le poème dévoilent l'être comme séparation dans la commune présence – dialogue des « attenants[76] » –, c'est là en quoi Char se distingue des impasses de l'héritage romantique des surréalistes comme des impasses de la modernité.

Char peut bien apparaître comme le poète de l'essence du poème au sens où sa poésie serait une interrogation qui noue en dialogue la séparation des choses et leur commune présence. Aussi le poète n'impose-t-il pas une simple « vision du monde ». Si sa parole peut prétendre à être fondatrice, synonyme de vérité, c'est qu'il interroge les choses en leur fondation. Toute fondation est hermétique, semble dire René Char ; les choses sont contraires, séparées et néanmoins cohabitantes : ce retournement des similitudes en un questionnement infini du sens de l'être doit peut-être nous mener à découvrir la valeur ontologique de cet hermétisme qui voile et dévoile la présence.

Notes

1. Maurice Blanchot, *La Part du feu*, Gallimard, 1949, p. 105.

2. *Moulin Premier*, fragment XXXIII, in *Le Marteau sans maître*, p. 70.

3. Martin Heidegger, *Approches de Hölderlin*, Gallimard, 1973, p. 58.

4. *Partage formel*, fragment XVII, in *Seuls demeurent, Fureur et Mystère*, p. 159.

5. *Le Rempart de brindilles, La Parole en archipel*, p. 359.

6. *Partage formel*, fragment XXV, *op. cit.*, p. 161.

7. *Arthur Rimbaud*, in *Recherche de la base et du sommet*, p. 727.

8. *Faire du chemin avec, Fenêtres dormantes et Porte sur le toit*, p. 577.

9. *Pour renouer, La Parole en archipel*, p. 370.

10. *À une sérénité crispée, Recherche de la base et du sommet*, p. 753.

11. Note à propos de *Partage formel*, in *Œuvres complètes*, p. 1245-1246.

12. Lettre à Francis Vielé-Griffin du 8 août 1891.

13. *Le Serpent*, in *Quatre fascinants, La Parole en archipel*, p. 354.

14. *Le Taureau, ibid.*, p. 353.

15. *Hôte et possédant*, in *L'Effroi la joie, Le Nu perdu*, p. 472.

16. Jacques Derrida, *Signéponge*, Seuil, coll. «Fiction et cie», 1988, p. 111.

17. In *L'Œillet* de Francis Ponge, cité par Derrida, *op. cit.*, p. 41.

18. *Le Soleil des eaux*, in *Trois Coups sous les arbres*, p. 907.

19. *Avènement de la couleur, Recherche de la base et du sommet*, p. 697 (je souligne).

20. *Feuillets d'Hypnos*, fragment 159, *Fureur et Mystère*, p. 214.

21. *En vue de Georges Braque, Recherche de la base et du sommet*, p. 673.

22. *À Faulx contente*, p. 783.

23. *Partage formel*, fragment XX, *op. cit.*, p. 160.

24. *À la santé du serpent*, fragment XXVI, *Fureur et Mystère*, p. 267.

25. *Fête des arbres et du chasseur*, in *Les Matinaux*, p. 287.

26. *Ibid.*

27. *Souvent Isabelle d'Égypte, Chants de la Balandrane*, p. 551.

28. *L'Allégresse*, in *Quitter, La Parole en archipel*, p. 415.

29. *Recours au ruisseau*, in *Le Consentement tacite, Les Matinaux*, p. 315 (je souligne).

30. *Moulin premier*, fragment XVIII, in *Le Marteau sans maître*, p. 66.

31. *À une sérénité crispée*, in *Recherche de la base et du sommet*, p. 757.

32. *L'Allégresse, op. cit.*, p. 415.

33. *Avec Braque, peut-être, on s'était dit...*, *Recherche de la base et du sommet*, p. 680.

34. *Ibid.*, p. 681.

35. *Sous la verrière, ibid.*, p. 674.

36. *Les Raisons de vivre heureux*, cité par Derrida, *op. cit.*, p. 18-19.

37. *Rougeur des Matinaux*, fragment XXI, in *Les Matinaux*, p. 333.

38. *En ce chant-là, Fenêtres dormantes et Porte sur le toit*, p. 589 (je souligne).

39. *Le Terme épars*, in *Dans la pluie giboyeuse, Le Nu perdu*, p. 446.

40. *Les Soleils chanteurs, Le Marteau sans maître*, p. 27.

41. *La Conjuration*, in *Trois Coups sous les arbres*.

42. *Ibid.*, p. 1092.

43. *À Faulx contente*, p. 783.

44. *Picasso sous les vents étésiens, Fenêtres dormantes et Porte sur le toit*, p. 597.

45. *Ibid.*

46. *Jean Hugo, Recherche de la base et du sommet*, p. 688.

47. *Second Manifeste surréaliste*, Gallimard, coll. « Idées », 1977, p. 76-77.

48. *Héraclite d'Éphèse, Recherche de la base et du sommet*, p. 720.

49. *Partage formel*, fragment XVII, *op. cit.*, p. 159.

50. *Ibid.*, fragment XIX.

51. *Moulin premier*, fragment LVII, p. 76.

52. *Partage formel*, fragment XXXVIII, *op. cit.*, p. 164.

53. *Ibid.*, fragment XLVII, p. 167.

54. *Ibid.*, fragment XLIX, p. 167 (je souligne).

55. *Bienvenue*, in *Dans la pluie giboyeuse, Le Nu perdu*, p. 458.

56. Fragment 77, in *Trois Présocratiques*, Yves Battistini, *op. cit.*, p. 40.

57. *L'Allégresse, op. cit.*

58. *Effacement du peuplier*, in *Retour amont, Le Nu perdu*, p. 423.

59. *La Rose de chêne*, in *Feuillets d'Hypnos, Fureur et Mystère*, p. 233.

60. *Chanson du velours à côtes*, in *Le Poème pulvérisé, Fureur et Mystère*, p. 268.

61. *Cotes*, in *Dans la pluie giboyeuse, Le Nu perdu*, p. 451.

62. *Même si...*, in *Le Chien de cœur, Le Nu perdu*, p. 468.

63. *Le Baiser, ibid.*

64. *Feuillets d'Hypnos*, fragment 233, in *Fureur et Mystère*, p. 231.

65. *Ibid.*, fragment 55, p. 188.

66. *Dans la pluie giboyeuse, Le Nu perdu*, p. 443.

67. *Argument*, in *Le Poème pulvérisé, Fureur et Mystère*, p. 247.

68. *Dans la pluie giboyeuse, op. cit.*, p. 443.

69. *Le Mortel partenaire, La Parole en archipel*, p. 363.

70. *Madeleine qui veillait*, in *Recherche de la base et du sommet*, p. 665.

71. *Sillage noir*, in *Le Bâton de rosier*, p. 793.

72. *Marmonnement*, in *La Parole en archipel*, p. 369.

73. *Éclore en hiver, La Nuit talismanique...*, p. 503.

74. *Feuillets d'Hypnos*, fragment 16, *Fureur et Mystère*, p. 179.

75. *Vieira da Silva, chère voisine, multiple et une..., Fenêtres dormantes et Porte sur le toit*, p. 585.

76. *Attenants* est le titre du premier poème de *Quatre-de-chiffre*, in *Au-dessus du vent, La Parole en archipel*, p. 397.

L'hermétisme

Je suis tellement simple, cette phrase
doit être la clef de mon langage chiffré.

Rainer Maria Rilke à
Lou Andréas-Salomé

Mon secret participe de tous mes
instants. Et c'est mon lendemain,
en l'effaçant, qui le ravive.

René Char, *Le Convalescent*

Qu'est-ce que l'hermétisme ? On répondra en faisant un détour par Proust, le poète Marcel Proust, comme René Char le désigne.

On a vu, à juste titre, dans *À la recherche du temps perdu*, l'une des plus importantes tentatives romanesques jamais entreprises pour décrypter le langage amoureux, le langage social ou mondain, le langage de l'œuvre d'art. Au centre de l'œuvre, la métaphore qui nous ouvre au sens authentique des choses ; tout se résout à être métaphore, jusqu'à ce que la vie elle-même apparaisse comme métaphore du livre. Mais il y a dans l'œuvre des pages où l'entreprise semble vaine ; ce sont précisément les pages où le roman cesse d'être romanesque ou d'être exégèse du monde et devient poème, poème en prose. Ce sont, bien sûr, les fragments où le narrateur contemple les clochers de Martinville : « En constatant, en notant la forme de leur flèche, le déplacement de leurs lignes, l'ensoleillement de leur surface, je sentais que je n'allais pas au bout de mon impression, que quelque chose était derrière ce mouvement, derrière cette clarté, quelque chose qu'ils semblaient contenir et dérober à la fois [1]. » Cette fois-là, le narrateur écrit un poème. Puis, dans la suite du roman, il répète l'expérience face aux trois « arbres d'Hudimesnil », devant lesquels il ressent un « bonheur analogue » à celui qu'il éprouva devant les clochers : « Je regardais les trois arbres, je les voyais bien, mais mon esprit sentait qu'ils recouvraient quelque chose sur quoi il n'avait pas prise, comme sur les objets placés trop loin dont nos doigts, allongés au bout de notre bras tendu, effleurent seulement par instants l'enveloppe sans arriver à rien saisir[2]. » ; le narrateur préférerait penser qu'il ne s'agit là que « des fantômes du passé, de chers compagnons de [son] enfance, des amis disparus qui invoquaient [leurs] communs souvenirs[3] ». Mais il a tort de croire que son émotion n'est qu'un reste de son idéalisme puéril : « Je vis les arbres s'éloigner en agitant leurs bras désespérés, semblant me dire : Ce que tu n'apprends pas de nous aujourd'hui, tu ne le sauras jamais[4]. » Aucune métaphore ne viendra par la suite offrir au narrateur la vérité de son expérience.

On dira, quant à nous, que les clochers de Martinville et les arbres d'Hudimesnil sont littéralement des *espaces hermétiques* : leur site, leur forme, leur nombre, tout cela, solidairement, construit un espace qui indique ou désigne une présence mais dérobe sa signification, et la dérobe à tout jamais. On pourrait alors définir l'œuvre de Char comme une nouvelle *Recherche du temps perdu*, qui serait partie pour s'édifier, non de l'expérience de la madeleine (celle-ci n'a rien d'hermétique et trouve sa solution par la métaphore), mais des expériences attenantes des clochers de Martinville et des arbres d'Hudimesnil : à la phénoménologie de la mémoire qui domine l'ensemble de l'œuvre de Proust, elle aurait substitué une phénoménologie de la présence hermétique.

Deux exemples tirés de Char peuvent appuyer cette parenté fragmentaire entre les deux auteurs. Il y a, bien sûr, ce fragment de *L'Âge cassant*, dans lequel René Char, en hommage sans doute à Proust, écrit :

L'aubépine en fleurs fut mon premier alphabet[5]

car aux clochers et aux arbres il faudrait ajouter l'extase sans suite du narrateur de *À la recherche du temps perdu*, et ses adieux aux aubépines[6]. Mais il y a une relation plus singulière à l'espace et aux signes de l'espace. Ainsi, l'arbre : de lui, Char dira seulement :

> La lumière du rocher abrite un arbre majeur. Nous nous avançons vers sa visibilité[7].

Ou encore la source, celle du Vaucluse, en quoi ne se conjoignent ni côté de chez Swann ni côté de Guermantes :

> Nous regardions couler devant nous l'eau grandissante. Elle effaçait d'un coup la montagne, se chassant de ses flancs maternels. Ce n'était pas un torrent qui s'offrait à son destin mais une bête ineffable dont nous devenions la parole et la substance. Elle nous tenait amoureux sur l'arc tout-puissant de son imagination. Quelle intervention eût pu nous contraindre ? La modicité quotidienne avait fui, le sang jeté était rendu à sa chaleur. Adoptés par l'ouvert, poncés jusqu'à l'invisible, nous étions une victoire qui ne prendrait jamais fin[8].

Face à l'arbre, face à la source, le regard et l'espace. D'un côté, le cheminement vers la simplicité du pur visible et du masqué, espaces que la lumière abrite ; de l'autre, face à la source, l'effacement de son horizon, de la montagne, ainsi que du corps même de celui qui regarde, « poncé jusqu'à l'invisible », « adopté par l'ouvert ». L'expérience hermétique, ici, n'est pas seulement, selon la formule de Merleau-Ponty, croisement du visible et de l'invisible, mais aussi et surtout conversion du stade et de l'espace sensible dans l'intuition d'une renaissance, d'une naissance hors de toute origine, hors de toute fin : la source a rompu avec son arrière-plan (la montagne), l'homme avance vers la visibilité de l'arbre sans chercher à l'atteindre. Le sujet poétique comprend alors l'espace autrement que comme la circonscription de l'aire de sa perception sensorielle, ou même comme symbole : au contraire, l'espace devient le lieu de la suspension de la perception pour devenir le *médium*, l'intervalle par lequel le sujet semble adopté par ce que le regard n'obtient jamais : la source même des choses. Rien n'a été déchiffré, et pourtant tout s'est ouvert en demeurant obstinément occulte, condensé en deux mots, la « visibilité » pour l'arbre, l'« ouvert » pour la source, c'est-à-dire ce qui, en retrait de l'espace, le constitue et le crypte, et nous conduit alors plutôt qu'à sa possession, à en être, aux deux sens du mot, l'hôte, accueilli et accueillant.

La présence hermétique dans l'œuvre de René Char ne relève pas d'un ésotérisme ordinaire, à savoir d'une sorte d'application ingénieuse ou rusée de quelques éléments symboliques empruntés ici ou là dans les grimoires ; c'est, comme nous l'avons dit, une interrogation sur le sens et sur les possibilités de significations de toute présence ; de même, il faut écarter, autant qu'il est possible, les clefs biographiques pour élucider tel ou tel poème difficile. Char, en occultant volontairement certains éléments propres à éclairer son œuvre, n'a vraisemblablement pas désiré transformer son lecteur en un enquêteur ; il ne déserte le sens immédiat que pour mieux approcher ce qui, tout en le rendant possible, l'entrave. Ainsi, si, par exemple, dans *Voisinages de Van Gogh*, le peintre n'apparaît véritablement qu'au travers de la référence chiffrée à Glanum, dans le premier poème *(Avant-Glanum)*, c'est que l'objet de la poésie n'est pas en cette occasion de nous proposer une analyse ou un commentaire des tableaux de Van Gogh, mais de situer la peinture, à l'égal de la poésie, comme l'un des modes d'accueil de la dimension hermétique du visible. Glanum, c'est comme Aerea[9] pour le poète, une ville effacée, mais dont l'existence est entrevue au travers de l'œuvre seule. Selon René Char, Van Gogh, peu avant que sa crise de démence ne le mène à l'asile Saint-Paul-de-Mausole, avait, en travaillant dans la carrière de Glanum, pressenti, au-delà des restes des ruines romaines, la présence de la ville gauloise encore enfouie, découverte seulement en 1921 par les archéologues[10].

Char écrit dans un petit texte qui ne figure pas dans l'édition courante de *Voisinages de Van Gogh* :

> Cet habitué du bordel d'Arles était en fait un juste que l'asile de Saint-Paul-de-Mausole recueillit dément à quelques centaines de mètres de Glanum encore sous terre, et pourtant déjà désignée par une arche naturelle en berceau dans la montagne, que Van Gogh avait peinte avec le plus d'affinement. Je sus, en regardant ses dessins, qu'il avait jusque-là *travaillé* pour nous seuls[11].

Le peintre fouille l'espace et le dévoile avant l'archéologue, tout comme Char, lui-même, suscite dans ses vers la découverte de cette ville d'Aerea, pas encore mise au jour, et qu'il ne localise modestement qu'en « amont de sa page[12] ».

Ce « voisinage » de Van Gogh n'est pas seulement celui de son tableau avec la ville enfouie, l'espace occulté, c'est aussi un voisinage avec Char :

> C'est ainsi que je rencontrai un homme non las, s'étoilant de privations. J'eus grande envie de m'éloigner, mais sans vaciller je courus à ses côtés, vers le plus évident ![13]

On a déjà vu, avec le pont Saint-Bénezet, l'obstination du poète à construire ainsi à l'aide de peintres, tantôt Braque, tantôt Van Gogh, la géographie, la topologie cryptée de son espace. Sans doute alors n'est-ce plus seulement par une recherche de la signification de l'espace que se justifie cette démarche, déconcertante pour beaucoup de lecteurs ; sans doute s'agit-il alors de creuser l'écart.

Avec l'écart du regard fouillant l'espace hermétique, c'est l'œuvre, le poème lui-même qui semble être alors amené à dessiner ou à édifier un lieu ésotérique pour l'accueillir. Mais ce lieu d'accueil, ce lieu difficile à atteindre et à comprendre n'est-il pas aussi la porte étroite à partir de laquelle toute présence a son sens en propre, est enfin appropriée à elle-même, c'est-à-dire se fait poétique ? Oui, à condition de ne point considérer présence et poème naïvement ou cyniquement, mais de déceler en eux ce par quoi ils nous sont perpétuellement soustraits comme est soustrait au narrateur de *À la recherche du temps perdu* le sens même de son expérience devant trois clochers ou devant trois arbres.

Dès lors, tout comme nous avons précédemment interrogé le poème à partir de ce qui nous semblait en constituer l'horizon premier (le problème des similitudes), il faut interroger l'écart qu'il recherche pour lui-même à partir de ses esquives, de ses points de fuite. On a choisi pour cela trois axes relativement disparates. Tout d'abord, une interrogation sur le choix de la métaphore alchimique par Char, principalement autour de ses premiers poèmes ; puis une interrogation plus thématique, celle de la nuit, que nous avons placée sous le sens d'une notion : l'intervalle. Enfin, une question posée à la forme poétique du *fragment*, dans laquelle nous avons voulu voir une sorte de méthode hermétique de la connaissance poétique.

L'alchimie, la nuit, le fragment : trois espaces ésotériques du poème à partir desquels nous aurons avancé d'un pas de plus dans la poésie de René Char.

1

L'alchimie

> [Et Rabbi Hayim de conclure :] Même si
> leurs paroles nous semblent simples et sans
> envergure, en réalité, sous la force du mar-
> teau, elles se disséminent. Car, plus on triture
> et plus on examine méticuleusement ces
> paroles, plus nos yeux s'éclairent par l'éclat
> de leur vive lumière et plus on trouvera un
> contenu insoupçonné comme nos maîtres
> disent : « Tourne là et retourne là car tout y
> est... »
>
> Nefesh Hahaïm, *L'Âme de la vie* [14].

L'alchimie et le surréel

Parmi tous les discours qui ont réfléchi sur la similitude et ont réfléchi la similitude en herméneutique, c'est-
à-dire en discours sur le sens de l'être, la poésie, à plusieurs époques et dans plusieurs circonstances, a choisi
l'*alchimie* comme métaphore de sa pratique.

Notre propos ne peut nous mener, fût-ce brièvement,
jusqu'à retracer l'histoire de cette influence. À vrai dire,
une telle histoire ne pourrait être qu'une interrogation
monumentale sur l'idée même d'Occident comme lieu
d'une définitive brisure entre l'imaginaire et l'ontologique, et sur l'échec des tentatives opérées çà et là, chez

les mystiques, les philosophes ou les poètes, pour les réconcilier.

À l'âge moderne, ce furent les romantiques allemands qui, les premiers, ont utilisé le modèle alchimique comme une sorte de caution ésotérique de leur œuvre. Parmi eux, peut-être, Novalis, en particulier dans *Heinrich von Ofterdingen*, a esquissé, au travers du mythe de l'âge d'or, le tableau d'une Nature – l'*Urgrund*, le tréfonds de l'être –, comme l'espace absolu des sympathies et des correspondances, fondé sur la relation du microcosme et du macrocosme. La tradition philosophique d'une telle démarche s'est immédiatement inscrite dans une perspective eschatologique au sein de laquelle surgissait alors l'idée d'une conscience absolue d'un monde réconcilié, dont le poète aurait été le détenteur ultime. Toute la crise de la subjectivité romantique est là, dans la mesure où le poète devient en quelque sorte le martyr de son projet même : déchiré entre l'élargissement de lui-même aux dimensions d'un univers en miroir et la singularité de son écriture. L'alchimie cesse d'être la grille au travers de laquelle toute chose est nommée et signifiée pour devenir le texte infini au bas duquel aucune signature humaine ne peut être apposée.

Baudelaire avait pressenti ce risque en faisant d'Hermès Trismégiste – l'un des pères mythiques de l'alchimie – celui par qui « le riche métal de notre volonté/Est tout vaporisé… [15] ». Baudelaire a pris la mesure du conflit sans solution entre la source subjective de l'œuvre et les effets aliénants d'une esthétique des correspondances poussée au-delà de ses limites ; qu'il ait situé ce risque au niveau de la *volonté* n'est sans doute pas un hasard, puisque l'écriture des similitudes appelle en effet le sujet à dissoudre tout vouloir dans le monde analogique et clos de la représentation. Mallarmé apparaît, d'autre part, comme celui qui, en dialogue lui aussi avec l'alchimie et la cabale, instaure une sorte de verrou poétique. Il renverse le discours alchimique ou cabalistique en parole sur le Livre, où il apparaît alors que l'hermétisme proprement poétique se détourne d'une quête fusionnelle avec le monde, mais devient l'écart, le blanc que le lecteur est appelé à combler.

Ce sont principalement les surréalistes qui ont induit l'idée que la poésie française de la fin du XIXe siècle avait raté le chemin de la conciliation alchimique ouvert par le romantisme allemand. Aussi, le retour à l'alchimie et au romantisme allemand mis en avant par Breton non seulement sous-estime les manœuvres de retournement introduites par Baudelaire et Mallarmé, mais, plus encore, celles, plus radicales, de Rimbaud. Rimbaud emprunte beaucoup au discours alchimique, mais pour presque aussitôt l'abandonner, le briser, et n'en conserver, dans *Une saison en enfer*, que les leçons les plus fécondes parce que les plus négatrices : l'alchimie est non seulement un *échec* (« Pleurant, je voyais l'or – et ne pus boire[16] »), mais surtout elle apparaît comme un chemin qui ne mène qu'à la réserve du sens (« Je réservais la traduction[17] ») ; et puis, il y a bien sûr, avec le départ, l'interdit d'écrire. C'est à regret que Breton doit admettre la valeur alchimique de l'interdit rimbaldien sur l'œuvre, interdit dans lequel il reconnaît, non sans justesse, le « Maranatha[18] » du langage alchimique. Mais il s'exclame : « Il est permis de se demander *qui* Rimbaud, en menaçant de stupeur et de folie ceux qui entreprendraient de marcher sur ses traces, souhaitait au juste décourager…[19] » Breton ne perçoit dans les propos de Rimbaud, qui dévoile la poésie comme la dimension ésotérique de la sophistique[20], qu'une « lâcheté très ordinaire, qui ne présume en rien du sort qu'un certain nombre d'idées peuvent avoir[21] ». Il est caractéristique de l'imprécision intellectuelle de Breton de ne percevoir dans l'alchimie que des *idées* ou une « vision du monde » ; ce qui explique d'ailleurs qu'il ait eu l'ambition d'une vaste synthèse entre la poésie ésotérique, la psychanalyse, voire le marxisme : tous mis au compte d'une idéologie de libération. Or l'alchimie n'est ni une vision du monde ni une idéologie, c'est avant tout une langue et un langage qui, par leur mode de signification, se soustraient précisément à ces chimères de l'homme moderne. Si René Char a été initié à ce domaine par Breton et ses amis, il ne semble pour autant jamais avoir versé dans cette perspective. C'est essentiellement à partir de *L'action de la justice est éteinte* (1931), c'est-à-dire au moment où ses relations avec le mouvement sont au plus haut, que la citation alchimique apparaît ; et c'est seulement quelque temps auparavant qu'il lit Paracelse, Raymond Lulle, Nicolas Flamel ou Corneille Agrippa[22]. Malgré la dette de Char à l'égard des surréalistes, l'utilisation de l'alchimie ne débouche pas chez lui, comme chez Breton, vers le merveilleux ou vers l'idée d'une clé universelle des rapports de l'homme et de l'univers. Il est significatif, à cet égard, que, à l'encontre de Breton qui parle de clé de « révélation » à propos de l'alchimie, René Char conclue énigmatiquement son commentaire du poème *Les Trois Sœurs* par ces mots : « la clé demeure vif-argent[23] » : le vif-argent, c'est, dans le langage alchimique, le mercure, c'est-à-dire le principe de fuite, de dilution, de volatilité qui s'oppose au soufre, principe de fixité. Ce qui attire René Char dans le vif-argent, c'est, outre cette ductilité, la combinaison que, comme principe mercuriel, elle noue entre le métallique et le liquide. L'alchimie, contrairement aux apparences, ne joue pas le rôle de métaphore ou d'analogon du poème, mais de principe herméneutique de déplacement ; non point révélation d'un secret, mais au contraire d'*occultation*. On dira enfin à propos de cette phrase : « La clé demeure vif-argent », que s'éclaire aussi pour le lecteur le vers que nous avons déjà longuement commenté: «Une clé sera ma demeure[24]»: demeure elle aussi alchimique, demeure elle aussi volatile, puisque, on s'en souvient, elle est don de l'Aigle, principe de volatilisation.

La démarche de René Char à l'égard de l'alchimie peut être résumée en deux attitudes. D'une part, privilégier dans le processus alchimique tous les pôles de dissémination de la matière et du langage; d'autre part, se saisir de l'hermétisme de la langue alchimique pour déconstruire la métaphore et l'analogie poétique.

L'attirance générale de Char pour le principe mercuriel se révèle dans son goût pour les figures qui en représentent les divers modes; la Manne (qui est le précipité du mercure) ou la vapeur qui signale sa volatilisation semblent plus à même de représenter pour lui l'effet alchimique du poème que les principes de fixation (le soufre) ou d'union des éléments (le sel). La Manne sera l'un des attributs de Lola Abba, de l'apparition alchimique[25]; et, désignant l'«accomplissement de la poésie», Char écrit:

> Quand je partirai longuement dans un monde sans aspect, tous les loisirs de la vapeur au chevet du grand oranger[26].

De la même manière, dans *Luxure*, le premier des *Poèmes militants*, publié en 1932, l'Aigle s'oppose au rêve comme le volatil au fixe: «L'aigle voit de plus en plus s'effacer les pistes de la mémoire gelée...», puis, «Le rêveur embaumé dans sa camisole de force»[27]; la même opposition du volatil alchimique et de la fixité onirique se dévoilait déjà dans *Sommeil fatal*, paru précédemment dans *L'action de la justice est éteinte* (1931) :

> Ma mémoire réalise sans difficulté ce qu'elle croit être l'acquis de ses rêves les plus désespérés, tandis qu'à portée de ses miroirs continue à couler l'eau introuvable[28].

C'est ici à nouveau le mercure, comme constituant le tain du miroir, qui est évoqué, dans sa double nature métallique et liquide, mais aussi, comme point de fuite, l'« eau introuvable », en cela plus important que l'« acquis » du rêve. À ce titre, il apparaît bien que, même au moment de son adhésion et de sa participation au mouvement surréaliste, Char ne se situe pas dans le syncrétisme prôné par Breton entre l'alchimie et la psychanalyse ; l'alchimie n'est pas la nouvelle et poétique clé des songes telle que Breton peut la rêver, elle est pulvérisation de la fixité onirique tant adulée par certains peintres ou poètes surréalistes.

Ce n'est pas un hasard, si, reprenant la fameuse phrase de la cabale, « La Torah est écrite avec du feu blanc sur du feu noir[29] », Char utilise cet autre symbolisme hermétique comme processus de dépassement de la fixité pétrifiée du rêve :

> L'existence des rêves fut de rappeler la présence du chaos encore en nous, métal bouillonnant et lointain. Ils s'écrivent au fusain et s'effacent à la craie. On rebondit de fragment en fragment au-dessus des possibilités mortes[30].

Le feu blanc de la cabale, c'est la Torah invisible, l'écriture blanche et occulte à la fois qui permet le report infini de l'interprétation et des significations. À l'écriture au fusain (la Torah noire) du rêve s'oppose ainsi, comme l'« eau introuvable », la craie symbolisant l'effacement du sens, sa volatilisation : « Ils s'écrivent au fusain et s'effacent à la craie. » On retrouvera d'ailleurs, dans *Poèmes militants*, une autre allusion à cette écriture blanche :

> Craie, qui parlas sur les tableaux noirs une langue plastique dérivée du naphte [...] j'évoque les charmes de tes épaisseurs voilées, siège de la cabale[31].

Dans le conflit entre les deux pôles alchimiques du fixe et du volatil, on peut aussi lire une opposition esthétique : celle qui sépare toute la partie funèbre, monumentale et pétrifiée de la poésie de Baudelaire et l'esthétique rimbaldienne plus ouverte à la dissémination destructrice de la poésie. Nul doute que, dans ce clivage schématique entre la part immobile de l'esthétique baudelairienne et Rimbaud, le mercuriel, on retrouve l'antagonisme qui distingue l'écriture de Char et celle, plus drapée, de Breton. On peut lire en effet, dans *Confronts*, le huitième poème de *Poèmes militants*, cette application de la métaphore alchimique. D'un côté, l'esthétique baudelairienne de la Beauté hiératique[32] :

Dans le juste milieu de la roche et du sable de l'eau et du feu
des cris et du silence universels
Parfait comme l'or
Le spectacle de ciment de la Beauté clouée
Chantage[33].

De l'autre, au travers d'une ironique référence à la *Préface*[34] des *Fleurs du mal*, puis d'allusions transparentes à l'aventure abyssinienne de Rimbaud, l'esthétique de la volatilisation :

Hypothétique lecteur
Mon confident désœuvré

Qui a partagé ma panique
Quand la bêche s'est refusée à mordre le lin
Puisse un mirage d'abreuvoirs sur l'atlas des déserts
Aggraver ton désir de prendre congé.

L'or alchimique (« Parfait comme l'or ») se révèle alors comme appât ou comme « chantage » à l'esthétique du fixe que l'exaltation analogique suscite (« Dans le juste milieu de la roche et du sable de l'eau… »). Non seulement cette soumission interdit de « prendre congé », mais elle est oubli de l'appel volatilisant du dehors :

Dehors
La terre s'ouvre
L'homme est tué
L'air se referme[35].

De la même manière, dans une sorte de pastiche de *Une saison en enfer*, Char, ironiquement, retrouve le cynisme rimbaldien face à l'idéal clos et immobile : « Mais voici le progrès. »

Cet anti-idéalisme sera d'ailleurs répété par Char, dans *Moulin premier*, lorsqu'il se sera définitivement éloigné du mouvement surréaliste :

L'absolu, terme de refuge, est toujours barré de rameaux de progrès, quel que soit le degré d'anémie de son climat magique[36].

En cela, Char poursuit la voie ouverte par Rimbaud, en retournant le code du langage alchimique en parole critique, et se refuse à perpétuer l'innocence d'une quelconque quête de l'absolu. N'oublions pas que c'est notamment du fait de son allergie au « merveilleux », à l'innocence des légendes et des mythes que René Char rompra avec le groupe surréaliste, sans même tenter d'en sauver quelques traces[37]. Revenant, en 1970, dans un hommage à Max Ernst, sur ses liens avec les tendances alchimiques du surréalisme, Char soulignera combien les qualités mercurielles avaient été alors indispensables pour se prémunir contre les dérives métaphysiques liées à la tradition romantique allemande incarnées par Breton. Pour retrouver l'alchimie, il fallait, écrit Char, passer par-dessus Hegel[38], le Hegel de Breton tout au moins : ce mirage par lequel le poète devient « esprit du monde », lieu universel de la grande synthèse, alors que l'alchimie, au contraire, comme tous les « discours » qui précèdent la Renaissance, interdit précisément à l'homme de se poser en sujet de la connaissance et ne le révèle que comme l'un des points occultes et soumis à des lois qui le dépassent.

L'alchimie chaotique

Il faut aller encore plus loin dans l'élucidation des usages de l'alchimie par René Char, tout aussi bien à l'époque où il fréquentait les surréalistes qu'après. Ce qui l'attire, ce n'est pas seulement la négativité critique d'un langage, mais aussi ce que l'alchimie recèle comme moments de débâcle, d'échecs des transmutations et de volatilisation poétique.

Dans un poème, *Dire aux miens*, paru dans *Dehors la nuit est gouvernée* (1937-1938), il écrit ainsi :

> Ils blâment ton maintien volatil, t'imposent l'éparpillement des scories du langage sur le point de s'unir au sperme de l'image[39].

Char dévoile deux figures qui lui sont essentielles, celle du poète qui s'apparente, au travers de l'expression « ton maintien volatil », au mercure, et, d'autre part, celle du poème comme mariage alchimique perpétuellement voué à l'échec (« l'éparpillement des scories du langage sur le point de s'unir au sperme de l'image »). Dans le processus alchimique, la transmutation majeure est désignée par ce qu'on appelle le coït du roi et de la reine, conjonction du soufre et du mercure, symbolisée par l'hermaphrodite ; ce qui est significatif, dans ce fragment de Char, c'est bien sûr l'impossibilité de cette union au moment où elle est sur le point de s'opérer, et aussi l'hétérogénéité des éléments en voie d'association : les « scories du langage » et le « sperme de l'image » : l'opération alchimique ne peut s'opérer à l'abri du monde, dans le laboratoire clandestin et clos du magicien, mais se voit soumise aux torsions, à l'éparpillement imposés par ce que Char nomme les « tyrans de l'arrière ». Quelle que soit la nature de ces tyrans – censure intérieure ou sociale –, l'univers des signes ésotériques ne se reproduit pas dans le poème comme il s'opérait mythiquement à l'âge d'or de l'alchimie : « Le désespoir n'est plus gothique[40] », écrit René Char dans un poème du même recueil.

À un autre niveau, on s'aperçoit aussi que l'alchimie est pour Char, non l'outil au travers duquel le démon de l'analogie pourrait fructifier et se satisfaire, mais est au contraire l'occasion d'en déconstruire tous les pièges. Sans doute Char n'aurait-il pu écrire comme Breton : « Je n'ai jamais éprouvé le plaisir intellectuel que sur le plan analogique[41]. »

L'entrechoc de la langue naturelle et de la langue alchimique est en fait l'occasion pour Char de compliquer et de distordre les similitudes, comme le montre l'hermétique fragment qui constitue à lui seul le poème *L'Oracle du grand oranger*[42] :

L'homme qui emporte l'évidence sur ses épaules
Garde le souvenir des vagues dans les entrepôts de sel.

Char mêle ici le sel profane, celui de la mer (les « vagues »), et le sel alchimique[43], c'est-à-dire l'esprit, le principe unificateur par lequel le mâle et la femelle s'associent. De sorte que, par cet *oracle de l'oranger* (derrière lequel s'entend doublement le mot *or*, but du processus alchimique), il faut entendre une trivialisation du rite ésotérique par laquelle l'évidence – étape de l'initiation alchimique – est déstabilisée par le souvenir d'un bruissement profane : les vagues. Le code alchimique, loin de permettre la synthèse du langage et du réel (le surréel), révèle au contraire un nouvel écart dans le langage qui interdit les fausses continuités symboliques.

Ce sont les poèmes les plus étranges qui sont porteurs de cette profanation, comme par exemple *Tréma de l'émondeur*[44], où le paon renvoie aux sept couleurs de l'obtention de la pierre philosophale – la réussite *fixe* de la transmutation, mais qui, inversement, nous invite à voyager. Enfin, lorsque Char écrit énigmatiquement : « À partir de la courge l'horizon s'élargit[45] », on doit sans doute entendre, derrière le mot *courge*, l'un des noms de l'alambic alchimique, mais aussi, ironiquement, un jeu sur la disjonction entre le sens profane du mot et son sens ésotérique. L'alchimie apparaît, comme une langue en retrait de la langue, le moyen privilégié de pervertir la banalité thématique de la poésie. C'est d'ailleurs sur le but du Grand Œuvre que Char jette une sorte de suspicion agressive, dans un autre poème de *Poèmes militants, Crésus*[46], où la démarche démiurgique apparaît comme pourrissement de l'imaginaire.

Au chemin étroitement initiatique de l'alchimie qui mène, selon sa symbolique, au « couronnement final » (le symbole de la pierre philosophale, c'est le jeune roi couronné), Char préfère une démarche inverse : « Se couronner avant de s'égarer[47] » : l'errance, le chemin qui ne mène nulle part l'emporte sur l'ascèse initiatique.

De la même manière, l'autre symbole de la pierre philosophale, le phénix, lié à la révélation androgynique, est doublement perverti : « Creusez le phénix, vous dégagerez Sodome, le tigre[48] » : plutôt que la fusion des deux sexes, c'est la malédiction de l'amour du même sexe qui apparaît, et au travers du *tigre*, c'est-à-dire l'emblème sadien[49] qui retourne alors l'idéal du souverain bien en son contraire.

La courge, le paon, le sel, la semence, l'or et le phénix, loin de permettre une réconciliation poétique des éléments, sont les éléments obturateurs de toute transparence analogique, et le levier d'une critique de la raison poétique.

Si l'usage réellement hermétique que Char fait de l'alchimie l'a éloigné du stéréotype analogique, il l'a du même coup mené à en saisir, mieux qu'un autre, les enjeux profonds. L'alchimie, comme l'a remarqué Alexandre Koyré[50], loin d'être la clef du merveilleux ou une idéologie de la transparence, est avant tout interrogation négative : « *La séparation* est le plus grand mystère de l'être[51] », écrit Paracelse, l'un des plus grands alchimistes du XVIe siècle. Le livre de la nature est un livre illisible, tel est le point de départ de la réflexion alchimique ; c'est pourquoi, d'ailleurs, son déchiffrement est lui-même *occulte* : le décodage se constitue lui aussi de symboles hermétiques se succédant les uns aux autres dans un système d'équivalence sans butée, et la transmutation universelle des éléments à laquelle l'alchimie aspire est cryptée, voilée, volontairement obscurcie.

On s'aperçoit, en vérité, que, avant d'être une lecture analogique du monde, l'alchimie est le brouillage, parfois insensé, des signes et des significations, qui est réponse à cet autre chaos, celui de la nature et de la création.

« Chaos n'enseigne pas aux chaos l'homme entier[52] ! » écrit René Char, dans *Virtuose Sécheresse*, recoupant, en ce sens, la réponse alchimique. L'homme est chaos énigmatique, et, s'il était la proie des autres chaos constitutifs de l'univers, il serait alors définitivement perdu.

L'hermétisme alchimique se tient là.

L'intervalle hermétique

L'aimant

Le renversement opéré par René Char à l'égard de l'hermétisme ésotérique, promu par le surréalisme comme planche de salut poétique, a donc consisté à s'en saisir comme questionnement du chaos. Pour en mesurer toute la portée, il nous faut revenir au problème de l'analogie, et à cet « homme à la peau de miroir[53] », du ballet *La Conjuration*, cité à propos de la similitude. Nous avions omis alors de prendre en compte sa mortelle partenaire, celle qu'il ne peut atteindre. Face à lui, qui croit éperdument aux vertus de l'image et du reflet, il y a donc une jeune danseuse. Elle danse, écrit Char, « la danse *de l'aimant qui se prive volontairement de son objet* ». L'aimant pourrait être une nouvelle référence à l'alchimie puisqu'il fut découvert par elle ; plus important nous paraît de voir, dans cet « aimant qui se prive volontairement de son objet », une allégorie plus générale du sens hermétique. Cette danse, René Char la décrit ainsi :

> *Sa danse dissidente s'est accentuée. Elle est entièrement chiffrée. Danse du secret gardé et de la source furieuse* […]. *La jeune fille poursuit sa danse hermétique*[54].

L'« aimant » est sans doute le bon objet (car les mots manquent) à partir duquel on peut approcher l'hermétisme spécifique de Char. S'il fallait un équivalent verbal, ce serait, malgré ses limites sémantiques et comme simple point de départ, le terme de *séparation*. On sait, en effet, que, originellement, dans l'art alchimique, l'hermétisme correspond au bouchon d'Hermès qui clot *hermétiquement* le vase des transmutations et ainsi *sépare* les matières précieuses des éléments extérieurs ; on se souvient aussi de la phrase de Paracelse sur la séparation comme mystère ontologique. Cependant, l'aimant de la jeune fille hermétique va plus loin, car, s'il se sépare de son objet, simultanément il l'attire : il croise en lui la similitude de l'attraction magnétique et, au même moment, la séparation occulte et énigmatique. On ne retrouve pas simplement alors la figure des contraires asymétriques, car il ne s'agit pas du face-à-face de deux choses, mais plus profondément le soubassement intérieur de cette figure et ce qui la rend possible. Précisons encore cette notion, à l'aide d'un autre emblème qui transparaît dans *Récit écourté*[55]. On y retrouve le même rejet du miroir (« Hors d'usage […]. Le miroir avait brisé tous ses sujets »), et une autre figuration du dispositif hermétique, qui surgit sous la forme d'un impératif :

Enserre de ta main le poignet de la main qui te tend le plus énigmatique des cadeaux : une riante flamme levée, éprise de sa souche au point de s'en séparer.

Le cadeau énigmatique dont il est question est évidemment une nouvelle variante du don de l'écriture : on y retrouve la flamme et le tison ; la main, elle-même prise dans une sorte de dédoublement indirect (« Enserre de ta main le poignet de la main qui… »), souligne d'ailleurs que l'objet à qui ce cadeau s'adresse est l'outil du poème. On retrouve aussi, dans l'intervalle qui sépare et noue la flamme à sa souche, la figure de l'aimant se privant de son objet. C'est cet intervalle qui se révèle être alors le réel foyer de la signification hermétique : signification qui s'exauce en s'exhaussant toujours davantage dans cet espace de vide et d'attraction.

La nuit

> Il ne fallait pas embraser le cœur de la nuit. Il fallait que l'obscur fût maître où se cisèle la rosée du matin [56].

On s'est souvent attaché à voir, dans l'omniprésence de la nuit dans l'œuvre de Char, la figure majeure au travers de laquelle la *terra obscura* du poème était la plus fidèlement représentée. Cela est vrai, à la condition de ne pas la confondre avec la grande nuit romantique, qui, dans sa toute-puissance, absorbe le poète. La nuit n'est pas, chez René Char, une figure totalisante, elle est ce qui conduit à approcher l'intervalle :

> Nous ne pouvons vivre que dans l'entrouvert, exactement sur la ligne hermétique de partage de l'ombre et de la lumière [57].

La *ligne hermétique*, comme l'intervalle magnétique de l'aimant ou le lien séparateur entre la flamme et la souche, est au plus près de ce que Char désigne dans sa poésie comme le lieu de la signification poétique : accès à ce qui conditionne la signification, mais la rend impossédable.

C'est parce que la nuit est le lieu de l'entrouvert que Char ne confond jamais ses vertus hermétiques avec les fausses énigmes du rêve :

Au regard de la nuit vivante, le rêve n'est parfois qu'un lichen spectral.

[…]

Nuit plénière où le rêve malgracieux ne clignote plus, garde-moi vivant ce que j'aime[58].

Char consacre d'ailleurs tout un poème, énigmatique à la première lecture, à cette opposition, fondamentale à ses yeux, entre le rêve et l'œuvre hermétique : *Relief et Louange*, l'un des derniers poèmes de *La Nuit talismanique* :

Du lustre illuminé de l'hôtel d'Anthéor où nous coudoyaient d'autres résidents qui ignoraient notre alliance ancienne, la souffrance ne fondit pas sur elle, la frêle silhouette au rire trop fervent, surgie de son linceul de l'Epte pour emplir l'écran rêveur de mon sommeil, mais sur moi, amnésique des terres réchauffées. Le jamais obtenu, puisque nul ne ressuscite, avait ici un regard de jeune femme, des mains offertes et s'exprimait en paroles sans rides.

Le passage de la révélation à la joie me précipita sur le rivage du réveil parmi les vagues de la réalité accourue ; elles me recouvrirent de leurs sables bouillonnants. C'est ainsi que le caducée de la mémoire me fut rendu. Je m'attachai une nouvelle fois à la vision du second des trois Mages de Bourgogne dont j'avais tout un été admiré la fine inspiration. Il risquait un œil vers le Septentrion au moment de recevoir sa créance imprécise. À faible distance, Ève d'Autun, le poignet sectionné, ferait retour à son cœur souterrain, laissant aux sauvagines son jardin saccagé. Ève suivante, aux cheveux récemment rafraîchis et peignés, n'unirait qu'à un modeleur décevant sa vie blessée, sa gaieté future[59].

Le poème est composé de deux parties qui ne semblent pas coïncider. La première évoque, dans un récit de rêve, la souffrance de l'apparition d'une femme aimée et morte. Le poète se trouve dans un hôtel d'Anthéor[60], et du lustre illuminé fond sur lui l'apparition de cette jeune femme « au rire trop fervent, surgie de son linceul de l'Epte » : l'Epte est la région où demeurait la famille d'Yvonne Zervos ; cette dernière, femme aimée de Char, morte en 1970, est, selon toute vraisemblance, l'héroïne du rêve.

La seconde partie du poème est le réveil. Il s'agit d'une méditation sur les sculptures romanes des trois Mages et d'Ève de la cathédrale d'Autun.

Peu à peu, cependant, des correspondances et des oppositions se révèlent. Le sculpteur roman d'Autun a représenté les rois Mages couchés : le premier a les yeux ouverts, le second n'a, en effet, qu'un œil déclos, le troisième dort. En s'arrêtant sur le second, Char désigne une figure fondamentale pour lui. Ce second roi Mage, précise le poète, « glisse un œil vers le Septentrion » : c'est précisément sur le portail nord de la cathédrale que se trouvait jadis la statue d'Ève, aujourd'hui présente dans le musée de la cathédrale. En fait, dans la sculpture, le second Mage tourne son œil vers un Ange dont le doigt désigne l'étoile annonciatrice du Christ : c'est sans doute cela qu'il faut entendre par « au moment de recevoir sa créance imprécise ». Ce second Mage s'oppose au rêveur de la première partie du poème, car, contrairement à ce dernier tout entier absorbé par son rêve, le Mage, de par précisément son *œil ouvert*, est, lui, sur cette « ligne hermétique » qui partage la nuit et le jour. De même, l'apparition féminine du rêve s'oppose à l'Ève d'Autun : la première n'est que l'« Ève suivante » ; alors que la sculpture romane fait retour au « cœur souterrain » du Mage qui la préfère à l'annonciation du Christ, l'« Ève suivante », la femme du rêve, elle, « n'unirait qu'à un *modeleur décevant* sa vie blessée, sa gaieté future ».

Si l'apparition du rêve n'est qu'une *Ève suivante*, et

Ève, fragment d'un linteau du XIIe siècle provenant de la cathédrale d'Autun.
© Centre des monuments nationaux, Paris.

« À faible distance, Ève d'Autun, le poignet sectionné, ferait retour à son cœur souterrain, laissant aux sauvagines son jardin saccagé. »
Relief et louange.

non une *Ève première*, c'est précisément parce que le rêveur n'est qu'un modeleur décevant, incapable de tenir entre ses doigts celle qu'il a suscitée dans son rêve. Cette opposition entre la médiocrité du rêve et la puissance de l'œuvre d'art est évoquée dans un autre poème qui fait également référence aux rois Mages d'Autun :

> Le rêve, cette machine à mortifier le présent. Heureux le sculpteur roman des rois mages d'Autun ! Reconnus d'autres, couverts de frimas, à l'ouvrage dans les nuits de glaciation qui s'étendent[61].

Tel est bien le rêve, le mauvais rêve de *Relief et Louange*, qui ne suscite qu'un « écran rêveur », apparemment énigmatique et comblant mais en fait décevant. L'espace de la signification hermétique de la nuit s'exalte dans l'œuvre, dans la nuit vivante de ces rois Mages, toujours à l'ouvrage « dans les nuits de glaciation qui s'étendent ».

Le court intervalle qui joint et sépare le rêve du réveil est ainsi désigné : « C'est ainsi que le caducée de la mémoire me fut rendu » : le *caducée*, c'est la verge d'or qu'Hermès reçut d'Apollon : échange qui manifeste le lien de réciprocité entre la poésie et l'hermétisme. Le poète, loin de croire que son rêve posséderait une signification importante, reçoit le caducée pour s'affronter à un autre espace qui le dépasse et l'éloigné : celui de l'œuvre, de la sculpture, métaphore de son poème. Plutôt que de s'attarder à la factice résurrection de la jeune femme (« aux cheveux récemment rafraîchis et peignés »), il arrête son regard sur le poignet sectionné de la sculpture : le poignet de la main gauche de l'Ève romane, en effet fendu, nous fait retrouver la figure hermétique de l'aimant ou de la flamme séparée de sa souche : poignet de la main qui se tend vers la pomme, vers le désir, gage du lien.

Char oppose, dans *Relief et Louange*, à la *surface* (l'«écran rêveur») du rêve, le *relief* sculptural d'un visage immémorialement tendu vers le vide, dans une exploration ardente de la nuit soustraite à la psychologie onirique.

Plus généralement, c'est, au-delà même du rêve, l'inconscient – clé de voûte de la modernité – qui semble être délaissé par le poète. Si celui-ci apparaît comme une contrefaçon de l'œuvre, c'est parce qu'il est de tout évidence *relatif* : il ne détient pas de lui-même les possibilités de soulever les limites de ses déterminations externes, d'où, d'ailleurs, les échecs répétés de la psychanalyse à vouloir se faire ontologie. Le poème, lui, s'appuie sur autre chose :

> Oui, le subconscient, oui, l'inconscient, et leur relativité, mais surtout cette ombre droite venue de nous, non imaginaire, et dont nous ne savons pas de quel être ou de quel objet, à son tour, elle est l'ombre [62].

Char n'utilise le rêve dans ce poème que comme une impasse, pour mieux nous dévoiler, par le biais de la cathédrale d'Autun, la véritable demeure de l'œuvre, le bon espace de l'évidence séparatrice de la nuit.

La nuit n'est donc ni l'espace ténébreux et opaque des romantiques ni l'espace onirique du surréalisme freudien ; sa réserve de significations ne s'obtient que par le maintien en elle, comme dans l'œuvre de La Tour, d'une flamme séparatrice et demeurante. Comment comprendre autrement ce fragment extrait du *Rempart de brindilles* ?

> Nous sommes déroutés et sans rêve. Mais il y a toujours une bougie qui danse dans notre main. Ainsi l'ombre

où nous entrons est notre sommeil futur sans cesse raccourci[63].

Le sommeil est alors pur éveil, il est en proportion,
non de la nuit, mais de la flamme, diminuant avec elle.
C'est pourquoi Char peut l'appeler, dans le titre d'un de
ses plus importants recueils, *La Nuit talismanique qui
brillait dans son cercle*, cercle de la bougie, de son aura
circulaire, où l'obscurité fait lien, fait *talisman* avec ce
qui l'absorbe et la définit : la lueur. *La Nuit talismanique* est le livre de la nuit parce qu'il est aussi le livre
de l'insomnie, moment où le sommeil s'est violemment
retiré. L'insomnie n'est pas le thème de l'œuvre, elle
est le temps accru de l'œuvre : « La poésie vit d'insomnie perpétuelle[64]. »

Cette insomnie, au contraire de la glue onirique, est ce
qui rend à la nuit sa véritable dimension séparatrice, car,
inversant le temps et la relation au jour, elle ouvre à une
connaissance exclusive de ses pouvoirs :

La nuit ne succède qu'à elle. Le beffroi solaire n'est
qu'une tolérance intéressée de la nuit[65].

Le seul soleil admissible, c'est le « bœuf écorché de
Rembrandt[66] », l'œuvre d'art, dont la lumière – comme
la bougie de La Tour – loin de chasser les ténèbres, est
au contraire le lieu d'où voir l'obscur[67].

Cette flamme dont j'avais besoin, une bougie me la
prêta, mobile comme le regard. L'eau nocturne se déversa
de sa jeune clarté, me faisant nuit moi-même, tandis que
se libérait l'œuvre filante[68].

C'est au travers de la médiation fondatrice de la
flamme mobile comme le regard, à l'inverse de l'« élec-
tricité haïssable », que la nuit devient visible.

De la même manière, revenant sur son combat contre le nazisme, dans *Sur un même axe*, Char attribuera au cercle de la bougie cette vertu médiatrice qui permet d'affronter la nuit comme nuit :

L'unique condition pour ne pas battre en interminable retraite était d'entrer dans le cercle de la bougie, de s'y tenir, en ne cédant pas à la tentation de remplacer les ténèbres par le jour et leur éclair nourri par un terme inconstant [69].

La relation entre la nuit et la bougie est très exactement la figure de l'entrouvert et de l'intervalle, point de départ de notre réflexion.

Rien de ce qui infiniment appartient à la nuit et au suif brillant qui en exalte le lignage ne s'y trouve mélangé [70]

espace d'attraction et de justification réciproque. On pourrait alors peut-être entrevoir dans cet hermétisme de l'intervalle cet espace tragique auquel nous avons déjà fait allusion à propos des *contraires*. Le tragique, d'autant plus s'il est comme ici réduit à de purs emblèmes, n'est-il pas en effet l'espace absolu de l'hermétisme, à savoir ce refus ou cette impossibilité d'accorder aux choses, aux êtres et aux situations les commodités de la signification, de la communication comme issue cathartique ?

Le tragique de l'hermétisme – que l'on peut reconnaître aussi transposé dans les indéchiffrables messages de Phèdre – interdit aux ténèbres, à la vérité d'être comprises par le jour, par le mensonge.

Cette perception tragique de l'hermétisme, peut-être faudrait-il aussi l'interpréter à l'intérieur même de l'histoire de la poésie ; l'histoire récente, inaugurée par Hölderlin, annonçant tout à la fois l'« âge de détresse » du poète et offrant ses poèmes les plus obscurs.

Si, d'un côté, la modernité du XXe siècle s'est appuyée sur la destruction de l'œuvre et de l'art comme imposture, parallèlement il y a eu une autre aventure, plus silencieuse mais plus essentielle, reposant, elle, non sur le spectacle d'une agonie dérisoire, mais, au contraire, ancrée sur l'ascèse tragique de l'hermétisme poétique : aventure menée par Rilke, Celan, Mandelstam ou Char. Plus violemment que Hölderlin, Char a nommé ce moment de détresse l'« âge cassant » :

> Je suis né comme le rocher, avec mes blessures. Sans guérir de ma jeunesse superstitieuse, à bout de fermeté limpide, j'entrai dans l'âge cassant.
> En l'état présent du monde, nous étirons une bougie de sang intact au-dessus du réel et nous dormons hors du sommeil[71].

Nuit sans sommeil, nuit de la flamme ici constituée de son propre sang, tout comme la bataille de tisons, elle aussi était devenue artérielle : « L'air investit, le sang attise[72]. »
Plus explicite est cette autre description de la venue de l'âge cassant, et de la poésie hermétique :

> Lorsque nous étions enfants nous nous voulions perchés comme un tonnerre sur les nuages accumulés. Nous admirions Poussin, il paraissait à peine plus âgé que nous ; le monde qui était le sien n'était pas mis en doute.
> [...]
> Soudain nous passâmes à l'effroi supérieur. Mais cette apocalypse serait-elle tarissable alors même qu'elle s'écoulerait ? En ce monde du ressentiment on nierait toute révélation puisqu'on se refusait à imaginer quelque chose, quelqu'un, un Passant nu et outillé, de plus miraculeux que soi[73] !

Le monde de l'âge cassant est celui où la poésie ne peut plus être entendue, monde où ne règnent que ceux qui ne veulent être dupes d'aucune révélation. Le passage du monde de Poussin, espace pacifié où la croyance était préservée, à celui de la négation de toute révélation ne traduit pas le désir de restaurer des valeurs perdues : il ouvre au contraire à l'impératif d'explorer l'envers de cette transparence aujourd'hui anachronique, son envers hermétique : là où le sens n'est ni radieux ni cyniquement abandonné, mais où, comme la flamme nocturne, il nous divise.

La fragmentation hermétique

> J'aime qui m'éblouit puis accentue l'obscur
> à l'intérieur de moi.
>
> *Rougeur des Matinaux*[74]

Le temps du fragment

Le principe de séparation dans lequel l'hermétisme du poème dévoile l'intervalle et l'écart est mode de connaissance :

> Après l'ultime distorsion, nous sommes parvenus sur la crête de la connaissance. Voici la minute du *considérable danger* : l'extase devant le vide, l'extase neuve devant le vide frais[75].

Si, cependant, Char a valorisé les vertus du fragmentaire, ce fut pour des raisons que le fragment, comme simple entité formelle, ne nous donne pas à lui seul, tant il est vrai que de nombreux poètes ou écrivains ont utilisé ce genre littéraire sans lui prêter de valeur hermétique : la brièveté du fragment peut tout aussi bien être gage d'évidence banale que d'évidence occulte.

Avec Char, la compréhension du fragment ne relève pas d'une opération purement sémantique. Si nous lisons, par exemple, ce fragment extrait du poème

Couche[76] : « Il ne faut pas offrir la fleur au fruit. À bout d'espoir, il s'y glisserait », on comprend vite que, même si l'on saisit immédiatement son message, ce que l'on préfère au fond en lui, c'est le sentiment d'obscurité qui l'accompagne. Le poète a délibérément organisé sa parole afin que ce qu'il veut dire, qui n'est pas dicible, puisse néanmoins s'énoncer. Au sein même de l'acte de déchiffrement, pour le poète comme pour le lecteur, il y a un trou ou un vide qui suscite un autre mode de lecture.

L'une des premières mentions du terme de fragment, dans l'œuvre de Char, apparaît dans le poème *Commune présence*[77] qui fait suite au premier recueil explicitement fragmentaire du poète, *Moulin premier*, écrit dans les années 1935-1936. La seconde partie s'apparente à une suite de conseils adressés à l'apprenti poète, l'« aspirant vulnérable ». Char lui dit de se hâter :

Hâte-toi
Hâte-toi de transmettre
Ta part de merveilleux de rébellion de bienfaisance.

La hâte à laquelle Char enjoint le jeune poète n'a rien d'une précipitation optimiste, elle est tout entière liée à la nature fragmentaire de l'écriture poétique :

Effectivement tu es en retard sur la vie
La vie inexprimable
La seule en fin de compte à laquelle tu acceptes de t'unir
Celle qui t'est refusée chaque jour par les êtres et par les choses
Dont tu obtiens péniblement de-ci de-là quelques fragments décharnés.

La hâte est ici à l'inverse d'une impatience juvénile ; elle correspond à ce « peu de chose » dont la poésie peut se saisir, et le *fragment*, obtenu grâce à elle, apparaît comme la résultante du décalage entre le poète et la « vie inexprimable » ; ce que Char a traduit sous une forme plus abstraite dans cet autre poème :

> Ici, toujours écrus entre l'être et le dire, sans enfiévrer ceux qui ne dorment pas [78].

La poésie est fragment – fragment décharné – parce qu'au fond, le poète n'est que le porteur *éphémère* de ce qu'il saisit « de-ci de-là », de ce qu'il ne peut posséder *assidûment*. En vérité, la question du fragment est moins une question formelle qu'une question qui pose le *temps* de la connaissance poétique. Il est significatif, d'ailleurs, de constater que Char, plus de vingt ans après *Commune présence*, reviendra à cette idée à propos d'Arthur Rimbaud :

> La vraie vie, le colosse irrécusable, ne se forme que dans les flancs de la poésie. Cependant l'homme n'a pas la souveraineté (ou n'a plus, ou n'a pas encore) de disposer à discrétion de cette vraie vie, de s'y fertiliser, sauf en de brefs éclairs qui ressemblent à des orgasmes. Et dans les ténèbres qui leur succèdent, grâce à la connaissance que ces éclairs ont apportée, le Temps, entre le vide horrible qu'il sécrète et un espoir-pressentiment qui ne relève que de nous, et n'est que le prochain état d'extrême poésie et de voyance qui s'annonce, le Temps se partagera, s'écoulera, mais à notre profit, moitié verger, moitié désert [79].

Comme dans *Commune présence*, la « vraie vie » est confondue avec la poésie, espace-temps impossédable continûment : orgasme, éclair, fragment : « L'essaim, l'éclair et l'anathème, trois obliques d'un même sommet [80] », dit ailleurs René Char. La hâte, la vitesse correspond à la nécessité d'atteindre quelque chose qui perpétuellement disparaît :

... donne-moi, ô vie qui m'écris et que je transcris, capacité d'épandre, fumier fiévreux, les poèmes ramassés dans
leur brouette de silence, avant qu'ils ne soient engloutis[81].

Le fragment pourrait alors se définir comme la présence non assidue de l'instant poétique. Dès lors, notre
cœur est « tantôt dérisoirement conscient, tantôt lumi-
neusement averti[82] », c'est-à-dire partagé entre le désert
d'un savoir dérisoire et le verger de la connaissance
extatique. Et puis, à l'autre bout de cette évanescence
fatale du fragment, il y a la nature même du poème, sa
fragilité :

... chaque page comme l'éclair, est toujours écrite pour
disparaître : elle est dans une lutte cruelle avec les hommes
et avec le temps[83].

Ce conflit tantôt mène à la dislocation (« la quantité de
fragments me déchire[84] »), tantôt à la fête de l'inconnu :

Tout en nous ne devrait être qu'une fête joyeuse quand
quelque chose que nous n'avons pas prévu, que nous
n'éclairons pas, qui va parler à notre cœur, par ses seuls
moyens, s'accomplit[85].

L'instant du fragment n'est pas l'instant du temps
naturel, il est fruit d'une alliance entre le poète et le
temps, c'est-à-dire rencontre de l'éphémère et de la
totalité :

L'instant est une particule concédée par le temps et
enflammée par nous[86].

Cette perception de la nature temporelle du fragment
est présente dès l'origine de l'œuvre ; ainsi, quand Char
écrit dans un fragment de *Moulin premier* :

L'imagination jouit surtout de ce qui ne lui est pas accordé, car elle seule possède l'éphémère en totalité. Cet éphémère : carrosserie de l'éternel[87].

Un tel propos n'est pas sans annoncer un fragment beaucoup plus tardif de René Char, et maintenant fort connu :

Si nous habitons un éclair, il est le cœur de l'éternel[88].

Fragment lui-même ambigu, et qui pourrait passer pour un simple paradoxe sophistique si nous ne le rapprochons pas de la poétique du fragment, car, plus qu'un aphorisme de portée générale, il concerne la poésie.

Tout comme la totalité se saisit dans et par l'éphémère, de même l'éternité obscure de la nuit n'est possédable qu'à partir de l'éclair : habiter l'éclair, le maintenir présent dans notre perception, c'est accéder à ses deux contraires qu'il dévoile : la nuit et l'éternel. Toutes les vertus du fragment, dans l'œuvre de Char, sont là ; elles portent le poète à convertir l'évanescence mélancolique de sa connaissance en support à partir duquel il peut enfin lui donner sa valeur propre, sa valeur de fête. Que le poète n'ait à sa disposition que des « fragments décharnés », ou que la vérité sous la forme de « brefs orgasmes », loin d'être une limite, devient une arme, même si cela peut aussi devenir son péril.

Le poète ne retient pas ce qu'il découvre ; l'ayant transcrit, le perd bientôt. En cela réside sa nouveauté, son infini et son péril[89].

La fragmentation, si elle le prive des bénéfices incertains du discours, l'amène à des révélations qui ne se cumulent pas ; déconnectées entre elles, elles se juxtaposent dans une sorte de parataxe amnésique, où le fragment est sans souvenir de celui qui l'a précédé et sans intuition de celui qui va suivre ; laconiquement réduites à la balafre de l'éclair, elles ne guident pas à la clarté synthétique du jour, mais à l'obscurité de la nuit qui les accueille.

> *En poésie*, il n'y a pas de progrès, il *n'y a que* des naissances successives, l'ardeur du désir, et le consentement des mots à faire échange de leur passé avec *la foudre du présent*, de notre présent commençant[90].

Ainsi la poésie est fragment, non pas seulement dans la simple jouissance de déposséder les mots de leur passé, ou d'être soi-même dépossédé de ce qui a été un instant saisi ; au travers de cette fatalité fragmentaire qui peu à peu s'est transformée en nécessité féconde, il y a aussi un souci, un respect éthique, un respect peut-être de l'authenticité vitale des mots confrontés à la grossièreté morte de la conscience :

> Tu es dans ton essence constamment poète, constamment au zénith de ton amour, constamment avide de vérité et de justice. C'est sans doute un mal nécessaire que tu ne puisses l'être assidûment dans ta conscience[91].

L'avant-dire

> Sommes-nous voués à n'être que des débuts de vérité[92] ?
>
> *Feuillets d'Hypnos*

La fragmentation serait donc cette violence faite au langage pour le protéger de toute appropriation excessive par l'homme, de cette lumière possessive, excessive et aveugle : la conscience. Les mots, par la poésie, sont appelés à jouer un autre rôle que celui, aliéné et fantoche, qu'ils remplissent dans les discours journaliers ; mais du même coup, c'est une conception très particulière du langage et des mots, contradictoire avec celle qui nous guide habituellement, que le poète est amené à formuler par le fragment.

> Porteront rameaux ceux dont l'endurance sait user la nuit noueuse qui précède et suit l'éclair. Leur parole reçoit existence du fruit intermittent qui la propage en se dilacérant. Ils sont les fils incestueux de l'entaille et du signe[93]...

On retrouve, dans le lien entre l'intermittence et la dilacération, ce que nous avons déjà dit des rapports entre la fragmentation et le temps. Reste cette formule énigmatique : « Fils incestueux de l'entaille et du signe... » ; l'inceste désigne l'accouplement entre, d'une part, l'*entaille* (la fracture, la trace, la marque archaïque) et d'autre part, le signe (ce qui appartient au langage dominé) : le fragmentaire serait ainsi en quelque sorte le fruit de l'union taboue ou interdite entre un « pré-langage » et les mots de la langue. Cette brutalisation du langage par l'hermétisme fragmentaire révélerait une prise de possession des mots par un « avant-dire », par quelque chose qui serait en avant et en deçà du « trésor social » de la langue. Le fragment, fruit de l'inceste, est un monstre. Son hermétisme, qui contredit la fonction sociale de transparence que le consensus communautaire perçoit dans la langue, suppose que celle-ci cesse d'être l'unique espace du sens. En alliant l'entaille et le signe, le fragment n'accorde pas à la langue la confiance que les hommes lui vouent. L'entaille est là comme pour dire qu'il y a des significations qui ne relèvent pas de la langue. Aussi, l'hermétisme ne doit pas être confondu avec ce qu'on appelle ordinairement l'«indicible», c'est-à-dire avec une difficulté à dire ; il suppose simplement que la signification tout entière ne dépend pas de la langue, ou seulement d'une langue qui en aurait fini avec une représentation d'elle-même comme pacte entre les hommes, communication, échange, transaction.

> Le sol qui recueille n'est pas seul à se fendre [...]. Ce qui est précipité, quasi silencieux, se tient aux abords du séisme, avec nos sèches paroles d'avant-dire[94].

Le langage se fend, se fragmente, comme la terre au moment où l'orage se prépare et va la pénétrer. L'« avant-dire » est ici mis en relation avec la terre, il est ce qui va fendre cette terre et l'abreuver ; mais, remarquons que l'*entaille* n'est pas autre chose. Son support est le rocher, la caverne, le chemin. Le fragment poétique, qui ne laisse entrevoir la vérité que pour mieux la soustraire à l'instant même, serait ainsi une parole nouée à la terre :

> Ô vérité, infante mécanique, reste terre et murmure au milieu des astres impersonnels[95] !

Le fragment hermétique serait la langue par laquelle la vérité reste terre et murmure, et ne se livre pas comme prisonnière ou captive à la communauté humaine.

Parce qu'il est noué à l'instant extatique de la connaissance, le fragment ne peut donc être l'objet d'une conscience maîtresse et continue ; parce qu'il demeure entaille de la langue, il ne peut davantage réfléchir un idéal de transparence. S'il y a pour Char un « avant-dire », et si la connaissance poétique doit demeurer éternellement fragmentée et disloquée, c'est que la parole poétique n'a pas pour objet le monde tel que l'homme se le figure. Le poème a d'autres prétentions, et porte en lui un autre désir de saisir l'humanité dans sa présence.

Unir l'entaille et le signe, rendre la vérité au site de la terre plutôt qu'au site de la langue, c'est vouloir approcher au plus près de ce qui détermine la présence humaine comme obscure : ce lieu du sens manquant que l'homme ne peut combler qu'en se nommant créature et en nommant un créateur conforme à son souci factice de transparence. Là, l'homme invente des fictions métaphysiques comme celle de la religion ou celle de la technique ou encore celle de l'idéologie historique. À l'inverse, le poème, quant à lui, dit que la signification manque. L'hermétisme, le fragment, la séparation, l'intervalle, toutes ces figures sur lesquelles nous avons médité parlent du poème comme d'une contre-parole nécessaire pour déloger cette mauvaise foi de la transparence. Dans notre avant-propos, on a nommé cette mauvaise foi par le terme d'*exotérisme*. Par ce mot, on voudrait bien sûr désigner les discours qui prétendent à la clarté : clarté de son énoncé et de son objet. Mais il y a davantage. L'exotérisme s'oppose à l'ésotérisme – ce que nous préférons appeler l'hermétisme – en ce qu'il est, pour reprendre l'expression de Heidegger, discours de l'objectivation du monde. Dans ce discours, l'homme se met en scène comme sujet, et il prétend faire de lui-même la scène sur laquelle la chose devient son objet, est possédée, clarifiée et existe, car seul ce qui devient ainsi objet *est*. L'homme devient alors la mesure du monde. La religion chrétienne est ainsi devenue, à partir de la Renaissance, discours exotérique, malgré ses origines ésotériques, en ce qu'elle fournissait à l'homme un discours sur sa propre origine adapté à son anthropomorphisme rationaliste. La technique, ou le discours de la technique qui lui a succédé, est dans le même désir de combler toute faille qui puisse saper la présence humaine sur terre comme subjectivité conquérante du monde et des choses.

La poésie hermétique ne vise pas à forger, symétriquement à cette attitude, une autre conception du monde ou une autre « vision du monde ». Le poète ne veut rien, sa parole n'est pas là pour représenter un « point de vue ». Ce qu'elle recherche, au travers de son hermétisme, c'est de dévoiler en quoi cette subjectivité conquérante des choses ne délivre au fond rien d'elles et si peu de soi : travailler la parole jusqu'à ce que cette ascèse de la subjectivité laisse place à la seule énigme de la présence, tel est son seul pari.

Le dialogue entre Char et Heidegger a rapproché dans l'esprit du public le philosophe et le poète. Ce qui les lie, c'est moins des dogmes communs qu'une pratique assez proche de l'hermétisme, parallèlement décriée. Mais cet hermétisme, pour être partagé, n'est pas pour autant guidé par le même souci ou par la même évidence. L'hermétisme philosophique de Heidegger tient à ce que l'être, le sens de l'être, depuis les présocratiques, est voilé, comme indisponible au discours et à l'herméneutique. L'hermétisme de Char semble avoir eu pour point de départ l'évidence d'un autre retrait. Ce retrait est moins circonscrit au problème de l'Être qu'au problème de la Création, moins ontologique que génétique : genèse de la présence plutôt que de l'être de la présence. Ainsi, Char ne se limitera pas seulement à comprendre les messages perdus ou à demi effacés des présocratiques, mais tentera de remonter au plus loin, au-delà de l'avènement du logos grec, par exemple, jusqu'aux entailles et aux dessins de Lascaux ou d'Altamira, de l'homme préhistorique.

Notes

1. *Du côté de chez Swann*, *À la recherche du temps perdu*, Gallimard, « La Pléiade », t. I, 1954, p. 180.

2. *À l'ombre des jeunes filles en fleurs*, *ibid.*, p. 717.

3. *Ibid.*, p. 719.

4. *Ibid.*

5. *L'Âge cassant*, in *Recherche de la base et du sommet*, p. 766.

6. *Du côté de chez Swann*, *op. cit.*, p. 145.

7. *Novae*, in *Le Poème pulvérisé*, *Fureur et Mystère*, p. 269.

8. *Les Premiers Instants*, in *La Fontaine narrative*, *Fureur et Mystère*, p. 275.

9. Voir le poème *Aux portes d'Aerea*, in *Retour amont*, *Le Nu perdu*, p. 425, et la note de la page 1255 : « Ville de la Gaule narbonnaise, ville pour nous disparue, que Strabon nomme avec Avignon et Orange, et qu'il situe sur une hauteur éventée, quelque part dans le bassin de trois rivières se jetant dans le Rhône. Ville que le poète a localisée modestement en amont de sa page. » Voir aussi, in *Voisinages de Van Gogh*, *Sous un vent cupide*, NRF, 1985 : « Serons-nous demain encore un passant d'Aerea, la ville soigneuse, construite deux âges avant nous, lorsqu'un voisin, pour bien mourir… », p. 19.

10. Voir à ce propos *Glanum*, d'Henri Rolland, Éd. du Temps, 1960. Le poème *Anoukis et plus tard Jeanne*, in *Le Consentement tacite*, *Les Matinaux*, p. 314-315, semble marquer la découverte de ce lieu par Char.

11. Cité par M.J. Worton, in *L'Accrue du mot et l'Image muette* : *René Char, voisin de Van Gogh*, *La Poésie française au tournant des années 80*, textes réunis et présentés par Philippe Delaveau, Librairie José Corti, 1988, p. 70-71.

12. Voir note 9.

13. *La Longue Partance*, in *Voisinages de Van Gogh*, NRF, 1985, p. 17.

14. Cité par David Banon, *La Lecture infinie*, Seuil, 1987, p. 153.

15. *Préface*, *Les Fleurs du mal* : « Sur l'oreiller du mal c'est Satan Trismegiste/Qui berce longuement notre esprit enchanté,/Et le riche métal de notre volonté/Est tout vaporisé par ce savant chimiste. »

16. *Délires II Alchimie du verbe*, in *Une saison en enfer*, *Œuvres complètes*, Gallimard, « La Pléiade », 1951, p. 219.

17. *Ibid.*

18. *André Breton, Second Manifeste surréaliste, op. cit.*, p. 138 : « Il importe de réitérer et de maintenir ici le "Maranatha" des alchimistes, placé au seuil de l'œuvre pour arrêter les profanes. » Ce terme de *Maranatha* provient de l'*Apocalypse de Jean*, XXII, 17, et de *Première épître aux Corinthiens*, XVI, 22 : « Que celui qui n'aime pas le Seigneur soit maudit. Maranatha », ce qui signifie : « Seigneur viens ! »

19. *Second Manifeste surréaliste, op. cit.*, p. 138.

20. Voir *Une saison en enfer, op. cit.*, p. 220 : « La vieillerie poétique avait une bonne part dans mon alchimie du verbe […], puis j'expliquai mes sophismes avec l'hallucination des mots ! »

21. *Second Manifeste, op. cit.*, p. 137.

22. Voir note in *Œuvres complètes*, p. 1236.

23. *Arrière histoire du Poème pulvérisé*, cité in *O.C.*, p. 1247.

24. In *Effacement du peuplier*, voir 2e partie de ce livre, p. 102.

25. *La Manne de Lola Abba*, in *Le Marteau sans maître*, p. 25.

26. *Le Climat de chasse ou l'accomplissement de la poésie, ibid.*, p. 28.

27. *La Luxure*, in *Poèmes militants, Le Marteau sans maître*, p. 33.

28. *Sommeil fatal, Le Marteau sans maître*, p. 24.

29. Voir David Banon, *La Lecture infinie, op. cit.*, p. 171, et G. Scholem, *La Kabbale*, Petite Bibliothèque Payot, p. 61-62.

30. *Se rencontrer paysage avec Joseph Sima*, in *Un jour entier sans controverse, Fenêtres dormantes et Porte sur le toit*, p. 588.

31. *Intégration*, in *Abondance viendra, Le Marteau sans maître*, p. 56.

32. Char pense sans doute au vers célèbre de *La Beauté* (in *Spleen et Idéal*) : « Je suis belle, ô mortels, comme un rêve de pierre. »

33. *Confronts*, in *Poèmes militants, Le Marteau sans maître*, p. 38.

34. Allusion au « – Hypocrite lecteur, – mon semblable, – mon frère ! », in *Les Fleurs du mal*. Le « désir de prendre congé » est une référence certaine à Rimbaud. C'est le même mot de « congé » qu'il emploiera dans son texte essentiel « Arthur Rimbaud » notamment à propos de « Génie », voir *O.C.*, p. 733.

35. *Confronts, op. cit.*

36. *Moulin premier*, fragment LVI, in *Le Marteau sans maître*, p. 76.

37. Voir notamment la lettre de Char à Éluard citée par J.-Cl. Mathieu, in *La Poésie de René Char*, Librairie José Corti, 1984, t. I, p. 281-282.

38. *Passage de Max Ernst*, in *Alliés substantiels, Recherche de la base et du sommet*, p. 706.

39. *Dire aux miens*, in *Dehors la nuit est gouvernée*, p. 113.

40. *À un fantôme de la réflexion surpris chez les pleutres de la providence, ibid.*, p. 115.

41. *Signe ascendant*, Gallimard, coll. « Poésies », 1968, p. 7.

42. *L'Oracle du grand oranger, Le Marteau sans maître*, p. 24.

43. Voir *L'Alchimie* de Serge Hutin, PUF, coll. « Que sais-je ? ».

44. *Tréma de l'émondeur, Le Marteau sans maître*, p. 8.

45. *Moulin premier*, fragment LVIII, in *Le Marteau sans maître*, p. 77.

46. *Crésus*, in *Poèmes militants, Le Marteau sans maître*, p. 43.

47. *Moulin premier*, fragment XXI, in *Le Marteau sans maître*, p. 67.

48. *Ibid.*, fragment XVII, p. 66.

49. Voir par exemple *Les Rapports entre parasites, Le Marteau sans maître*, p. 53-54.

50. Alexandre Koyré, *Mystiques, Spirituels, Alchimistes du xvi⁰ siècle*, Gallimard, coll. « Idées », 1971.

51. Cité par Alexandre Koyré, *op. cit.*, p. 116.

52. *Virtuose Sécheresse, Chants de la Balandrane*, p. 545.

53. *La Conjuration*, in *Trois Coups sous les arbres*, p. 1089.

54. *Ibid.*, p. 1091.

55. *Récit écourté, Fenêtres dormantes et Porte sur le toit*, p. 619.

56. *Sur une nuit sans ornements, La Parole en archipel*, p. 393.

57. *Dans la marche*, in *Quitter, La Parole en Archipel*, p. 411.

58. *Sur une nuit sans ornements, La Parole en archipel*, p. 393.

59. *Relief et louange*, in *Chacun appelle, La Nuit talismanique qui brillait dans son cercle*, p. 504-505.

60. Anthéor est un petit village de la côte méditerranéenne : ce nom est l'anagramme à une lettre près de l'anathor qui désigne dans le langage alchimique le fourneau dans lequel se prépare le Grand-Œuvre.

61. *Faire du chemin avec…*, in *Fenêtres dormantes et Porte sur le toit*, p. 58.

62. *Sous ma casquette amarante*, p. 828.

63. *Le Rempart de brindilles*, in *Poèmes des deux années*, p. 359.

64. *Les Dentelles de Montmirail, La Parole en archipel*, p. 413.

65. *Sur une nuit sans ornement, ibid.*, p. 393.

66. *Contre une maison sèche*, in *Le Nu perdu*, p. 483.

67. *Sur un même axe*, in *La Pluie giboyeuse, Le Nu perdu*, p. 455.

68. *La Nuit talismanique*, Skira, rééd. Flammarion, coll. « Champs », 1972, p. 8.

69. *Sur un même axe, op. cit.* note 67.

70. *Ibid.*

71. *L'Âge cassant*, in *Recherche de la base et du sommet*, p. 765.

72. *Les Trois Sœurs*, in *Le Poème pulvérisé, Fureur et Mystère*, p. 250.

73. *À Guy Levis Mano, Recherche de la base et du sommet*, p. 738.

74. *Rougeur des Matinaux*, fragment VII, in *Les Matinaux*, p. 330.

75. *À une sérénité crispée*, in *Recherche de la base et du sommet*, p. 753.

76. *Couche*, in *L'Effroi la joie, Le Nu perdu*, p. 472.

77. *Commune présence*, in *Moulin premier, Le Marteau sans maître*, p. 80.

78. *La Collation interrompue*, in *Fenêtres dormantes et Porte sur le toit*, p. 618.

79. *Arthur Rimbaud*, in *Recherche de la base et du sommet*, p. 730.

80. *Rougeur des Matinaux*, fragment XVII, in *Les Matinaux*, p. 333.

81. *Tous partis !*, in *Fenêtres dormantes et Porte sur le toit*, p. 608.

82. *Dans la marche*, in *Quitter, La Parole en archipel*, p. 411.

83. Entretien avec France Huser, in *Le Nouvel Observateur, op. cit.*

84. *Seuls demeurent*, fragment 5, in *Fureur et Mystère*, p. 136.

85. *La bibliothèque est en feu*, in *La Parole en archipel*, p. 377.

86. *Faire du chemin avec…*, in *Fenêtres dormantes et Porte sur le toit*, p. 581.

87. *Moulin premier*, fragment XXX, in *Le Marteau sans maître*, p. 70.

88. *À la santé du serpent*, fragment XXIV, in *Le Poème pulvérisé, Fureur et Mystère*, p. 266.

89. *La bibliothèque est en feu*, in *La Parole en archipel*, p. 378.

90. *Description d'un carnet gris*, p. 1220.

91. *À la santé du serpent*, fragment X, in *Le Poème pulvérisé, Fureur et Mystère*, p. 264.

92. *Feuillets d'Hypnos*, fragment 186, in *Fureur et Mystère*, p. 220.

93. *Le Nu perdu*, in *Retour amont, Le Nu perdu*, p. 431.

94. *Uniment*, in *Sept saisis par l'hiver, Chants de la Balandrane*, p. 533.

95. *Feuillets d'Hypnos*, fragment 204, p. 224.

La création

Le soleil dans l'espace ne vit pas
mieux que notre ombre sur terre,
quelle que soit sa prolixité. Blason
déchu, il est seul, nourri de ses
excréments ; seul comme est seul
l'homme, ennemi initial, les ongles
dans le pain de ses ennemis.

Cruels assortiments [1]

La création

1

« Le Marteau sans maître »

Le Marteau sans maître – titre général du volume
recueillant les œuvres publiées de 1920 à 1934[2] – est
sans doute l'intitulé le plus connu du grand public ;
l'œuvre de Pierre Boulez, qui a composé une musique
pour quelques-uns de ces poèmes, a sans doute contribué à répandre cette formule énigmatique, et aussi à en
développer la séduction musicale : deux mots, MaRTeau
et MaîTRe, que les consonnes réunissent et opposent.
On a pu, çà et là, en proposer de multiples interprétations ; y voir la désignation du poète ou de l'écriture :
écriture sans maître, sans auteur ou sans propriétaire ; sur
ce plan, on pourrait y voir, dans la suite de ce que nous
avons dit sur le fragment, la désignation d'une écriture
sans mémoire, comme ce verset plus tardif d'*Aromates
chasseurs* le laisse entendre :

> Un outil dont notre main privée de mémoire découvri-
> rait à tout instant le bienfait, n'envieillirait pas, conserve-
> rait intacte la main[3].

Il y a bien sûr aussi une référence à Nietzsche : violence par rapport à l'idée de toute théologie, philosophie
ou poésie compromises avec les illusions fondatrices,
révélant un poète vivant « dans les nacelles de l'en-
clume[4] », c'est-à-dire allégé par ce paradoxal aérostat,
déjà loin sous les coups du verbe de sa fonderie. De la

même manière, il est difficile de ne pas lire dans ce titre une référence au poème de Rimbaud *Le Forgeron*, qui met en scène la confrontation de Louis XVI, « vers le 10 août 92 », et ce bras « sur un marteau gigantesque, effrayant[5] », pulvérisant le principe monarchique. Enfin, il y a une sorte de connivence alchimique avec le monde primitif et ésotérique des forgerons, ceux qui ont à faire aux métaux, aux transmutations élémentaires et qui sont, comme l'a montré Alexandre Koyrè, les précurseurs de l'alchimie.

Au-delà de ces références culturelles, il y a aussi les figures qui ont été le premier horizon de l'enfance de Char à L'Isle-sur-Sorgue et qui l'ont guidé vers la révolte, « tablier du forgeron ciel charnel de ma sombre enfance[6] » : parmi elles, celle de Jean-Pancrace Nouguier, l'initiateur qui transparaît dans le poème *Suzerain*[7], l'« armurier » qui, dans la pièce *Le Soleil des eaux*, fournira au « héros » la dynamite, le « feu terrestre utilitaire[8] », pour détruire une usine polluant la région, celui-là même que, dans un hommage à Éluard, en 1933, un an avant la parution du *Marteau sans maître*, Char désigne en ces termes : « Contre le Créateur, Éluard a dirigé l'Armurier[9] » : le marteau, l'arme contre le Créateur, contre le démiurge.

Le marteau de l'Armurier ou du forgeron est l'arme de la révolte. Que sa cible principale ait été le Créateur confère au *Marteau sans maître* l'une de ses images fondamentales. Marteau libre et chaotique, il s'engage à libérer de toute chaîne, fût-ce celles du cœur[10] ; mais surtout à débarrasser le monde de l'« étau des origines[11] », la « zone des tenailles pourries[12] ». Ce marteau affirmateur « n'a pas le coup crépusculaire[13] », car il ne vise à détruire que dans le souci lumineux de briser l'idée même de fondation et de fondement de la Création. Il ne s'agit pas pour le poète de substituer à l'image monothéiste du Dieu créateur une mythologie démiurgique, mais bien au contraire d'instiller par ce marteau sans maître le principe d'anarchie au cœur de toute origine.

Que la Création soit l'objet premier de la vindicte poétique de Char dès *Le Marteau sans maître*, rien n'en rend mieux compte que la représentation que le poète donne alors de la « Nature », tout entière guidée par les influences de Sade, de Rimbaud et de Lautréamont.

Jusqu'à *Fureur et Mystère*, qui paraît après la guerre, la nature, le paysage même de la Provence, auxquels on réduit souvent sa poésie, sont quasi absents de l'œuvre. L'univers alors semble enveloppé dans un sentiment ambigu d'euphorie agressive, d'amertume et de violence ; c'est l'univers cataclysmique ou le chaos primitif – monde déshumanisé – qui aggrave le désir « de prendre congé[14] ». La « croûte tiède » du monde est « piétinée », l'« avorton » humain « pulvérisé » ; et l'« homme criblé de lésions[15] ».

Le titre du recueil, appartenant au *Marteau sans maître*, auquel ces citations sont empruntées, *Abondance viendra*, ne doit pas tromper : il s'agit d'une antiphrase : Abondance viendra est, selon une information de Char, le nom et le prénom d'un maçon, locataire toujours *insolvable*[16], de sa grand-mère. Par ce titre, Char ne désigne donc nullement un espoir. L'abondance dont il est question, c'est ce qui tout d'abord s'oppose aux fausses issues théologiques face au mal : le « salut », ce « salut » que Char dira « méprisable » parce que toujours disponible dans l'un des « tiroirs » des passions humaines[17]. L'« abondance » paradoxale que le poète donne comme l'avenir de l'univers ressemble à cette effrayante *Éclaircie* – titre du premier poème de *Abondance viendra* – à propos de laquelle Char fait l'éloge d'une nouvelle dynastie, dont la souveraine et mère est l'« absolue aridité[18] ».

L'agressivité ou la fureur que Char exprime à propos de la Nature sont liées à cet espoir que « *le jour et la nuit écœurés du conformisme de l'actuelle création n'aient enfin conclu le grand pacte d'abondance*[19] ». L'enjeu de ce combat contre le « conformisme de l'actuelle création » est de proposer des contre-modèles à l'imagination poétique encore soumise à ce modèle servile et mécanique. Si le sens des mots est renversé, puisque l'aridité incarne l'éclaircie et que l'« abondance » espérée est une pluie desséchante « *de [...] suie et [de] talc*[20] », c'est que le poème de Char vise, en effet, à renverser l'économie mesquine de la création :

« *Déborder l'économie de la création, agrandir le sang des gestes, devoir de toute lumière*[21] ».

Les trois contre-modèles dont Char se nourrit alors sont les blasphèmes de Lautréamont, qui précisément remettent en question les stéréotypes d'harmonie et d'abondance[22], Rimbaud, qui transparaît dans de quasi-pastiches, et, bien sûr, Sade :

L'homme morne et emblématique vit toujours en prison, mais sa prison se trouve à présent en liberté[23].

Char vise à en découdre avec ce qui est tout à la fois le fondement et le produit de la Création et du divin : *la croyance.*

Que le voyant extermine le croyant et le surréel aussitôt surgit, s'installe, s'impose. Univers-passion dont on ne s'évade pas, dont on ne désire plus s'évader[24].

La haine de la Création apparaît alors principalement comme un travail destructeur face aux *représentations* que l'idée de création véhicule, et l'opposition entre le croyant et le voyant est ici une nouvelle référence à Rimbaud.

Le poème central de *Abondance viendra*, intitulé *Les Rapports entre parasites*, est, au travers d'un dialogue entre Sade et Rimbaud, celui qui désigne le plus explicitement la nécessité du blasphème comme point de départ d'une autre représentation du monde. C'est le Christ qui est l'objet principal des profanations injurieuses dans la première partie du poème écrite en regard de *Mauvais Sang* de Rimbaud ; Char y interpelle Rimbaud par le biais de la citation. À la fameuse phrase de *Mauvais Sang* : « Le culte de Marie, l'attendrissement sur le crucifié s'éveillent en moi parmi mille pensées profanes[25] », Char répond par : « ... tu sombrais dans la tendresse. Entre les cuisses du crucifié se balance ta tête créole de poète[26] » : tête créole qui fait aussi référence au « Je suis une bête, un nègre » d'Arthur Rimbaud. La présence de Rimbaud comme interlocuteur du poète écarte toute lecture qui ferait de ce poème un simple tract anticlérical. Il s'agit, en choisissant *Mauvais Sang*, le poème le plus ambigu de Rimbaud, de lui proposer le témoignage sadien susceptible de revivifier en lui ce qu'il contient déjà de destructeur. Appel à Sade :

Témoin, dans les relais de ton esprit réaliste, le règne végétal est figuré par la plante carnivore, le règne minéral par le radium sauvage, le règne animal par l'ascendant du tigre[27].

Monde sans salut, monde « réfractaire ». Si Rimbaud a été témoin d'une brisure dans l'équilibre de la Création, si au moment où il survient « soudain, les cris de la terre, la couleur du ciel, la ligne des pas, sont modifiés[28] », Sade est en quelque sorte le complément indispensable. Il est le second parasite qui détourne de toute tentation religieuse, « pour être logique avec la nature, il sème des lueurs et récolte des épieux », cueillant au « citronnier des murailles », « des fruits buboniques[29] ». Il est celui qui a prédit les « hommes-requins » qui sillonnent le monde au moment où Rimbaud se met à écrire[30].

L'alliance Rimbaud-Sade que Char noue dans ses poèmes du *Marteau sans maître*, qu'il continuera d'ailleurs de maintenir par la suite, rend moins simple qu'il n'y paraît l'athéisme violent ou l'agressivité que Char insinue dans les images de la Création. Il ne s'agit pas seulement alors de brouiller les représentations factices ou serviles qu'une certaine poésie ou que la théologie proposent. Au travers de leur conjonction, il vise aussi et surtout à nommer un moment catastrophique : celui qu'annonça Sade et que décrivit Rimbaud, celui qui est au centre de leur dialogue. Ce moment, c'est celui du servage de la nature, celui où, à l'asservissement de la nature violente, intraitable et « sans brèche », correspond précisément l'alliance de la religion et de la technique, au travers d'une représentation de la Création sous sa forme la plus amoindrie, la plus schématique, la plus « conformiste ». Moment où l'idée même de la Création cesse de déployer sa violence naturelle et anarchique pour se soumettre servilement à la platitude de l'imagination humaine et de ses besoins :

Au Moyen Âge la nature était pugnace, intraitable, sans brèche, d'une grandeur indisputée. L'homme était rare, et rare était l'outil, du moins son ambition. Les armes la dédaignaient ou l'ignoraient. À la fin du XIXe siècle, après des fortunes diverses, la nature encerclée par les entreprises des hommes de plus en plus nombreux, percée, dégarnie, retournée, morcelée, dénudée, flagellée, accouardie, la nature et ses chères forêts sont réduites à un honteux servage, éprouvent une diminution terrible de leurs

166

biens. Comment s'insurgerait-elle, sinon par la voix du poète[31] ?

Char n'oppose pas à l'univers technico-religieux une image douce et pacifiée de la nature. Il lui oppose au contraire, au travers de Sade et de Rimbaud, une violence, un désordre, une hostilité dont il a fait, dès *Le Marteau sans maître*, l'espace d'où résister au consensus conformiste du monde moderne. Si Char perçoit dans Rimbaud le poète par lequel la nature fait retour dans la poésie[32], c'est que, derrière ce mot, il ne désigne pas une image banalement heureuse, aromatique et ensoleillée derrière laquelle certains lecteurs le perçoivent encore. La nature, chez René Char, est à l'égal de celle qu'il perçoit chez Rimbaud : « L'apercevons-nous en repos que déjà un cataclysme la secoue[33] ». L'ombre de Sade derrière celle de Rimbaud suffirait d'ailleurs à nous faire comprendre le désir de Char de dévoiler l'envers destructeur, avide et anarchique de cette nature. *Le Marteau sans maître*, alors, se révèle essentiellement comme une arme critique : arme susceptible de briser tous les éléments sur lesquels se fond cette double entreprise d'asservissement de la nature et de falsification de sa réalité. Au travers de la figure du Créateur contre laquelle le Marteau est brandi, c'est précisément tout ce qui réduit cette nature dans l'« étau des origines[34] », ou dans le modèle de son exploitation rationnel qui est visé.

2

Le nazisme

Il s'agissait, dans *Le Marteau sans maître*, d'opposer aux représentations exotériques du monde proposées par la religion ou la technique, l'ésotérisme impénétrable d'une nature. Malgré sa domestication apparente, elle pouvait révéler sa violence, sa force destructrice et son refus des lumières dont on voulait alors l'éclairer : Dieu ou la machine. Lui faire paraphraser les célèbres paroles d'Attila : « Je suis le marteau de l'univers. » Mais, entre cette poétique rimbaldo-sadienne et l'ensemble de l'œuvre, il y a l'événement du nazisme qui a pu confirmer certaines intuitions de Char, mais aussi, d'une certaine manière, retourner le problème. La question, pour le poète, est moins alors de réfuter le caractère asservissant ou falsificateur de la notion de Création que d'interpréter la Création elle-même comme catastrophe. Le pessimisme de la poésie de Char naît alors d'une connaissance d'autant plus aiguë du Mal qu'il l'a approché au plus près.

Le choix du combat

René Char est l'un des rares poètes ou intellectuels à avoir effectivement et efficacement, comme principal responsable de la zone sud de la France, combattu, les armes à la main, l'occupation allemande.

On a le sentiment que c'est dans la mesure où le nazisme s'est présenté à lui sous la forme massive et sans dialectique de l'*énigme* que son engagement s'est formulé sous la forme d'un *impératif catégorique* adressé à soi seul :

> Tiens vis-à-vis des autres ce que tu t'es promis à toi seul. Là est ton contrat[35]

écrit-il dans l'un des fragments des *Feuillets d'Hypnos*, composés pendant la Résistance. L'impératif, d'ailleurs, semble être le mode grammatical et éthique dans lequel Char s'emprisonne volontairement au commencement de son action. Les deux premiers fragments de *Feuillets d'Hypnos* se formulent ainsi : « Autant que se peut, enseigne à devenir efficace, pour le but à atteindre mais pas au-delà » et « Ne t'attarde pas à l'ornière des résultats »[36].

Le travail de simplification intérieure ressemble à une initiation au travers de laquelle il s'agirait de séparer les éléments, de les purifier, de les hiérarchiser et d'en obtenir alors le plus grand effet :

> Je m'explique mieux aujourd'hui ce besoin de simplifier, de faire entrer tout dans un, à l'instant de décider si telle chose doit avoir lieu ou non. L'homme s'éloigne à regret de son labyrinthe. Les mythes millénaires le pressent de ne pas partir[37].

Décider, choisir, agir sont les composantes de ce travail de réduction auquel celui qui s'est d'abord soumis à un impératif sans issue doit obéir ; il est désormais noué à quelque chose d'essentiel :

> Tout ce qui entrave la lucidité et ralentit la confiance est banni d'ici. Nous nous sommes épousés une fois pour toutes devant l'essentiel[38].

Cependant, cette simplification que Char s'impose à lui-même et qu'il impose aux hommes qu'il a sous ses ordres n'a rien de trivial ; il ne s'agit pas seulement d'un pragmatisme de l'immédiat, mais davantage d'une ascèse éthique indispensable. L'action n'a de beauté véritable que lorsqu'elle est débarrassée de tout contenu psychologique ou trop personnel ; ainsi, Char semble prévoir à l'avance les risques que la Résistance court à se laisser recouvrir par la dimension du trop humain :

> Je vois l'homme perdu de perversions politiques, confondant *action* et *expiation*[39]…

Il convient, au travers de ce travail intérieur, de séparer ce qui doit l'être, et en se soumettant totalement à l'impératif de l'action, d'éviter de confondre ce qui doit demeurer momentanément à l'écart :

> Remettre à plus tard la part imaginaire qui, elle aussi, est susceptible d'action[40].

L'acte limité à ses seules proportions reste « vierge, même répété[41] ». Si j'ai parlé de beauté de l'action, c'est que le travail de simplification, de réduction ou de hiérarchisation concerne seulement les enjeux personnels ou individuels ; non seulement il n'atteint pas la poésie, comme l'écriture de ces *Feuillets* l'atteste, mais il est essentiellement travail poétique. Ce que Char dit de l'acte ou de l'action de résistance qui demeure « vierge, même répété », il pourrait le dire, il le dit d'ailleurs, de l'acte poétique[42].

C'est autour du problème du symbolisme que la distinction entre le poétique et le psychologique apparaît avec le plus de clarté :

> Le génie de l'homme, qui pense avoir découvert les vérités formelles, accommode les vérités qui tuent en véri-

tés qui *autorisent* à tuer. [...] Cependant que les névroses collectives s'accusent dans l'œil des mythes et des symboles, l'homme psychique met la vie au supplice sans qu'il paraisse lui en coûter le moindre remords. La fleur *tracée*, la fleur hideuse, tourne ses pétales noirs dans la chair folle du soleil[43].

La fleur hideuse, c'est bien sûr la croix gammée, symbole archaïque du culte solaire. Mais la perversion du mythe n'induit nullement de la part de Char le désir de se soumettre à un discours dé-symbolisé. Ce qui est à suspendre, comme il l'écrit explicitement, c'est l'*homme psychique*, non le poème ; cet homme psychique « dont l'âme empirique est un amas de glaires et de névroses[44] ». Au soleil nazi Char oppose le « bon soleil », le soleil non pervers[45], ou encore celui que l'enfant regarde :

J'envie cet enfant qui se penche sur l'écriture du soleil, puis s'enfuit vers l'école, balayant de son coquelicot pensums et récompenses[46].

À la différence du soleil nazi, raturé, recouvert par la fleur hideuse qui superpose à sa chair l'écriture humaine, le soleil de l'enfant, le coquelicot, trace de lui-même sa propre écriture.

L'engagement de Char est d'autant moins une simple soumission au discours de la guerre, que, dès 1938, il avait médité sur les relations de la poésie et de l'action, notamment dans *L'Argument*[47] de *L'Avant-Monde*. Dans ce texte, très influencé par William Blake, il figure deux possibles contraires et pourtant solidaires de l'homme : d'une part, le Verbe ; d'autre part, l'Acte. D'un côté, celui qui dispose de la *clé angélique*, le « faiseur de pain » christique ; de l'autre, celui qui se délivre « par ses mains » ou grâce au « rossignol diabolique » et qui n'a pour toute récompense que la prison ou la mort. Il s'agit de « déborder l'économie de la création » qui sépare Faust du Christ, l'Action du Verbe, la clé de l'instrument de cambriole. La montée du nazisme, puis sa victoire devaient amener le Verbe et l'Action, non à se confondre, mais du moins à être juxtaposés et solidaires dans leurs « dimensions adversaires » : ce que Char appelle l'*aoûtement*, c'est-à-dire le moment où « une dimension franchit le fruit de l'autre[48] ».

Cette méditation trouvera avec la Résistance une concrétisation extrême, et Char en formulera une traduction plus précise encore dans une lettre adressée, après la guerre, à Heidegger, en réponse aux interrogations du philosophe sur la fameuse phrase de Rimbaud : « La poésie ne rythmera plus l'action. Elle sera en avant. » Parmi tant de réponses, elles-mêmes interrogatives, Char écrira notamment ceci :

– L'action accompagnera la poésie par une admirable fatalité, la réfraction de la seconde dans le miroir brûlant et brouillé de la première produisant une contradiction et communiquant le signe plus (+) à la manière abrupte de l'action.

puis il ajoute :

… toute action qui se justifie doit être […] une action proposable de refus et de résistance, inspirée par une poésie en avant et souvent en dispute avec elle[49].

Dans *Feuillets d'Hypnos*, il s'agissait bien alors de transformer ces « vieux ennemis » que sont la poésie et l'action en « loyaux adversaires » :

… tout lendemain fertile étant fonction de la réussite de ce projet[50].

Dans la logique de l'impératif catégorique qui commande son engagement, Char oppose à l'homme psychique les vertus de la conscience :

> … nous opposons la conscience de l'événement au gratuit (encore un mot de déféqué)[51].

Cette conscience que Char maintient sans cesse en éveil à ce qui advient n'est pas pour autant une conscience au sens ordinaire de ce terme. Il y a ainsi cet étrange fragment qui en dévoile l'authentique hiérarchie intérieure :

> Les rares moments de liberté sont ceux durant lesquels l'inconscient se fait conscient et le conscient néant (ou verger fou)[52].

On retrouve la nécessité de suspendre l'homme psychique : l'inconscient est l'objet de ce premier travail, et puis, à l'autre bout, il y a, au travers de l'expression « verger fou », une allusion au langage cabalistique de la connaissance extatique : entre les deux, *le conscient* qui apparaît alors comme l'articulation centrale de cette ascèse. Le conscient n'apparaît plus comme limitatif ou comme ce qui laisserait accroire à l'image de Char, simple soldat, il est, en fait, ce qui est au plus proche du savoir poétique.

> Nous n'appartenons à personne sinon au point d'or de cette lampe inconnue de nous, inaccessible à nous qui tient éveillés le courage et le silence[53].

Le « point d'or », autre image ésotérique de la connaissance, n'est pas à l'écart du combat, il est au contraire ce qui arc-boute l'un à l'autre le courage de l'action et le silence auxquels la parole poétique est nouée. Ce qui est important dans *Feuillets d'Hypnos*, ce journal sans dates écrit d'une « plume à bec de bélier », c'est que précisément « courage » et « silence » soient à ce point solidaires jusque dans la juxtaposition des fragments. Ainsi, par exemple, le fragment 120 des *Feuillets* qui reprend ce thème de la lampe inconnue :

> Vous tendez une allumette à votre lampe et ce qui s'allume n'éclaire pas. C'est loin, très loin de vous, que le cercle illumine[54]

est immédiatement suivi d'un autre, qui, beaucoup plus concrètement, fait le récit d'une action de guérilla[55].

Ce qui paraît d'abord avoir été de la part de Char une sorte de renversement kantien, marqué par un recours à la conscience pratique et à l'impératif catégorique, se révèle tout autre. La discipline, la purification ou l'efficacité relèvent d'une méditation sur l'action ou l'agir dont la maxime ne devient jamais, au contraire du précepte de Kant, loi universelle ; c'est pourquoi d'ailleurs elle ne se formule pas en fait sous la forme d'une maxime, mais sous celle de l'aphorisme. Le fragment sur lequel nous sommes partis : « Tiens vis-à-vis des autres ce que tu t'es promis à toi seul[56] » apparaît alors comme une parodie et un renversement de la morale pratique kantienne qui, elle, ne trouve sa vérité, et son fondement, que dans une altérité universelle. Aussi la décision d'agir et de combattre est une décision en effet poétique, non parce que les récits guerriers sont perpétuellement interrompus par des fragments ésotériques, mais parce que le sens de ce combat et de cette action se définit perpétuellement en écart de son universalité et de sa moralité apparente. On en trouve le signe, aussi dans le fait, que, contrairement à beaucoup d'écrivains, qui face à l'horreur des crimes avaient fait amende honorable, Char, dans ces *Feuillets*, non seulement ne renie pas Sade, mais au contraire cite ce nom[57] que les esprits, devenus subitement moraux, associent au nazisme ; ou encore, dans des fragments comme celui-ci :

> La perte de la vérité, l'oppression de cette ignominie dirigée qui s'intitule *bien* (le mal, non dépravé, inspiré, fantasque est utile) a ouvert une plaie au flanc de l'homme que seul l'espoir du grand lointain informulé (le vivant inespéré) atténue[58].

Plus encore peut-être faudrait-il pour s'en convaincre citer le dernier fragment des *Feuillets d'Hypnos*, qui dit plus explicitement la place de la poésie dans le combat contre le nazisme :

> Dans nos ténèbres, il n'y a pas une place pour la Beauté. Toute la place est pour la Beauté[59].

L'occulte

Il est frappant de constater que, parallèlement au combat en plein jour que Char livre contre l'ennemi, il y a dans l'activité de résistant un autre horizon, celui de l'enfermement, de l'emprisonnement, de la *cache* et de la clandestinité qui est le lieu d'une épreuve parallèle.

Par parenthèse, il faut noter combien Char a été sensible jusque dans le langage à ce que la Résistance pouvait offrir de secret et de crypté.

> Contre l'épaisseur diffuse d'un somnambulisme empoisonné, la répugnance de l'esprit serait fuite chiffrée…[60]

dira-t-il plus tard dans *Pause au château cloaque*, par référence à cette période ; ou encore, lorsque, s'adressant juste après la guerre à ses compagnons de combat, il leur rappelle que leur parole d'alors s'émettait au travers « du chiffre vrillant d'un code[61] ». Rappelons aussi ce fait significatif que le titre de son recueil *La bibliothèque est en feu*, dont la thématique est apparemment loin de la Résistance, est à l'origine un message codé envoyé à Londres par le groupe dirigé par Char après que l'explosion d'un container parachuté par les Alliés eut mis le feu à une partie de la forêt[62].

Au-delà du langage, il y a ce thème de l'enfermement qui revient si souvent dans *Feuillets d'Hypnos*. Il est bien sûr lié aux conditions objectives de clandestinité auxquelles les résistants étaient soumis, mais il était déjà apparu dans des poèmes antérieurs à la guerre, par exemple dans *Gravité*, qui appartient au grand cycle amoureux du *Visage nuptial*, où le poète pense « à l'encoche/Dans la tendre chaux confidente[63] ». D'une certaine manière, la Résistance est l'occasion de réécrire *Gravité*, mais en donnant alors à la situation de l'*emmuré* une autre signification :

> La reproduction en couleur du *Prisonnier* de Georges de La Tour que j'ai piquée sur le mur de chaux de la pièce où je travaille, semble, avec le temps, réfléchir son sens dans notre condition. Elle serre le cœur mais combien désaltère ! Depuis deux ans, pas un réfractaire qui n'ait, passant la porte, brûlé ses yeux aux preuves de cette chandelle. La femme explique, l'emmuré écoute. Les mots qui tombent de cette terrestre silhouette d'ange rouge sont des mots essentiels, des mots qui portent immédiatement secours. Au fond du cachot, les minutes de suif de la clarté tirent et diluent les traits de l'homme assis. Sa maigreur d'ortie sèche, je ne vois pas un souvenir pour la faire frissonner. L'écuelle est une ruine. Mais la robe gonflée emplit soudain tout le cachot. Le Verbe de la femme donne naissance à l'inespéré mieux que n'importe quelle aurore.
>
> Reconnaissance à Georges de La Tour qui maîtrisa les ténèbres hitlériennes avec un dialogue d'êtres humains[64].

176

On retrouve ainsi la chaux, l'emmuré, la femme ; mais la reproduction du tableau de La Tour, en inscrivant la *mise en abyme* de la figure du prisonnier en dialogue avec le verbe dans cet espace clandestin dans lequel Char noue le même dialogue, creuse une autre perspective à l'enfermement et aux ténèbres extérieures. On retrouve aussi dans ce fragment des *Feuillets d'Hypnos*, au travers du tableau de La Tour, la bougie maîtrisant la nuit et inscrivant l'intervalle lumineux de sa flamme comme possession et creusement des ténèbres. L'enfermement ne dessine pas un espace négatif ou privatif ; il accompagne en double, au contraire, l'espace du combat tout comme le Verbe franchit désormais la dimension adverse de l'Action, et comme l'Ange terrestre escorte le guerrier.

Char confère à ce visiteur féminin une dimension mystique, mais pour simultanément souligner sa « terrestre silhouette » ; il est, écrit-il dans un fragment précédent,

> … ce qui, à l'intérieur de l'homme, tient à l'écart du compromis religieux, la parole du plus haut silence, la signification qui ne s'évalue pas [65].

Et le poète ajoute : « Ange : la bougie qui se penche au nord du cœur », c'est-à-dire qui désigne le pôle terrestre du combat.

Aux dieux multiples qui, à la surface et à l'air libre, émeuvent par leur zèle les combattants s'ajoute ainsi l'Ange intérieur, le messager du cachot qui dore « les grappes vitaminées de l'impossible [66] », comme si à une mythologie extérieure et transparente devait s'additionner un niveau ésotérique qui double l'action d'un sens en écart. Grâce à lui, le poète est alors le « prisonnier sans geôlier, du parfait savoir [67] ».

Le dialogue avec l'Ange, s'il n'amène pas, comme on vient de le voir, à une conversion ou à une réhabilitation du religieux, entraîne néanmoins Char à une réévaluation du sacré. Ainsi, la figure du Christ n'est plus, comme dans *Le Marteau sans maître*, l'objet d'une profanation ou d'un simple blasphème, mais d'un questionnement ambigu : « Au jardin des Oliviers, qui était en surnombre ?[68] » La seule question peut être certes interprétée, en cette époque de délation, d'une manière cruelle et pessimiste, comme soulignant que la norme est désormais Judas, et l'élément surnuméraire, le Christ ; cependant, quel que soit l'impératif d'exclure toute figure faussement réconciliatrice ou salvatrice de son univers, il apparaît désormais que le texte évangélique n'est plus violemment écarté, mais devient le support ou l'un des supports de l'interrogation.

Il s'agit peut-être, à l'occasion du dialogue entre le prisonnier et l'Ange, de reconsidérer les éléments fondateurs du Verbe. On trouve ainsi dans *Feuillets d'Hypnos* une série de renversements de la Parole christique : « Guérir le pain. Attabler le vin[69] », ou encore, dans le *Chant du refus*, cette phrase par où le silence du poète est justifié :

> Le poète est retourné pour de longues années dans le néant du père. […] Celui qui panifiait la souffrance n'est pas visible dans sa léthargie rougeoyante[70].

Le père, ici, ne renvoie pas bien sûr à la figure personnelle du père, mais est à lire en relation avec l'interprétation alchimique du Christ-Phénix. Enfin, au travers de paroles du Christ, Char interprétera l'époque comme retournement :

Au tour du pain de rompre l'homme, d'être la beauté du point du jour[71].

Si, d'un côté, l'Ange doit être terrestre, les symboles de la parole angélique dont le Christ s'est emparé – le pain et le vin – doivent être retournés, pour recouvrer leur puissance transcendante originelle, participer à un sacré, hors de tout rituel d'apaisement et de salut, retrouver leurs qualités premières de ruptures hermétiques face à l'humain. Ce que Char reproche sans doute au Christ, c'est alors essentiellement d'avoir donné au sacré un langage exotérique, totalement humanisé, et d'avoir ainsi, tout en incarnant le Verbe, fait perdre au Verbe ses ressources d'écart et d'intervalle au cœur de l'humain.

Tout comme la figure sublime de l'Ange et du prisonnier est précédée par une réflexion anticipatrice dans des poèmes antérieurs à la Résistance, de même le thème d'Hypnos était déjà présent, de manière prémonitoire, dans les premières œuvres de Char ; dès le premier poème, pourrait-on dire, si l'on s'en tenait au classement choisi pour les *Œuvres complètes*, puisque *La Torche du prodigue*, dans ses trois derniers vers, semble résumer, comme l'a indiqué Jean Roudaut, le sens du combat mené dans les années 1940-1944 :

> Nuage de résistance
> Nuage des cavernes
> Entraîneur d'hypnose[72].

Qui est Hypnos, ce nom qui donne son titre aux *Feuillets* ?

Dans la mythologie grecque, c'est le fils de la Nuit et d'Érèbe – dieu des Enfers –, frère jumeau de Thanatos, la mort ; son rôle est de personnifier le sommeil.

Mais le nom d'Hypnos est perpétuellement ambigu dans l'œuvre de Char. Tantôt, il désigne l'effondrement et la catalepsie des hommes face au nazisme, comme dans ce texte de 1939 :

> Au mois de juillet, dans l'hypnose de Paris, capitale parjure…[73],

tantôt au contraire, il symbolise la Résistance :

> Résistance n'est qu'espérance. Telle la lune d'Hypnos, pleine cette nuit de tous ses quartiers, demain vision sur le passage des poèmes[74].

Cette même lune, dont Char dira à l'inverse, dans le récit qu'il fait de son voyage en 1944 pour rencontrer l'état-major interallié d'Afrique du Nord :

> Le regard moite de la lune m'a toujours donné la nausée[75].

Hypnos désigne simultanément le stade de rétractation, voire d'anéantissement, qui constitue *l'époque* des années 1939-1944 et, à côté de cette « rumeur du désespoir », ce que Char appelle la « certitude de la résurrection[76] ».

À la manière des grands homéopathes, qui ont une intuition poétique du corps, Char perçoit le mal et le remède en similitude, comme noués au même sens. C'est ce qui apparaît dans le mystérieux fragment qui sert d'épigraphe aux *Feuillets d'Hypnos* :

> *Hypnos saisit l'hiver et le vêtit de granit. L'hiver se fit sommeil et Hypnos devint feu. La suite appartient aux hommes[77].*

Hypnos, en arrêtant le temps, en immobilisant le monde dans un hiver de granit, s'est lui-même métamorphosé en son asymétrique, le feu. La traduction « vécue » de cette figure apparaît dans le récit de son voyage en Afrique du Nord, auquel on a déjà fait allusion ; du petit avion militaire où il se trouve, Char, dit-il, tente de détourner ses yeux du « regard moite de la lune », de la lune hypnotique, puis, tout d'un coup, il s'ouvre « brusquement » et

> ... ploie sous l'afflux d'une ruisselante gratitude. Des feux, des brandons partout s'allument, montent de terre, bouffées de paroles lumineuses qui s'adressent à moi qui pars. De l'enfer, au passage on me tend ce lien, cette amitié perçante comme un cri, cette fleur incorruptible : le feu[78].

Il s'agit des signaux que ses camarades de combat lui envoient depuis le sol, pour accompagner son départ. Le renversement qui s'opère est à l'identique de celui que symbolise l'épigraphe : la lumière hypnotique et sans source de la lune, symbole d'Hypnos, s'est soudainement métamorphosée en feu. Ce nom, que Char s'approprie et à l'aide duquel il signe, dans les *Feuillets*, un message adressé à ses camarades, c'est celui de ce feu qui contredit, accompagne la mort et l'abandon, et naît avec lui. Char s'identifie à ce nom pour autant qu'il accepte d'aller « vers l'hallucinante expérience de l'homme noué au Mal[79] », d'être à son tour « engourdi » pour mieux être « immunisé[80] ». Mais c'est en ce sens aussi qu'il faut comprendre en Hypnos quelque chose qui va au-delà du nom propre (le pseudonyme de Char résistant était Alexandre), et qui est en fait le patronyme d'une époque, d'un temps, dans lequel l'homme, le combattant vient déchirer toute sa personne.

Par époque, il ne faut pas bien sûr entendre un moment événementiel, mais plutôt un moment « historial », c'est-à-dire qui ne concerne pas seulement le temps des humains, mais le temps de l'humain. Cette

« époque » se caractérise comme arrêt, ou plutôt comme biffure du présent : « Présent crénelé[81]... », écrit Char. Le poète explique cette biffure un peu plus tard en la définissant comme divergence entre le Temps cosmologique et le temps calendaire des humains :

> Le temps n'est plus secondé par les horloges dont les aiguilles s'entre-dévorent aujourd'hui sur le cadran de l'homme[82].

Et à ce constat, il ajoute cette prophétie :

> Le temps, c'est du chiendent, et l'homme deviendra du sperme de chiendent[83] :

Le temps meurtri est devenu à son tour meurtrissant, désertifiant l'humanité, la terre, comme le fait le chiendent, qui empêche toute autre plante de pousser auprès de lui ; de cette désertification l'homme est devenu l'exécutant, non pas seulement l'homme actif des basses besognes, mais son *sperme*, c'est-à-dire son principe génétique : sperme qui féconde le désert de ronces.

Le silence

L'efficacité du combattant et l'exploration souterraine du sens et de l'avenir dessinent une double image de Char pendant cette période. Il y a le chef militaire qui tient ses compagnons par « mille fils confiants[84] », comme il le dit dans l'admirable récit qu'il fait de la perquisition d'un village où il se cache[85], celui qui est la « ruche[86] » invulnérable, qui veut impérativement être « la partie du miroir de l'univers la plus dense[87] », et simultanément celui qui sait que « l'aile de l'hirondelle n'a plus de miroir sur terre[88] », que les similitudes ont laissé place au désert de chiendent. D'un côté, le face-à-face nécessaire : « Il me faut réduire la distance entre l'ennemi et moi. L'affronter *horizontalement*[89] », de l'autre, celui qui creuse la distance : « Comment m'entendez-vous ? Je parle de si loin…[90] » : l'Action et le silence du Verbe se justifient mutuellement, tout comme le sentiment mystique de l'inexorable échec du Temps est l'abri le plus sûr à partir duquel affronter le Mal. On pourrait dire que, à côté de ces deux Char qui ne font qu'un, il y en a peut-être aussi un troisième, qui n'est ni agissant ni silencieux, mais qui tout simplement est muet, dont « les yeux seuls sont encore capables de pousser un cri[91] ».

Entre le silence et le mutisme, il y a tout le fossé qui sépare l'interlocuteur emmuré de l'Ange et celui qui constate : « La source est roc et la langue est tranchée[92]. » Si Char a pu croire par instants que son engagement était une décision limitée à l'événement, comme certains fragments le laissent entendre, il a parallèlement l'intuition que son combat ne se limite pas aux données ponctuelles, mais porte en lui des significations qu'il est encore incapable d'évaluer :

> Quelle entreprise d'extermination dissimula moins ses buts que celle-ci ? Je ne comprends pas, et si je comprends, ce que je touche est terrifiant. À cette échelle, notre globe ne serait plus, ce soir, que la boule d'un cri immense dans la gorge de l'infini écartelé. C'est possible et c'est impossible[93].

Silence et mutisme, silence dans le dialogue, et cri du poète soudain l'identifiant au désarroi cosmique de la terre ; Hypnos règne encore sur ces deux attitudes, tout à la fois hypnose arrêtée de la conscience, mais aussi Hypnos, symbole, au travers de son emblème, la lune, de la perte de contact avec la vie et le désir.

Ce silence et ce mutisme relèvent de l'interprétation eschatologique du nazisme comme catastrophe du Temps de l'humain et du temps de sa parole, interprétation poétique au plein sens du terme, si le poème, comme il apparaît dans l'œuvre de René Char, est avant tout mesure et compréhension de la généalogie de la Création.

Mais, parallèlement à cette double attitude de Char pendant la guerre, on doit, pour tout à fait la comprendre, y associer l'interprétation de son silence à l'issue de la victoire contre le nazisme. Refus de maintenir artificiellement l'esprit de la Résistance :

> Nous sommes partisans, après l'incendie, d'effacer les traces et de murer le labyrinthe. On ne prolonge pas un climat exceptionnel[94].

Refus aussi de participer aux différentes mesures préconisées par l'épuration.

On a généralement tendance à réduire ce silence volontaire à une sorte de grandeur d'âme, qui n'est sans doute pas absente, mais qui n'est pas une explication satisfaisante. Dans une lettre à son ami Francis Curel de L'Isle-sur-Sorgue, déporté dans un camp de concentration de Linz pour fait de résistance, Char écrit ceci :

> La pensée ne t'a pas effleuré de tirer du déluge ta défroque à rayures pour en faire une relique pour les tiens. Tu l'as jetée aux flammes ou tu l'as mise en terre avec ses poux incalculables et les trous de ta maigreur. [...] Ne songeons pas aux couards d'hier, auxquels se joindront les nôtres ambitieux, qui s'accoutrent pour la tournée des commémorations et des anniversaires. Rentrons. Les clairons insupportables sonnent la diane revenue[95].

Au passage, sans aucun doute, une pointe contre *La Diane française* d'Aragon, parue en 1944 ; mais il y a plus : refus, bien sûr, de la fétichisation par la victime de son malheur au travers des symboles des bourreaux, refus plus général du mémorable ou du mémorial, tant peut-être la catastrophe ne peut être ainsi exorcisée par les simples rituels humains. Mais ce vœu de silence ne relève pas d'une simple lassitude généreuse ou amère. Parallèlement, il y a une violence qui dépasse toute justice comme toute injustice. Si Char refuse de siéger « à la cour de justice[96] » contre les collaborateurs et s'il critique le procès de Nuremberg, c'est à la manière de Saint-Just qui désirait que Louis XVI fût décapité sans jugement. La seule solution qu'entrevoit Char, c'est la mort, « à l'instant du malheur ». Le discours de la justice est rejeté, non parce qu'il serait trop dur, mais parce qu'il est par sa nature même incapable de faire face au crime : il veut le penser : « L'évaluer c'est admettre l'hypothèse de l'irresponsabilité du criminel[97] », et, dans une formule dont le tranchant s'apparente précisément à celui que Char admirait chez Saint-Just, il écrit à propos des juges : « Ils exagèrent à dessein la faute et sous-évaluent le crime[98]. » Aussi, dès avant même le vœu de silence, il y a cette phrase qu'il ne faut pas négliger :

Je n'entrevoyais pour la bombe atomique qu'un usage, celui de réduire à néant ceux, judicieusement rassemblés, qui avaient aidé à l'exercice de la terreur, à l'application du Nada[99].

Le discours de l'explication historique lui apparaît, de fait, au travers d'un recours à la métaphore alchimique, comme la perpétuation du temps de catastrophe :

Ils désignent du nom de science de l'Histoire la conscience faussée qui leur fait décimer une forêt heureuse pour installer un bagne *subtil, projeter les ténèbres*

de leur chaos comme lumière de la Connaissance. [...]
Ce sont les blanchisseurs de la putréfaction[100].

Aussi, la seule générosité possible, c'est « la générosité malgré soi[101] », et non la compromission psychologique et morale avec le mal.

Chérir Thouzon

Face au discours exotérique de la science historique, qui dissimule mal le processus d'alchimie négative auquel il est volontairement ou involontairement noué, il y a donc le poème qui est le lieu ésotérique d'une contre-alchimie ; à travers elle se fait jour une interprétation du nazisme comme moment de catastrophe au sein de la Création. Ce regard n'est présent que par intermittence dans *Feuillets d'Hypnos* ; on le trouve principalement dans les poèmes de *Fureur et Mystère* qui les accompagnent.

L'âge cassant, auquel nous avons déjà fait allusion, l'âge briseur de toute similitude semble alors réellement trouver dans l'abîme de cette époque l'ornière à laquelle s'enraciner. Le poète est devenu *L'Extravagant*[102], comme le dit le titre de l'un des poèmes du *Poème pulvérisé*, dernière partie de *Fureur et Mystère*. L'extravagant, c'est le marcheur sans but, épuisé mais infatigable, qui sort « éclairé du froid et tourne à jamais le dos au printemps qui n'existe pas » et s'oppose à ceux qui sont encore « tentés par les similitudes ». Il se différencie même de l'« emmuré » qui contemplait le tableau de La Tour, car pour lui :

> Sur le plafond de chaux blanche de sa chambre, quelques oiseaux étaient passés mais leur éclair avait fondu dans son sommeil.

Cette expérience de totale séparation ne renvoie pas seulement aux choses et aux hommes, mais à cet être dont on essaie ici de définir l'importance poétique, la Terre :

> La terre avait faussé sa persuasion, la terre, de sa vitesse un peu courte, avec son imagination safranée, son usure crevassée par les actes des monstres[103].

Le nazisme n'est pas ce qui a bousculé des valeurs ou ce qui s'est rendu coupable de crimes contre l'humanité ; il apparaît comme ce qui a introduit un voilement, au sens presque mécanique du terme, dans ce qui au-delà de la chair humaine constitue la chair du monde. Non seulement il semble avoir abîmé définitivement le sol et la planète, mais en avoir même modifié l'essence : « L'horizon des monstres était trop proche de sa terre[104] », écrit Char dans *Affres, Détonation, Silence*, qui appartient au même recueil, ou encore dans un poème daté de l'hiver 1939, alors que Char était en cantonnement en Alsace, *Donnerbach Mühle* :

> Glas d'un monde trop aimé, j'entends les monstres qui piétinent sur une terre sans sourire. Ma sœur vermeille est en sueur. Ma sœur furieuse appelle aux armes[105].

Si, à une certaine époque, celle du *Marteau sans maître*, Char pouvait, conjointement au blasphème du Verbe christique, dévoiler la réalité carnassière de la nature, derrière le « jardin à la française » du Créateur conventionnel, il s'agit désormais d'autre chose : élargir sans plus de limites l'horizon du poème au parcours de l'espace sans bornes de la croûte terrestre ; le poète a devant lui « une route qui s'allonge, un sentier qui dévie[106] ».

L'impossibilité de posséder la Maison, thème que

nous avons évoqué à plusieurs reprises, trouve ici un supplément d'explication. Le poète doit marcher, parcourir cette terre, sa « sœur » ; seuls les morts, les victimes des crimes nazis, issus du déluge hitlérien, tels les animaux vivants de l'Arche de Noé, peuvent en mériter une ; à eux seuls Char peut dire dans *Seuil* :

> Mon âtre ne tarit pas de vœux pour vos maisons. Et mon bâton de cyprès rit de tout son cœur pour vous [107].

Il s'agit désormais d'interpréter génétiquement cette rétractation terrestre. Cette interprétation requiert à nouveau le langage hermétique seul susceptible de saisir à son véritable niveau le désordre qui définit en son essence le processus créateur : l'alchimie fait retour alors, mais sous une forme nouvelle.

Le poème *Chérir Thouzon* [108], postérieur à *Fureur et Mystère*, est en quelque sorte la synthèse de l'interprétation hermétique de la catastrophe. Thouzon, petit village du Vaucluse, est avec le pont Saint-Bénezet, la cathédrale d'Autun, le Thor, Glanum, Aerea, l'un de ces espaces ésotériques du poème, d'où Char peut saisir dans toute son ampleur la surface du monde ; son église et sa chapelle *romane* (c'est-à-dire elles-mêmes à l'intérieur d'un univers symbolique), espaces dont le « toit envié » est le lieu d'où peut se dévoiler « sans brouillard », un « savoir évident ».

Si j'ai fait allusion précédemment, à propos de *Seuil*, à l'Arche de Noé, c'est que le thème du *déluge* associe entre eux tous ces poèmes dans une même configuration hermétique. La métaphore du déluge, on s'en doutera, ne désigne pas la catastrophe dans un horizon naturel ; Char n'est pas un poète de la nature ; il est interprété par Char, à la manière de certains cabalistes, comme le signe le plus évident de la catastrophe même de la Création : retour sur la Création, sur son processus par le

Créateur lui-même (n'oublions pas que l'épisode du déluge appartient, dans la Bible, à la *Genèse*). Sur le toit de l'église romane, «telles deux rames au milieu de l'océan», le poète de *Chérir Thouzon* assiste, comme dans *Seuil*, au retrait de la parole et à la lente rétractation des «eaux noires»; ces eaux noires sont les eaux du déluge, mais désignent aussi une étape alchimique, qui est celle de la putréfaction des éléments et de la matière, symbolisée dans le langage alchimique par le signe du Corbeau: notons ici le parallélisme entre l'expérience alchimique et le déluge, puisque Noé, avant de lâcher la colombe, envoie tout d'abord un corbeau[109].

Le poète contemple alors le monde, depuis sa propre Arche (l'église) comme expérience alchimique ratée et comme Création ratée, il se tient «devant les précaires perspectives d'alchimie du dieu détruit – inaccompli dans l'expérience[110]», comme il l'annonçait déjà à la fin de *Partage formel*. Il regarde donc: «Une colombe de granit à demi masquée mesurait de ses ailes les restes épars du grand œuvre englouti[111]»: la colombe de Noé, ici, n'a plus la force de signaler par son vol et son absence la réémergence de la terre; elle se contente de désigner, par l'empan de son aile, la rétractation du processus même de la Genèse, nommé ici au travers du *Grand Œuvre* alchimique: «Tous les ruisseaux libres et fous de la création avaient bien fini de ruer.»

Du haut de son toit-arche, posté tel un dernier témoin sur la bâtisse romane, le poète conjoint l'expérience du déluge nazi et l'expérience des ratés de la Création au travers du microcosme alchimique. Tout cela avait déjà été pressenti et énoncé sous d'autres formes, au moment même de la catastrophe: «Le cœur d'eau noire du soleil a pris la place du soleil, a pris la place de mon cœur[112]», écrivait-il dans *Force clémente*, l'un des poèmes de *Seuls demeurent*, ou encore dans cette allusion au «chimiste du maudit voyage[113] », en qui l'on peut reconnaître l'alchimiste négatif, équivalent du Klingsor de *Parsifal*.

Le nazisme est la répétition de l'échec cyclique de la Genèse : l'un de ses éternels retours. *Chérir Thouzon* n'est pas cependant une simple description accablée de la rétractation génétique du monde, il annonce aussi l'ère qui vient : « Dans l'ère rigoureuse qui s'ouvrait, aboli serait le privilège de récolter sans poison. » L'envahissement des eaux noires a contaminé les fruits de la terre.

Tout cela, apparemment, n'est que métaphore, subtile et simple métaphore. Mais le poème dit plus. La fin de *Chérir Thouzon* nous mène à une autre énigme dans la représentation et à l'ouverture d'un autre sens de la parole poétique :

> Le jour tournoyait sur Thouzon. La mort n'a pas comme le lichen arasé l'espérance de la neige. Dans le creux de la ville immergée, la corne de la lune mêlait le dernier sang et le premier limon.

La corne de la lune, c'est le nouvel alambic (la cornue) dans lequel, comme avec Hypnos, la mort (le dernier sang) côtoierait une répétition de la Création (le premier limon). Le poète rebat les cartes : la catastrophe du déluge n'ouvre pas l'univers à une nouvelle tentative de s'historiciser de manière moins barbare. Au contraire, elle ramène au point de départ, au premier limon, particule du premier Adam, retour à un recommencement de la Création. L'Histoire, celle que les hommes croient vivre nouvellement au sortir de la guerre, n'est qu'une répétition du « sur-place » de l'humanité saisie perpétuellement entre Création et rétractation, Genèse et catastrophe quasi immédiate. Ce temps circulaire, sans commencement ni fin, puisque commencement et fin sont la double pulsation d'un même moment d'émer-

190

gence et d'immersion, c'est le temps même de la parole poétique qui a trouvé la seule demeure d'où comprendre le rapport crypté de l'homme à la terre : l'Arche, espace situé au cœur même de la tragédie qui se répète éternellement, mais aussi Arche du temps, à l'articulation qui conjoint dans la *Genèse* le premier limon à l'éternel déluge.

Au travers de l'Arche, on aura compris tout d'abord le sens de cette *demeure hermétique* du poème, dont il a été si souvent question dans les différentes parties de ce livre : le pont Saint-Bénézet, Glanum, la cathédrale d'Autun ; toutes sont des doubles de l'Arche que le poète édifie sur le toit de la petite église romane de Thouzon. Le poème doit accéder à une demeure absente, secrète, effondrée, parce que c'est de ces lieux que la lecture poétique peut être délivrée, au sens où ils rassemblent en eux la signification du temps de division, de séparation et d'intervalle tragique dans lequel nous sommes. Dans cette Arche d'un Noé qui n'atteste d'aucune alliance avec le Créateur, on doit percevoir, au niveau du poème lui-même, l'arche absente du pont Saint-Bénézet, cette cinquième arche disparue comme l'analogon de ce lieu biblique.

On aura compris aussi en quoi le silence de Char à la suite de la guerre était une décision poétique. Décision du plus grand silence sur les faits immédiats et sur leur caractère mémorable, pour pouvoir remonter à leur temps immémorial.

3

La technique

> Il doit savoir que le mal vient toujours de plus
> loin qu'on ne croit, et ne meurt pas forcément
> sur la barricade qu'on lui a choisie.
>
> *Bandeau de « Fureur et Mystère »* [114].

Le matérialisme divin

Le pessimisme de Char n'est pas relatif ; si la période
nazie a pu être perçue par lui comme théâtralisation
extrême du désastre, il a aussi deviné que, loin d'être
exceptionnelle, elle était au contraire la norme de notre
époque et après la Libération, il a compris que s'arrêter
obstinément et presque maladivement sur le nazisme
était une forme de duperie ou de souffrance, hélas !
sans remède, mais non sans risque. Assez rapidement,
d'autres enjeux ont surgi. On dira surtout que, pour
Char, l'enjeu fondamental s'est désigné à lui sous les
traits de ce que sommairement on appellera la *technique*. Le pont entre le nazisme et la technique est
énoncé dans un bref et violent poème, *Azurite* :

Nous aurons passé le plus clair de notre rivage à nous
nier puis à nous donner comme sûrs. Une hécatombe n'est
aux yeux de la nuée humaine qu'un os mal dénudé et tôt
enfoui. Destin ganglionnaire à travers l'épanchement des

techniques, qui paraît, tel le cuivre au contact de l'air, vert-de-grisé[115].

L'allusion au génocide et à son enfouissement est nette, celle au nazisme, par l'adjectif « vert-de-grisé », à peine moins. Que dit brutalement le poème ? Il rappelle que l'*oubli* est inscrit dans le phénomène du génocide lui-même, que génocide et oubli se coappartiennent. Cette solidarité monstrueuse entre la destruction et son oubli est le fait de l'ère de la technique, elle explique la possibilité de l'hécatombe. Le lien nu entre nazisme et technique nous est confirmé dans un fragment de *Aromates chasseurs*, dans lequel Orion, le poète-météore affirme :

> Il y eut le vol silencieux du Temps durant des millénaires, tandis que l'homme se composait. Vint la pluie, à l'infini ; puis l'homme marcha et agit. Naquirent les déserts ; le feu s'éleva pour la deuxième fois. L'homme alors, fort d'une alchimie qui se renouvelait, gâcha ses richesses et massacra les siens. Eau, terre, mer, air suivirent, cependant qu'un atome résistait. Ceci se passait il y a quelques minutes[116].

On retrouve ici une synthèse des propos de notre chapitre précédent : la création comme alchimie, le premier déluge, le premier arrêt : « Vint la pluie, à l'infini », l'illusion d'un temps de l'histoire et de l'action, puis le feu, le nazisme : « L'homme […] massacra les siens » ; mais à ce feu succède : l'« atome », l'un des emblèmes de la technique.

Le « Ceci se passait il y a quelques minutes », en refigurant phénoménologiquement le temps, dit aussi combien cette « histoire » tout entière doit être perçue comme notre passé immédiat, et que le mythe est plus réel que le discours historique.

La « mort de Dieu » à la fin du XIXe siècle n'a pas supprimé l'imaginaire monothéiste qui soutient l'aliénation de la Terre aux hommes.

Les civilisations sont des graisses. L'Histoire échoue, Dieu faute de Dieu n'enjambe plus nos murs soupçonneux, l'homme feule à l'oreille de l'homme, le Temps se fourvoie, la fission est en cours. Quoi encore ?

La science ne peut fournir à l'homme dévasté qu'un phare aveugle, une arme de détresse, des outils sans légende. Au plus dément : le sifflet de manœuvres.

Ceux qui ont installé l'éternel compensateur, comme finalité triomphale du temporel, n'étaient que des geôliers de passage. Ils n'avaient pas surpris la nature tragique, intervallaire, saccageuse, comme en suspens, des humains[117].

L'éternel compensateur, c'est Dieu ; les chrétiens, de simples « geôliers de passage ». Une perception tout aussi totalitaire de la Création l'a remplacé : à l'« éternel compensateur » s'est substitué celui qui tient le « sifflet de manœuvres », le dictateur, l'homme qui règne par la technique. À propos de l'envol de l'homme dans l'espace, Char écrit un poème soulignant que le « Maître Mécanicien » et le monde de la technique sont soumis au même mythe démiurgique de la Création : l'un étant la « descendance totalitaire » de l'autre[118]. Le jeu de mot dans le titre du poème *Quantique* célèbre cette prise de relais.

Au fond, le premier reproche que Char pourrait faire à la science, c'est qu'elle se soit inévitablement modelée sur le mythe démiurgique chrétien.

Il y a aussi ceci : de même que l'horizon nécessaire du nazisme était l'extermination des juifs et des gitans, de même l'horizon nécessaire de la technique est la destruction totale de la terre. Non pour de simples raisons pratiques ou accidentelles, mais parce que son destin est d'asservir mathématiquement et pragmatiquement l'horizon terrestre et céleste : elle conçoit les rapports de l'homme et de la terre comme ceux d'un sujet et d'un objet. Objet – simple objet du vouloir –, la terre, dans son essence d'horizon et de site fondateur, ne peut alors survivre. La question que René Char pose à Martin Heidegger, lors du séminaire que celui-ci tint au Thor, en Provence, en 1966, est à ce titre significative. Après que Martin Heidegger, à la suite d'un commentaire d'Héraclite, eut fait le diagnostic selon lequel la pensée scientifique avait été au départ de cette objéification de la terre, René Char, plus crûment que le philosophe, s'exclame :

> Quelle est donc l'origine de cette métamorphose ? De quel sperme a-t-elle bien pu prendre naissance [119] ?

Le mot *sperme* employé par Char désigne ici la pensée scientifique, non comme discours, c'est-à-dire simple représentation, mais comme substitut de la Création elle-même, comme mauvais double – mais comme double réel, dont la parole est un performatif proliférant.

Le troisième axe de la technique, c'est son caractère totalitaire :

> À l'intérieur du noyau de l'atome, dauphin appelé à la monarchie absolue, j'aperçois, en promesse, des tyrannies non moins perverses que celles qui dévastèrent à plusieurs reprises le monde, des églises dont la charité n'est qu'un coquillage, qu'une algue sur les bancs agités de la mer [120].

La métaphore monarchique du dauphin est ici révélatrice du caractère transhistorique du mal technicien que Char représente toujours par ailleurs sur fond de nazisme et de déluge. À l'arrière-plan de tout cela, la dénonciation du « matérialisme » sur lequel la technique s'arc-boute :

> L'homme à l'homme identique, dans une condition granulaire, c'est ce spectre que le matérialisme, après l'idéalisme, exhorte à la durée. Soit l'esclave identique à l'esclave dans une condition sans cesse moins bluté[121].

Le marxisme est défini lui aussi comme une catastrophe à l'égal des autres ; dès 1947, dans une lettre à André Breton, il entrevoyait d'ailleurs le « brûlot policier du communisme[122] ».

Les dieux

C'est dans la mesure où la pensée technicienne se conforme au modèle démiurgique et monothéiste de la Création que Char en appelle au retour des dieux :

> L'univers de la matière est plus mensonger que le monde des dieux. Il est loisible de le modifier et de le retourner[123].

On a trop souvent interprété et réduit cet appel aux dieux comme la simple imitation de Hölderlin ; le problème n'est pas là. L'appel aux dieux de Hölderlin s'inscrivait dans l'effroi romantique face au caractère *unique et suffisant*, selon les termes de saint Paul[124], du sacrifice du Christ qui rompt alors avec la pensée cyclique de l'éternel retour, propre, quoique avec d'importantes différences, à la croyance grecque et à la théologie juive. Une telle attitude a pu transparaître dans certains poèmes de la guerre, époque où Char lit Hölderlin et recopie ses poèmes ; il y a, par exemple, cette étrange *Carte du*

8 novembre, écrite en 1942, dans laquelle il dit à propos du Christ :

> Comment son bras tiendrait-il démurée notre tête, lui qui vit, retranché des fruits de son prochain, de la charité d'une serrure inexacte ? Le suprême écœurement, celui à qui la mort même refuse son ultime fumée, se retire, déguisé en seigneur [125].

Il ne s'agit cependant pas d'effroi, mais d'un dégoût de la part de Char.

Les dieux, tels qu'ils apparaissent dans la poésie de Char, ne sont pas les déchets de la poésie romantique ; contrairement à ce qui se passe chez Hölderlin, les dieux s'opposent mortellement à Dieu :

> Dieu, l'arrangeur, ne pouvait que faillir. Les dieux, ces beaux agités, uniquement occupés d'eux-mêmes et de leur partenaire danseuse, sont toniques. De féroces rétiaires refluant du premier, mais en relation avec lui, nous gâtent la vue des seconds, les oblitèrent [126].

Ce qui caractérise les dieux, face à Dieu l'arrangeur ou Dieu l'«Employeur», c'est précisément qu'ils sont sans rapport à l'humain ; ils ne s'occupent que d'eux-mêmes, et leur valeur tient à cet éloignement : « Supprimer l'éloignement tue. Les dieux ne meurent que d'être parmi nous [127] », et ce qui est juste et beau, c'est l'inter-mittence de leur présence [128].

Il ne s'agit nullement de substituer au monothéisme un polythéisme quelconque – impasse du romantisme –, mais de substituer à la croyance un autre mode d'appré-hension du sacré ; à ce titre, Char pourrait faire sien ce fragment d'Héraclite : « Le Divin échappe presque entiè-rement à notre connaissance, car nous n'y croyons pas [129] » ; ne dit-il pas lui-même : « Je me soumets à mes dieux qui n'existent pas [130] » ?

Les dieux, pour resplendir, tout à la fois « actifs, assoupis[131] », ne réclament nulle croyance, mais le pur *assentiment*[132] :

> Nous ne jalousons pas les dieux, nous ne les servons pas, ne les craignons pas, mais au péril de notre vie nous attestons leur existence multiple, et nous nous émouvons d'être de leur élevage aventureux lorsque cesse leur souvenir[133].

C'est en quoi les dieux sont en rapport direct avec le poétique même ; de leur présence, nul besoin de signes, seulement la trace « tantôt pure, tantôt altérée[134] » : destinataires absents, inconnus et énigmatiques de la Parole, ils permettent – comme la métaphore – à la poésie de « s'augmente[r] d'un au-delà *sans tutelle*[135] », contrairement au poème qui s'adresserait à Dieu :

> Contrevenant au dire fervent nous donnons à porter à des dieux la part la moins navrante, la plus obscure, de notre destin ; ainsi elle revient intacte, au fil de nous, vers elle-même, ne connaît pas l'usure d'âme, n'enlaidit pas, parce que de roides léthargies la hantent au lieu de l'habiter, grâce à une infinie permission dont nul ne sait qui la consent[136].

Les dieux s'opposent ainsi au Dieu technicien, en ce qu'ils ne sont pas *créateurs* : leur présence est à l'opposé de toute mythologie démiurgique : sauvés en quelque sorte du « crime d'amont ». Mais Char oppose aussi au mythe créateur de la technique le monde de la préhistoire ; ainsi les grottes de Lascaux sont confrontées aux premières fusées soviétiques :

> L'homme de l'espace dont c'est le jour natal sera un milliard de fois moins lumineux et révélera un milliard de fois moins de choses cachées que l'homme granité, reclus

et recouché de Lascaux, au dur membre débourbé de la mort[137].

Cette référence à Lascaux est aussi une façon de soustraire le poème au mythe fondateur qui hante toute la poésie du XIXe et du XXe siècle, ainsi que la philosophie : la Grèce. Que ce soit dans la poésie romantique allemande ou celle de Hölderlin, ou bien dans la phénoménologie de Husserl et celle de Heidegger, travaille discontinûment la même obsession d'une identité grecque du poème et de la pensée : espace tout à la fois de conquête et de perte du logos et de l'Être ; ainsi, pour Heidegger, la Grèce apparaît comme moment de saisie de l'éclosion de l'Être et, au travers de la rupture platonicienne, de dessaisissement. Char, en conjoignant les « dieux » et la « Bête innommable » de Lascaux, marque une forme d'écart avec ce type de pensée :

> … mais ce furent des dieux que le père malicieux laissa en mourant, auprès d'une Bête innommable[138].

La Bête innommable, c'est le titre du troisième poème consacré aux grottes de Lascaux, dans *La Paroi et la Prairie*, publié dans *La Parole en archipel*.

La préhistoire ne peut être, comme l'est la Grèce des présocratiques, un accès retrouvé à la langue et au logos contre la technique :

> Ô la nouveauté du souffle de celui qui voit une étincelle solitaire pénétrer dans la rainure du jour ! Il faut réapprendre à frapper le silex à l'aube, s'opposer au flot des mots[139].

Ici c'est l'*entaille* par laquelle le poème reconquiert la terre. Tout comme les dieux bannissent Dieu, l'homme de Lascaux est perçu par Char comme rature anticipée

Homme à terre chargé par un bison.
Grotte de Lascaux.
© Centre des monuments nationaux, Paris.

« Long corps qui eut l'enthousiasme exigeant,
À présent perpendiculaire à la Brute blessée. »
Lascaux, I, Homme-oiseau mort et bison mourant.

du Christ. L'homme d'Altamira est le contraire de ce pré-Christ qu'est Icare [140], l'homme de Lascaux le double réussi du Christ :

Ô tué sans entrailles !
Tué par celle qui fut tout et, réconciliée, se meurt ;
Lui, danseur d'abîme, esprit toujours à naître,
Oiseau et fruit pervers des magies cruellement sauvé [141].

La référence au Christ se trouve dans une allusion au *Je vous salue Marie* (« Ô tué sans entrailles » et « fruit pervers » qui détournent le « fruit de vos entrailles »), d'autant que la bête est, dans les poèmes suivants, appelée la « mère fantastiquement déguisée [142] » : la peinture de Lascaux représente un homme mort, allongé, et, à côté de lui, un bison blessé qui perd ses entrailles, tandis qu'en dessous se dresse une sorte de totem surmonté d'un oiseau : le combat de l'homme contre la bête est lu comme le retournement violent et athéologique de la relation du fils et de la Mère ; mais la crucifixion et la résurrection sont aussi malignement rejetées dans la référence au totem, exorcisme magique et hérétique de la mort.

Homme de Lascaux, sorte d'antéchrist, préfigurant l'homme nietzschéen du *Gai savoir* : « Entraîné à se tenir sur les cordes les plus ténues, sur les plus minces possibilités et à *danser jusques au bord des abîmes* [143]. » La double allusion au rituel chrétien et à Nietzsche laisse entrevoir à quelle autre généalogie du sacré l'homme de Lascaux est associé : l'origine (la Mère) est ici mythologiquement détruite au profit d'une sacralisation de l'avenir, de l'inconnu.

En remontant ainsi toujours plus loin, jusqu'à la préhistoire, Char vise paradoxalement aussi à neutraliser toute aspiration à un retour à l'origine, à en déjouer même l'intuition, puisque la parole du mythe, la parole sacrée se donne comme un duel à mort entre l'homme et l'originel. À propos de son recueil *Retour amont*, dont le titre pouvait être ambigu, Char écrira qu'il ne s'agit pas pour lui d'un retour « aux sources », mais « saillie […] au pire lieu déshérité qui soit [144] ». Retour au message énigmatique de l'artiste de Lascaux, à son entaille et à ses couleurs sur le mur enfoui de la caverne.

La Terre ne se meut pas

Au monde des dieux, à celui de Lascaux, il faudrait ajouter un troisième espace, dont il a déjà été question çà et là : l'âge roman, autre demeure d'où percer la catastrophe technique. Le monde roman est, avec celui de Byzance [145], le seul territoire chrétien qui échappe à l'antichristianisme de Char, sans doute parce qu'il se constitue, comme Byzance, à l'intérieur d'une symbolique ésotérique contrairement au discours religieux traditionnel de l'Église.

Ce troisième espace d'où approcher le mythe technicien se dévoile dans un mystérieux poème, intitulé *Le Crépuscule est vent du large* [146], qui prend place au cœur du recueil *Newton cassa la mise en scène* : titre, quant à lui, explicite, qui fait le reproche au savant d'avoir aboli l'horizon fondateur du regard (on devrait, avec Char, dire l'*œil*) : celui du géocentrisme. Les deux premiers fragments du poème nous ouvrent à ce sens :

> Quand nous sommes jeunes, nous possédons l'âme du voyageur. Le soleil de Ptolémée nous fusille lentement. C'est pourquoi deux éclairs au lieu d'un sont nécessaires si la nuit glisse en nous son signet.
> Au temps de l'art roman, les écoliers et les oiseaux avaient le même œil rond. Je me posais à côté de l'oiseau. Tous deux nous observions, ressemblants.

La serpe composa, la ronce enveloppa le blâme, le piège s'ouvrit. De nouvelles coutumes éduquèrent la terreur.

L'enfant comme l'homme de l'art roman sont dans une perception géocentrique de l'univers : le soleil tourne autour de la terre, le soleil est encore le soleil mouvant de Ptolémée. L'œil qui perçoit, c'est l'œil « rond » de l'oiseau et de l'enfant : rondeur qui porte en elle la simplicité analogique avec ce qu'elle regarde. Les « deux éclairs » qui signent l'apparition de la nuit sont la dernière lueur du soleil couchant et celle qui reste imprimée dans notre œil par le soleil qui tout au long du jour « nous [a] fusill[és] lentement » : la perception reste soumise à l'horizon jusque dans ses illusions d'optique. Dans cet univers, le monde, la terre et son horizon sont portés par l'œil – celui de l'oiseau, de l'enfant et du poète –, et non par le savoir. Puis vient la rupture, la coupure, l'âge cassant, celui de la serpe, qui, telle celle du philosophe de La Fontaine, ébranche, émonde « corrige partout la nature [147] » ; vient aussi la terreur scientifique. La serpe, premier outil, a fait alliance avec la ronce, le désert.

Apparaissent alors les deux derniers fragments :

Dix heures du soir, le moment d'aller dehors, de lever la tête, de fermer les yeux, d'abattre la sentinelle, de la désigner au nouvel occupant du Trapèze.

– Sur sa déclinaison, qu'as-tu distingué dans l'astre que tu as nommé ?

– Des milliards, ô miroir dénanti, de figures déjà formées projetant de mettre sur le dos cette terre sans rivale.

– Alors pourquoi ta hâte étrange ?

– Il la faut, nous transférons. La mort, l'éventuel, l'amour, l'étamine liés réchauffent la pelle et le sablonnier.

L'âge roman et l'âge de l'enfance ont disparu dans cette seconde et énigmatique partie du poème. Le poète témoigne de son regard, au centre même du nouvel espace du savoir, celui des Temps modernes : « Dix heures du soir… » Le crépuscule n'est plus celui du soleil fusillant nos yeux. Le poète lève la tête, mais ferme ses paupières : l'œil n'est plus maître. Il doit abattre la sentinelle (la lune) et se soumettre au nouvel occupant du Trapèze que sont, comme l'indique Char en note : Copernic, Galilée, Kepler, Newton[148], ceux qui ont renversé le soleil mouvant de Ptolémée. Puis le dernier fragment nous fait entendre un dialogue : « Sur sa déclinaison, qu'as-tu distingué dans l'astre que tu as nommé ? » Cet astre, c'est le nouvel astre de la science et du savoir. Le poète répond au soleil (ô *miroir dénanti*, astre qui n'est plus miroir, qui n'est plus nanti) que la terre désormais n'est plus sans rivale : l'astre de la science veut la relativiser, lui faire perdre le privilège qu'elle avait pour l'âge roman, et qu'elle a pour l'enfant et le poète, d'être le seul et l'unique horizon du regard : il s'agit, pour les savants, de la vaincre, de « la mettre sur le dos ». Nouvelle question du soleil : « Pourquoi ta hâte étrange ? » Cette hâte à contempler les yeux fermés le désastre. La réponse que fait le poète est mystérieuse : « Il le faut… » Le poète, devant le désastre, doit témoigner dérisoirement et comme rituellement de la « mort », de l'« éventuel », de l'« amour », de l'« étamine », bref, de ce quoi la science se détourne ; il doit en témoigner face au désertificateur du monde : le « sablonnier », celui qui fait désormais de l'espace terrestre un désert. Rappelons-nous : « La serpe composa, la ronce enveloppa le blâme. »

Le poète ne se fait ni Ange ni enfant, il s'approprie l'œil rond de l'art roman. Mais qu'est-ce qui est en jeu dans l'opposition entre la vision ptoléméenne de l'univers et la vision copernicienne ou newtonienne ? Le système copernicien considère la représentation du cosmos par Ptolémée comme avant tout monstrueuse, et de fait, comme l'a montré Fernand Hallyn[149], celle-ci figure un espace chaotique, effrayant ; pour Copernic, il s'agit de restaurer une représentation harmonieuse de la Création, et ses présupposés conduisent à édifier une astronomie qui soit en concordance avec l'image chrétienne qui respecte les lois d'équilibre, de proportion et d'harmonie ; que l'Église n'ait pas compris cette démarche n'enlève rien à l'horizon profondément chrétien du discours héliocentriste. Le renversement copernicien n'est nullement une blessure infligée au narcissisme humain ; au contraire, c'est, comme le montre l'analyse très précise des textes par Hallyn, une vision terriblement anthropomorphe qui y transparaît, où l'homme apparaît bien comme la *fin du cosmos* dont il peut désormais reconstituer le plan véritable : c'est la victoire de la religion exotérique pour qui la Création et l'homme renvoient tous deux à une même harmonie transparente ; c'est la défaite de l'ésotérisme premier des religions où la Création était perçue comme chaos, comme catastrophe dont le sens ne tient pas aux figures mathématiques ou physiques d'une éventuelle carte du ciel ou de l'homme, mais dans le décryptage infini et par essence interminable du monde comme message occulte du divin. Le monde géocentrique est celui de l'anamorphose naturelle du regard et de ses déformations : ainsi le ciel désigné par Char comme « marcheur voûté[150] » s'oppose-t-il à la perspective clarifiante qui naît à la Renaissance.

Char prend donc le parti géocentrique contre le parti copernicien fondateur, parmi tant d'autres, de la pensée technicienne ou scientifique. S'agit-il seulement de prendre parti ? Il faut sans doute lire autre chose dans ce poème, ce qu'on pourrait appeler la restauration d'un regard phénoménologique de l'espace, c'est-à-dire un retour à une perspective présentifiante du regard.

Ce point de vue, le philosophe Husserl l'a magnifiquement décrit dans un petit opuscule écrit en 1934 et traduit en français sous le titre : *La Terre ne se meut pas* [151]. Husserl, de même qu'il s'était efforcé de saisir la temporalité autrement que d'un point de vue objectif et « mondain », dans ces quelques pages écrites lors même qu'il est chassé de l'université par les nazis parce qu'il est juif, nous ouvre à une phénoménologie de l'espace soustraite à toute physique, comme à toute géométrie ; le titre complet de l'ouvrage est plus explicite encore : *Renversement de la doctrine copernicienne dans l'interprétation de la vision habituelle du monde. L'arche-originaire Terre ne se meut pas.*

Le terme *arche* employé par Husserl, même s'il n'a pas les mêmes connotations que dans la poésie de Char, désigne malgré tout l'horizon commun.

Il ne s'agit pas pour Husserl ou pour Char de s'opposer naïvement à la perception copernicienne ou postcopernicienne du monde, de même qu'il ne s'est jamais agi pour Heidegger de s'opposer à la technique comme telle. Au point de départ de ces démarches, il y a cette décision de s'opposer aux prétentions de la science à vouloir, à partir de la raison calculante et mathématique, relativiser le regard fondateur de l'humain et de retourner le sens subjectif de la présence en une simple objectivité factuelle. On a déjà vu ce que cette tentative pouvait contenir d'illusoire, dans la mesure où, loin d'être guidée par un souci scientifique, elle était mue, en réalité, par une sorte d'anthropomorphisme au second degré : certes, la terre n'est plus le centre fixe du monde cosmologique, mais derrière cet apparent décentrement il y a la tentation de comprendre l'espace comme obéissant à des lois d'ordre et d'harmonie symétriques à celles de la raison humaine. Le point de vue phénoménologique de Char et de Husserl va plus loin : au-delà des prémices philosophiquement encore naïves de la Renaissance, la pensée technicienne, dans son évolution postérieure et à mesure qu'elle l'emportait, a tenté de déduire de ses résultats quelque chose qui vaudrait pour le sens de la présence humaine. Or, pour cette présence – dont les possibilités de sens ne peuvent avoir d'autres sources que subjectives –, l'être de la Terre et de l'humanité terrestre ne peut se réduire à *un fait*. Comme l'écrit Husserl : « La Terre peut tout aussi peu perdre son sens d'"archifoyer", d'arche du monde que ma chair son sens d'être tout à fait unique, de chair originaire dont toute chair dérive une partie de son sens d'être… », et il ajoute : « … tous les étants en général n'ont de sens d'être qu'à partir de ma genèse constitutive et celle-ci a une présence "terrestre"[152]. » Autrement dit, la réalité objective décrite par le discours de la science, l'astrophysique, ne change en rien le sens que ma présence terrestre confère à mon rapport à l'espace.

Parce qu'il est philosophe et non poète, et qui plus est mathématicien d'origine, Husserl tient compte du caractère « fou » que peut revêtir son affirmation : « La Terre ne se meut pas » ; mais plus *folle* encore lui apparaît, à l'inverse, cette « biffure » que la pensée technicienne opère dans la « subjectivité constitutante » ; de même lui paraît folle la « biffure de la subjectivité constituante » opérée par les prétentions de la pensée scientifique à vouloir penser l'homme à partir des faits, à partir d'une pensée déterministe qui se croit être par-delà toute subjectivité, quand elle n'en produit qu'une manifestation ignorante d'elle-même ; car la science est, au fond, aussi subjective que toute pensée : elle en refoule simplement la réalité.

Lorsque Char, dans le poème de *Newton cassa la mise en scène*, oppose le regard roman au regard de la technique, et fait du poète l'ultime témoin du sens profond du regard géocentrique, il n'oppose pas le regard naïf au regard savant ; il indique simplement les repères d'un œil demeurant, gardien de la Terre-arche : arche au

207

sens du lieu d'accueil de la présence poétique. Parmi les thèmes du poète que nous avons rapidement résumés, il y avait celui selon lequel la pensée scientifique était une pensée exterminatrice de l'espace Terre : on en trouve ici une illustration. Le « sablonnier », le désertificateur est moins celui qui serait mécaniquement responsable de désastres accidentels ; il est désertificateur, au sens où il nie l'espace Terre comme sol, comme horizon et comme arche nécessaires et uniques de la présence pour en faire un *corps contingent du monde parmi d'autres*, et il fait de cette contingence le sens même de la présence humaine. Pour reprendre les termes mêmes que Martin Heidegger emploie dans *L'Origine de l'œuvre d'art*, écrit en 1935 : « [La pierre] ne se montre que si elle reste non décelée et inexpliquée. La terre fait ainsi se briser contre elle-même toute tentative de pénétration. Elle fait tourner en destruction tout indiscrétion calculatrice [153]. »

Orion

> Noues-tu les liens des Pléiades
> Ou détaches-tu les cordages de l'Orion ?
> Livre de Job [154]

Dans notre commentaire du poème *Le Crépuscule est vent du large*, nous avons omis volontairement d'expliquer un mot du troisième fragment, celui de *Trapèze* :

> Dix heures du soir, le moment d'aller dehors, de lever la tête, de fermer les yeux, d'abattre la sentinelle, de la désigner au nouvel occupant du Trapèze.

Nous nous sommes contentés de désigner ce Trapèze, en référence à une note de Char, comme le nouvel espace habité par Copernic, Galilée, Kepler, Newton. Mais pourquoi un Trapèze ? Pourquoi ce T qui le distingue ?

On appelle le Trapèze, en astrophysique, l'amas d'étoiles qui se trouve dans la nébuleuse d'Orion et qui en forme la partie la plus brillante. On pourrait dire alors ceci : tout comme à l'époque grecque les héros – tel Orion précisément – étaient, du fait de leurs exploits ou de leurs fautes, métamorphosés en étoiles et en constellations, les scientifiques, du fait de leurs découvertes, ont chassé ces héros pour prendre leur place : les quatre savants que nous avons nommés marquent les quatre coins du Trapèze, et ont chassé Orion.

Char n'a pas choisi au hasard ce terme de Trapèze, puisque, on le sait maintenant, Orion est l'un de ses héros aimés et qu'il est avec Orphée ou Hypnos, plus que ces derniers encore, l'un des noms du poète. Dès le premier chapitre de ce livre, nous avions noté à propos du poème *Les Trois Sœurs*, que Orion était celui par qui l'enfant était enlevé au simple espace du paysage familier pour faire l'épreuve de sa confrontation à la Terre. Mais Orion n'apparaît pas seulement dans *Les Trois Sœurs* ou au travers de ce signe laconique du Trapèze ; tout un recueil lui est consacré : *Aromates chasseurs*, paru en 1975. Dans les quatre parties de ce recueil, c'est le récit de l'errance d'Orion parmi nous :

> Orion,
> Pigmenté d'infini et de soif terrestre,
> [...]
> Le pied toujours prompt à éviter la faille,
> Se plut avec nous
> Et resta.

Chuchotement parmi les étoiles [155].

Il y a deux axes de lecture à ce recueil : la lecture mythologique, puisque Char reprend ou renverse certains éléments de la légende grecque, et une lecture purement poétique, puisque Orion est la figure même du poète.

Orion, dans le poème de Char, a cessé d'être étoile, il s'est fait météore ; il abjure volontairement sa dimension céleste pour se faire terrestre ; d'où, d'ailleurs, le « chuchotement » de ses sœurs ici, lorsque, « pigmenté d'infini et de soif terrestre », il décide de demeurer sur terre. Le premier renversement du mythe est là. Dans la mythologie grecque, Orion tenta de violer Artémis, et celle-ci, pour se venger, le fit piquer par un scorpion, après quoi tous deux furent métamorphosés en étoiles et se poursuivent depuis pour l'éternité. En revenant sur terre, Orion n'inverse pas seulement le mythe, il tente aussi d'inverser l'obstination haineuse des hommes vis-à-vis de leur sol et de leur horizon :

> Peu auront su regarder la terre sur laquelle ils vivaient et la tutoyer en baissant les yeux. Terre d'oubli, terre prochaine, dont on s'éprend avec effroi. Et l'effroi est passé [156]…

L'homme, lui, se veut toujours Icare ; mais c'est l'étoile qui, par sa métamorphose et son retour, lui indique le seul site :

> Nous resterons, pour vivre et mourir, avec les loups, filialement, sur cette terre formicante. Ainsi nous désobéirons gaiement à l'inconscient prémoniteur qui nous incite, en nous vêtant d'oripeaux, à fuir cette rondeur trop éclairée qu'un cancer mortifie de ses mains savantes [157].

Orion, venant du ciel, apporte avec lui des éléments par lesquels les mœurs humaines sont renversées. Le lièvre – qui dans *Vindicte du lièvre*[158] se plaint d'être poursuivi sans relâche par les chasseurs, est comme celui de La Fontaine[159], le fou, l'exclu, le pourchassé – fera l'éloge d'Orion :

> Depuis que je veille dans le vaste espace d'or qu'Orion déroule à ses pieds, lui, s'avançant aux abords des marais, ne m'estimerait pas ladre, encore moins me capturerait-il pendant mon sommeil exténué.

Orion, qui dans le mythe grec est chasseur, est devenu, tel Orphée, celui qui apaise l'animal. Mais ce n'est plus le lièvre terrestre qui parle dans cet éloge, c'est l'une des étoiles de la constellation d'Orion qui possède, en effet, pour nom celui de Lièvre. Le renversement ne se situe pas banalement dans le fait qu'Orion serait devenu plus pacifique ; le Lièvre exprime cette loi stellaire qui interdit aux étoiles de se rapprocher : attraction distante des corps stellaires à laquelle les hommes, par avidité et par angoisse, ne peuvent se résoudre. Le ciel, en s'éprenant de la terre, lui apprend d'autres lois. Le titre même du recueil emprunte le même axe de réversibilité : *Aromates chasseurs* : l'aromate d'Orion, c'est l'*armoise*[160], c'est-à-dire la fleur et l'emblème d'Artémis, meurtrière d'Orion : la terre se révèle ainsi chasseresse, et la fleur poursuit le chasseur.

La révolution d'Orion «resurgi parmi nous» révèle les multiples renversements de regard qui ont pour objets essentiels la technique, la science ou le totalitarisme communiste ; mais il est significatif de constater que ce n'est pas tant le poème qui joue le rôle d'exorcisme de la catastrophe, mais l'art plastique, et plus précisément la peinture. Les compagnons d'Orion qui, chez René Char, est resté Orion aveugle, c'est-à-dire voyant, sont Poussin, Le Lorrain, Nicolas de Staël, Van Gogh ou le sculpteur Rodin. Il semble alors que le troisième espace dont Char parle dans son texte d'ouverture[161] soit l'espace de l'œuvre d'art et qu'*Orion pigmenté d'infini* soit aussi l'espace de la peinture.

Au-delà de Poussin qui symbolise la délivrance de toute malédiction maternelle, tous les autres artistes ont ceci en commun que leur œuvre ouvre sur l'espace de la mer : « … Nicolas de Staël, nous laissant entrevoir son bateau imprécis et bleu, repartit pour les mers froides…[162] », Rodin, dont les « marcheurs » – Les *Bourgeois de Calais* – s'avancent vers le port[163], Claude Lorrain, dont la « lente vague » s'approche du « môle de ses palais[164] », et Van Gogh évoqué au travers des tableaux des Saintes-Maries-de-la-Mer, par l'« ambre gris sur le varech échoué[165] » : tableaux qui réapparaîtront dans *Voisinages de Van Gogh*. La mer est moins importante ici comme élément ou comme symbole que comme témoignant que l'artiste ouvre sur un espace, c'est-à-dire une visibilité. Cet espace est celui de l'œuvre qui contredit l'espace réel où elles se trouvent : c'est ainsi que les marcheurs de Rodin désignent le port, dans le jardin « empli de brouillard » du musée où – otages[166] – ils se trouvent.

Ce n'est pas seulement le musée qui est effacé par l'œuvre, mais son cadre matériel même (toile, cadre) qui est balayé par le visible auquel nous avons été ouverts. Le tableau est hors de tout cadre limitatif, tout comme le poème est hors des « quatre murs d'un livre[167] ». À l'égard de la peinture, rien chez René Char de la naïve méditation des modernes sur l'*objet* pictural, mais un rapport assidu avec le visible et une interrogation perpétuelle.

Char aboutit, dans ce dialogue, à un complet effacement du support où la surface peinte déborde sur tout visible. Le port de Claude Lorrain n'est fictif qu'à un deuxième degré, puisqu'il est aussi le lieu d'accueil où recevoir le message du poète sous la forme d'une bouteille jetée à la mer, de même le bateau de Nicolas de Staël est aussi la barque funéraire de son cadavre suicidé.

Encore faut-il, pour obtenir cette transfusion de vérité à l'espace, consentir, comme l'écrit Char, « à l'évasion du paysage[168] ». Plus précisément encore, Char parle, à propos de l'espace réel irradié par la puissance du tableau, d'une « double appartenance[169] » : double appartenance du regard qui sait que la représentation n'occupe pas « d'autre surface que celle laborieuse et exiguë tenue par l'artiste », car elle est virtuelle, mais qui sait cela comme une « énigme ». Au-delà, et pourtant plus présent encore, il y a « le clair territoire qu'elle influence[170] ». La peinture permet fugitivement d'accéder à ce double regard contenu en nous et dans la surface même du monde.

Cette expérience, Char l'a faite par exemple avec les tableaux de son ami Wilfredo Lam, lorsque, après avoir découvert ses œuvres à Paris, le surlendemain, parcourant les plateaux du Luberon, il découvre le « berceau forestier » fait de mort et de générosité que la peinture lui avait désigné l'avant-veille. Avec Lam, comme avec Van Gogh ou La Tour, « l'évidence nouvelle ne souffrirait pas de démenti. Il fallait la tenir pour certaine. L'imaginaire devenant visible et le réductible invisible[171]... ». Si, pour Char, la peinture n'est ni un produit culturel ni son envers, objet sémiologique, c'est parce que son champ de représentation s'oppose à ce qu'il appelle le « réductible », c'est-à-dire l'espace moyen, l'espace déterminé, celui de l'appréhension naturaliste ou du nouvel académisme moderne. Le tableau dépasse ce qu'il est comme simple objet, parce qu'il est avant tout interrogation et creusement de l'espace dans sa condition même : le visible.

Cette aspiration au visible s'est trouvée magnifiée dans le dialogue que Char noua avec son ami Georges

Braque. On a déjà vu comment le peintre, en accrochant ses tableaux sur les murs nus du palais des Papes, avait redonné son génie à l'espace déserté, faisant trembler les « quatre murs majeurs[172] ». Mais la peinture de Braque suscite aussi la fondation d'un dialogue avec les choses et entre les choses :

> Je remonte simplement à leur nuit, à leur nudité premières. Je leur donne désir de lumière, curiosité d'ombre, avidité de construction[173]

dit le peintre par la bouche du poète. La création s'écarte alors de tout motif démiurgique, au sens où, plus que création, elle est dévoilement : elle se soustrait à toute prétention à l'originel pour assumer le perpétuel :

> *Peintre, il ne produit qu'à partir d'un motif temporel ; sa façon d'appeler l'inexplicable donne la survie à ce cristal spirite : l'Art.* […] Dans notre monde concret de résurrection et d'angoisse de non-résurrection, Braque assume le perpétuel[174].

Que la peinture soit, dans le cycle d'Orion de *Aromates chasseurs*, l'art majeur au travers duquel une sorte d'antidote à la pensée technicienne est trouvée n'est pas étonnant. Non seulement la peinture soustrait l'espace « aux humiliantes facéties des hommes[175] », nous redonne la Terre comme Lam ou Van Gogh, en exténuant en notre regard ce qu'il pourrait contenir de « réductible », mais il nous redonne l'« œil rond » du sculpteur roman, de l'oiseau et de l'enfant, cet « œil rond » qui permet le face-à-face avec la terre. Au mot *regard*, Char d'ailleurs préfère le mot *œil*, qui tant par sa graphie, par sa sonorité que par son enracinement organique, dit mieux qu'aucun autre ce qu'il faut déjouer.

L'œil est ce par quoi sont déjouées les habitudes rouées ou paresseuses du regard, nous permettant de voir plus loin, « passée la ligne des faits [176] ».

L'œil est l'organe par lequel la Terre nous est rendue, parce qu'il est aussi le seul repli de détresse face aux excès du mal ; moment où « les yeux seuls sont encore capables de pousser un cri [177] » : cri de Van Gogh ou de La Tour, mais aussi cri de l'oiseau que le fusil tient en joue :

> Il n'est pas d'yeux pour le tenir. Il crie, c'est toute sa présence. Un mince fusil va l'abattre [178]

dit magnifiquement Char du martinet.

Cet œil aussi, celui de la hulotte, qui, comme La Tour, dévoile la nuit comme espace de vérité, et le jour comme espace de mensonge :

> À la proue du toit la hulotte,
> De son œil accoutumé,
> Voit l'aube assombrir la prise
> Que la nuit lui livrait sans leurre [179].

4

La Création comme désastre

La Création comme exil

À côté de la théologie chrétienne, qui, en dehors de belles hérésies et de sa période romane, s'est toujours placée d'un point de vue exotérique pour se représenter à elle-même sa conception du monde, il y a eu des modes de pensée religieux, totalement asymétriques à celui-là, qui, à l'inverse, ont su percevoir et ont même fondé une conception ésotérique de la Création ; je pense notamment à la pensée juive de la cabale, et aussi à la gnose.

On dira ceci : la Création y est *exil* : exil de Dieu tout d'abord, dont le premier acte ne fut pas de se révéler, mais de se rétracter : à l'origine de l'origine, il y a cette retraite, ce repliement de Dieu (l'*En-Sof* juif) qui laisse alors le vide : l'espace cosmique qui n'en est qu'un déchet, qu'un faible résidu. Chaque émanation divine ne se conçoit que comme rétractation nouvelle. Les récipients qui étaient en quelque sorte les dépositaires de l'essence divine se sont brisés au contact de cette lumière, se fragmentant définitivement. Au retrait originel succède donc la Création comme drame et comme désarticulation première des choses ; c'est le second exil : du fait des brisures, rien n'occupe plus sa place. L'exil est le mode d'existence fondamental et exclusif, quoique caché de tout être, de tout ce qui est *créature*. Cette pensée sous-tend, sans jamais pouvoir la définir, l'idée d'un drame occulte au sein du processus créateur qui, de ce fait, s'apparente à une catastrophe. Son caractère tragique est démultiplié, sur un plan anthropologique, par Adam, qui n'a pas pu remplir sa mission de restauration de l'unité, mais, par ses erreurs, a, au contraire, accru sur la Création le poids négatif originel. L'ésotérisme du langage de la cabale ne reflète rien d'autre que la dimension occulte qui définit l'Être (le créé) comme séparé, fragmenté, désastreux. D'une certaine manière, la gnose et certains cabalistes vont encore plus loin dans leur perception tragique de la Création, car ils séparent nettement Dieu (l'infini spirituel) du Démiurge créateur qui se révèle d'essence diabolique : la Création prend alors la forme d'un intense et perpétuel Chaos, lui aussi défini comme séparation et fragmentation, et son caractère énigmatique acquiert une violence plus démesurée encore. Ce qui est mis en cause, ce n'est plus seulement la disjonction ontologique entre les êtres et la sphère fondatrice en exil, mais, plus encore, la sphère fondatrice est perçue comme étant, par essence, destructrice : la Création devient ontologiquement son propre contraire, apocalypse.

Que Char ait été influencé par de telles images, de nombreux fragments de son œuvre l'attestent. Ainsi, lorsqu'il écrit dans *Feuillets d'Hypnos* :

> La lumière a été chassée de nos yeux. Elle est enfouie quelque part dans nos os. À notre tour nous la chassons pour lui restituer sa couronne [180].

Il est difficile de ne pas lire une allusion au *Zohar*, à sa théorie de la dispersion des étincelles, à l'Adam primordial et au travail cabalistique de restauration (*tiqoun*) de l'unité. De même, lorsqu'il est question de l'«étoile ophidienne [181] », il y a explicitement référence au serpent enroulé sur lui-même des sectes gnostiques, que l'on retrouve d'ailleurs dans la cabale sous le nom d'Ouroboros. Ces références implicites ou évidentes ne doivent pas pour autant conduire à un décryptage scolaire ou pharisien de sa poésie, mais leur repérage permet de confirmer et de comprendre ce qui distingue Char d'une pensée qui lui a été souvent identifiée : la philosophie heideggérienne. On l'a déjà dit, alors que Heidegger médite sur le retrait de l'être, Char, lui, poétise le retrait de la Création. L'explication est peut-être là : dans le fait que Heidegger, malgré son apparent dépassement du discours commun de la philosophie, reste malgré tout philosophe, et esquive, en dehors de la poésie, toute autre parole ; Char, à l'inverse, tient moins un discours sur l'Être, tel que le définit la philosophie du logos grec, qu'une sorte de dialogue sauvage et destructeur sur la fondation et la faille fondatrice de l'étant comme *créature*.

La commune présence de Char à la pensée juive de la cabale explique aussi en quoi son appréhension devant la catastrophe à laquelle la Création est soumise ne peut être réduite à une simple position humaniste. Lorsqu'il arrive à Char de laisser entendre que l'homme a perdu son humanité, ce n'est pas à partir de l'«humain trop humain», mais précisément en relation avec son interprétation de la notion de Création : pour l'humanisme, l'homme n'est pas une créature, c'est une historicité. Ainsi écrit-il dans l'*Argument* du *Poème pulvérisé*, juste après la guerre :

Les hommes d'aujourd'hui, l'instinct affaibli, perdent, tout en se gardant vivants, jusqu'à la poussière de leur nom [182].

On retrouve dans l'expression la «poussière de leur nom» l'idée cabalistique du lien entre la glaise épar-

pillée de la Création et la nomination littérale et première d'Adam.

La relation réciproque entre le langage et la matière
première de la Création qui se modèlent et se frag-
mentent réciproquement, est profondément enracinée
dans l'œuvre de Char, au point d'ailleurs de définir le
langage poétique, à l'égal du langage mystique, au
point de brisure entre l'humain et le divin :

> Quand s'ébranla le barrage de l'homme, aspiré par la
> faille géante de l'abandon du divin, des mots dans le loin-
> tain, des mots qui ne voulaient pas se perdre, tentèrent de
> résister à l'exorbitante poussée. Là se décida la dynastie de
> leur sens [183].

On retrouve dans ce poème *Seuil*, tiré du *Poème pulvérisé*, le thème du déluge, dont il a déjà été question à
propos du nazisme, mais s'ajoutent ici deux éléments
que nous n'avions pas pris en compte : tout d'abord
l'abandon du divin qui est ici donné comme l'interprétation de la catastrophe immanente au processus de la
Genèse, mais aussi une conception du langage comme
reste et comme déchet inné du chaos et de la rétractation ;
à la figure du déluge s'ajoute donc ici l'autre événement
catastrophique de la Genèse : Babel. Ce n'est sans doute
pas un hasard si le terme de langage est si rare dans la
poésie de Char et qu'il n'y est guère question que des
mots, comme si l'expression humaine ne persistait que
sous la forme brisée d'une « Parole en archipel [184] », et le
poème, sous la forme du « Poème pulvérisé [185] ».

Le retrait, donc, est fondateur ; retrait désigné dans
cette question que Char pose dans un poème au titre
significatif, *À la santé du serpent* :

Combien durera ce manque de l'homme mourant au centre de la création parce que la création l'a congédié [186] ?

L'homme – la créature, devrait-on dire – est ainsi défini par le manque, qui va bien au-delà des interprétations psychologiques fournies par la psychanalyse. Le manque, ici, ne relève pas d'un symptôme modulable et relatif aux désarrois de l'interprétation psychologique ; il s'inscrit dans un double mouvement asymétrique de décentrement (« congédié ») et de cible (« au centre de la création ») qui fait de l'homme l'ellipse, le vide et l'exil de toute origine comme de toute fin. En commentaire de ce fragment de *À la santé du serpent*, Char ajoute, dans *Arrière histoire du poème pulvérisé*, ces mots dans lesquels transparaît l'analyse cabalistique :

> Je suis parfois, ce qui demain deviendra l'homme premier jeté dans la folle aventure, pour l'heure sans désir dans le sperme du Créateur [187].

Le poète, ici, retrouve en lui, comme le mystique, par intermittence, l'Adam nouveau, et il peut, en effet, au travers du poème espérer par le creusement des mots :

> Jeter bas l'existence laidement accumulée et retrouver le regard qui l'aima assez à son début pour en étaler le fondement [188].

Reste pour l'heure le constat d'une créature sans désir dans le sperme du créateur.

Les moments d'espoir poétique s'énoncent sous la forme du suspens du drame :

> Redonnez leur ce qui n'est plus présent en eux,
> Ils reverront le grain de la moisson s'enfermer dans l'épi et s'agiter sur l'herbe.

> Apprenez-leur, de la chute à l'essor, les douze mois de
> leur visage,
> Ils chériront le vide de leur cœur jusqu'au désir sui-
> vant[189].

Ce soudain regain d'espoir transparaît de manière
plus ambiguë dans *Divergence*.

> La terre ruinée se reprend
> Bien qu'un feu continu la blesse[190].

Dans ces appels, c'est encore la Terre qui est désignée
comme le creuset, souffrant mais avide, de l'espoir.

On trouve aussi, et notamment dans le recueil intitulé *Le Nu perdu*, le désir et la tentation de rejouer la
malédiction première. Le « nu perdu », c'est cette perte
de la nudité originelle qui elle aussi s'inscrit comme un
moment de la Genèse. Les exemples de cette tentative
apparaissent par exemple dans ce fragment :

> Un mystère plus fort que leur malédiction innocentant
> leur cœur, ils plantèrent un arbre dans le Temps, s'endor-
> mirent au pied, et le Temps se fit aimant[191].

L'homme et la femme semblent se tenir alors sous une
« lumière [...] non fautive[192] » :

> Lumière qui ne se contractait pas en se retirant, mais
> demeurait là, nue, agrandie, péremptoire, se brisant de
> toutes ses artères contre nous.

La scène primitive se répète parfois dans l'œuvre de
Char, mais rarement pour confirmer cette rédemption,
parfois même, comme dans le poème *Aliénés*, pour assumer et répéter la malédiction[193]. Peut-être alors faut-il
dire :

Nous n'avons pas commis le crime d'amont. Nous avons été dessaisis dès le glacier ; au même moment accusés, et incontinent flétris [194].

En effet, les quelques vœux qui ici ou là transparaissent sont concurrencés par un pessimisme de plus en plus radical. Il y a bien sûr l'idée de la Création comme ratage ou inaccomplissement : « Nous sommes le fruit contracté d'un grand prélude inachevé [195] », mais il y a davantage, comme le disent des fragments de *Nous avons*, extraits de *La Parole en archipel* :

> L'homme fut sûrement le vœu le plus fou des ténèbres ; c'est pourquoi nous sommes ténébreux, envieux et fous sous le puissant soleil.
> Une terre qui était belle a commencé son agonie, sous le regard de ses sœurs voltigeantes, en présence de ses fils insensés [196].

Il n'est plus question d'un Dieu caché, ou d'un exil du Créateur, mais d'une création directement liée aux ténèbres. Dès lors, tout espoir d'une restitution de la lumière paraît vaine, même si la poésie demeure l'« unique montée des hommes [197] ». La question qui se pose désormais est :

> Comment rejeter dans les ténèbres notre cœur antérieur et son droit de retour [198].

Reprenant toute une dimension de la philosophie juive, Char en accentue les présupposés les plus radicaux et les plus énigmatiques :

> Pourquoi alors cette répétition : nous sommes une étincelle à l'origine inconnue qui incendions toujours plus avant. Ce feu, nous l'entendons râler et crier, à l'instant

222

d'être consumés ? Rien, sinon que nous étions souffrants, au point que le vaste silence, en son centre, se brisait[199].

La question, comme Char l'indique dans une note de l'un de ses carnets, ne signifie rien d'autre que la brisure même du silence, comme si la poésie ne pouvait désormais plus être réponse à une interrogation, mais interrogation absolue[200] :

En dépit du froid glacial qui, à tes débuts, t'a traversé, et bien avant ce qui survint, tu n'étais qu'un feu inventé par le feu, détroussé par le temps, et qui, au mieux, périrait faute de feu renouvelé, sinon de la fièvre des cendres inhalées[201].

La représentation de la Terre qui transparaît alors la désigne, à la manière d'Ézéchiel, comme un ossuaire : « pareille à un ossement sans dévotion[202] », tel « un pot d'os, […] un vœu de cruauté[203] », « un sentier ossu d'étoiles infortunées[204] ». Et il est à ce titre significatif de voir comment René Char reprend le thème cabalistique des quatre éléments fondateurs : « Il faut retirer la terre des quatre éléments ; elle n'est que le produit hilare des trois autres[205] », ou encore :

Nous sommes le parfait composé de quatre éléments. Nous pouvons brûler frères et choses, les noyer, les étouffer, les ensevelir. Et aussi les calomnier[206].

La dislocation de l'univers et la fragmentation terrestre sont alors perçues ainsi : « Dans l'éclatement de l'univers que nous éprouvons, prodige ! les morceaux qui s'abattent sont vivants[207]. » Il n'est plus de point d'appui, et l'existence est figurée comme perpétuelle chute dans le vide :

Nous tombons. Je vous écris en cours de chute. [...]
L'homme se défait aussi sûrement qu'il fut jadis composé.
La roue du destin tourne à l'envers et ses dents nous déchi-
quettent. Nous prendrons feu bientôt du fait de l'accéléra-
tion de la chute. L'amour, ce frein sublime, est rompu, hors
d'usage[208].

Cette image d'une chute dans l'espace, cette perte de
la terre qui n'est plus sol, mais abîmes, n'apparaît plus
alors comme une « précipitation des astres », liée à notre
« empressement[209] » technicien, elle nous ouvre à la
chute interminable à l'issue de laquelle « nous gisons
écrasés sur le sol[210] », en proie à cette contradiction
« *conforme à l'exigence de la création*[211] » :

> Le créateur est pessimiste, la création ambitieuse, donc
> optimiste. La rotation de la créature se conforme à leurs
> prescriptions adverses[212].

5

La semence

Le poème

Une telle philosophie de la Création est aussi une philosophie du poème. Si la Création est par essence – soit dans sa contrefaçon démiurgique, soit dans sa réalité catastrophique – perçue comme une négation du vivant, alors sans doute faut-il que le poème, lui-même, se soustraie à tout modèle créateur.

C'est très tôt, dès *Partage formel*, que Char dessine une image très particulière du poète : le mot de *poète* est d'ailleurs présent dans ce recueil dans plus de la moitié des fragments. Figuration extrêmement complexe qui livre une image du poète fragmenté, saisi et comme obtenu par les contraires asymétriques dont il est le gardien : c'est de là que surgit l'image célèbre du poète saxifrage (c'est-à-dire telle la plante briseuse de pierre)[213]. Mais, à côté de cette division, il y a une autre représentation du poète qui passe précisément par le refus du mythe créateur. Cet au-delà, Char nous en livre une clé, dès le premier fragment :

> L'imagination consiste à expulser de la réalité plusieurs personnes incomplètes pour, mettant à contribution les puissances magiques et subversives du désir, obtenir leur retour sous la forme d'une présence entièrement satisfaisante. C'est alors l'inextinguible réel *incréé*[214].

Le modèle du poème, de sa rélévation n'est nullement la Création, mais le *désir* qui est obtention de la présence. Si le désir peut être perçu comme l'authentique soubassement de la présence poétique, c'est précisément en tant qu'il ne débouche que sur lui-même :

Le poème est l'amour réalisé du désir demeuré désir[215].

Le désir n'est lui-même que s'il reste désir ; il peut alors, en effet, déboucher sur ce que Char appelle l'*incréé* : il s'oppose ontologiquement à la Création qui est en quelque sorte son ennemie mortelle. L'« inextinguible réel incréé » : l'« inextinguible » renvoie au feu, le feu premier, le « feu [...] indécomposable[216] » de la cabale, et à cette soif qui doit demeurer continûment soif pour atteindre son dévoilement ; « incréé » : qualifie le *réel* – cœur du poème – et se comprend alors comme étant ce qui est « sans commencement ni fin », selon la formule qui revient souvent dans l'œuvre de Char pour qualifier le travail de dévoilement de l'œuvre ; c'est par exemple ce à quoi Char est le plus sensible chez Miro, dans cet *Avènement de la ligne* par où « la fin s'annule dans le commencement[217] », sur le modèle même du désir demeuré désir : vision fixe d'un mouvement, trajectoire d'une image lancée « à sa propre et omniprésente poursuite[218] ». La même structure se retrouvera à propos de Rimbaud chez qui « fin et commencement coïncident[219] », ou encore à propos de Picasso en qui la formule lui permet de « déborder l'économie de la création... devoir de toute lumière[220] ».

Le « réel incréé », qui définit le poème, est ce par quoi l'œuvre peut être cette « évidence indurée qui ne se flétrit ni ne s'éteint[221] », au contraire du réel créé, qui par essence programme sa destruction. Une telle opposition, si radicale, entre le poème et la création était déjà présente dans *Moulin premier*, dont l'un des fragments, empruntant à l'alchimie son modèle antimécaniste de révélation, disait :

> Ici l'image mâle poursuit sans se lasser l'image femelle, ou inversement. Quand elles réussissent à s'atteindre, c'est là-bas la mort du créateur et la naissance du poète[222].

La poésie se dévoile comme mise à mort de la tentation démiurgique, comme mise à mort de la notion de création elle-même. C'est pourquoi, d'ailleurs, Char préfère le verbe « découvrir » au verbe « inventer », pour se représenter à lui-même sa pratique poétique, un peu à la manière dont Heidegger insistera pour conserver dans la notion de vérité (*aléthéïa*), la racine du *dévoilement* :

> Celui qui invente, au contraire de celui qui découvre, n'ajoute aux choses, n'apporte aux êtres que des masques, des entre-deux, une bouillie de fer[223].

Le poème, ainsi parce que dans son principe même il échappe à tout modèle fondé sur la Création, est le seul élément qui échappe peut-être au désastre.

Pro-création

Klossowski a interprété la philosophie sadienne comme un avatar de la pensée gnostique[224] ; jusque dans cette perspective, Char est sadien, au point de partager avec Sade une aversion radicale pour l'idée de fécondation humaine : « Toute semence est détestée[225] », écrit-il dans *La Nuit talismanique*. Dans cette commune horreur pour la semence, à laquelle on pourrait rajouter Charles Baudelaire, on retrouve, bien sûr, le dégoût pour la fonction maternelle, dont il a déjà été question, car si la semence est détestée, c'est bien sûr qu'elle est *pro-création*, double humain de la Création.

Ce lien entre Sade et Char est d'autant plus évident que la première occurrence de ce dégoût, dans l'œuvre de Char, est mise au compte, dans *Poèmes militants*, de L'Historienne, personnage repris à Sade *(Les Cent Vingt Journées de Sodome)*: « Celle [...] qui crève la semence[226] » ; on retrouve d'ailleurs dans les premiers propos de ce poème la perception sadienne de la nature, comme espace en proie à la férocité du vivant.

Le nihilisme sadien perdra de son importance par la suite ; car, si la fécondation demeure aux yeux de Char comme monstrueuse chez les hommes, tant elle n'est que la répétition de la catastrophe de toute création, en revanche, la terre elle-même semble pouvoir accéder à une sorte de pouvoir de régénérescence. Cela transparaît dans l'avant-dernier poème de *Newton cassa la mise en scène*, qui s'intitule *Dessus le sol durci*:

> Dessus le sol durci du champ à l'abandon
> Où les ceps subsistaient d'une vigne déserte
> Filaient une envie rose, une promesse rousse
> [...]
> Ce petit jour dans mon regard
> Découvrit au marcheur précédé de son chien
> Que la terre pouvait seule se repétrir,
> Point craintive des mains distraites,
> Si délaissée des mains calleuses[227].

La chance de la terre, c'est l'éloignement de ses prétendants humains, le retrait des mains calleuses, en une sorte de remodelage de soi-même, de son sol abîmé par la serpe. Le « petit jour » est alors le temps où la « terre sème », comme il est écrit dans *Le Deuil des Névons*[228] ; appel au vent « semi-nocturne » qui irrigue mieux « que la main infirme des hommes[229] ». Cette terre autosuffisante, ce n'est pas un hasard, est décrite telle, dans ces deux dernières citations, comme ayant été celle de l'enfance, la terre des Névons, « contre-sépulcre[230] », de la terre abîmée.

Jusque dans le poème *Qu'il vive*, tout entier consacré à l'éloge de cette Terre qui ne veut pas mourir, on retrouve ce dédain du sol productif :

> Il y a des feuilles, beaucoup de feuilles sur les arbres de mon pays. Les branches sont libres de n'avoir pas de fruits[231].

À cet égard, le poème de Char le plus audacieux est *Pour un Prométhée saxifrage*, qui consacre le dieu comme pourfendeur du rocher ; dans ce poème, qui se veut aussi un hommage à Hölderlin, Char termine sur ce singulier fragment :

> Noble semence, guerre et faveur de mon prochain, devant la sourde aurore je te garde avec mon quignon, attendant ce jour prévu de haute pluie, de limon vert, qui viendra pour les brûlants, et pour les obstinés[232].

Fragment dans lequel on peut reconnaître sans peine certains aspects de la gnose, et notamment à cet impératif de retenue de la jouissance et de la semence, dans l'attente du « limon vert », le *Pardès*, le paradis.

Retenir sa jouissance, retenir sa semence, n'est-ce pas alors atteindre à l'*amour du désir demeuré désir ?*

C'est ce qu'entend René Char lorsqu'il écrit :

> Le désir ne sème ni ne moissonne, ne succède qu'à lui et n'appartient qu'à lui[233].

Notes

1. *Cruels Assortiments*, in *Chants de la Balandrane*, p. 541.

2. La première édition du Marteau sans maître est de 1934 (Éd. Surréalistes).

3. *Ce bleu n'est pas le nôtre*, in *Aromates chasseurs*, p. 512.

4. *La Main de Lacenaire*, *Le Marteau sans maître*, p. 26.

5. Arthur Rimbaud, *Poésies*, in *Œuvres complètes*, *op. cit.*, p. 41.

6. *Dépendance de l'adieu*, in *Dehors la nuit est gouvernée*, p. 105.

7. *Entretien avec France Huser*, in *Le Nouvel Observateur*, *op. cit.*

8. *Pourquoi du « Soleil des eaux »*, p. 105.

9. Paul Éluard, *Recherche de la base et du sommet*, p. 717.

10. *Le Terme épars*, in *Dans la pluie giboyeuse*, *Le Nu perdu* : « Le soir se libère du marteau, l'homme reste enchaîné à son cœur », p. 446.

11. *Feuillets d'Hypnos*, fragment 123, in *Fureur et Mystère*, p. 204.

12. *Les Messagers de la poésie frénétique*, *Le Marteau sans maître*, p. 27.

13. *Dévalant la rocaille aux plantes écarlates*, *La Nuit talismanique...*, p. 489.

14. *Confronts*, in *Poèmes militants*, *Le Marteau sans maître*, p. 38.

15. *Sommaire*, *ibid.*, p. 42.

16. Voir note in *Œuvres complètes*, p. 1239.

17. *Les Asciens*, *Le Marteau sans maître*, p. 35 : « Le salut méprisable est, dans l'un des tiroirs de nos passions. »

18. *L'Éclaircie*, in *Abondance viendra*, *Le Marteau sans maître*, p. 49.

19. *Eaux-Mères*, *ibid.*, p. 52.

20. *Ibid.*

21. *Argument*, in *Seuls demeurent*, *Fureur et Mystère*, p. 129.

22. *Les Chants de Maldoror*, Chant III, Garnier-Flammarion, p. 148-149.

23. *Migration*, in *Abondance viendra*, *Le Marteau sans maître*, p. 54.

24. *Propositions-Rappel*, in *Le Surréalisme au service de la Révolution*, n° 4, décembre 1931.

25. *Une saison en enfer*, *Œuvres complètes*, *op. cit.*, p. 207.

26. *Les Rapports entre parasites*, *Le Marteau sans maître*, p. 53.

27. *Ibid.*, p. 54.

28. *En 1871*, *Recherche de la base et du sommet*, p. 726.

29. *Les Rapports entre parasites*, p. 54.

30. *En 1871, op. cit.*

31. *Arthur Rimbaud, Recherche de la base et du sommet*, p. 731.

32. *Ibid.*, p. 730.

33. *Ibid.*, p. 731.

34. *Feuillets d'Hypnos*, fragment 123, in *Fureur et Mystère*, p. 204.

35. *Feuillets d'Hypnos*, fragment 161, in *Fureur et Mystère*, p. 214.

36. *Ibid.*, fragments 1 et 2, p. 175.

37. *Ibid.*, fragment 153, p. 212.

38. *Ibid.*, fragment 17, p. 179.

39. *Ibid.*, fragment 69, p. 192 (je souligne).

40. *Ibid.*, fragment 18, p. 180.

41. *Ibid.*, fragment 46, p. 186.

42. *Partage formel*, fragment I, in *Seuls demeurent, Fureur et Mystère*, p. 155.

43. *Feuillets d'Hypnos*, fragment 37, p. 184.

44. *Ibid.*, fragment 220, p. 228.

45. *La liberté passe en trombe, Recherche de la base et du sommet*, p. 650.

46. *Feuillets d'Hypnos*, fragment 181, p. 219.

47. *L'Avant-Monde, Argument*, in *Seuls demeurent, Fureur et Mystère*, p. 129.

48. *Ibid.*

49. *Réponses interrogatives à une question de Martin Heidegger, Recherche de la base et du sommet*, p. 734-735 et 736.

50. *Feuillets d'Hypnos*, fragment 6, p. 176.

51. *Ibid.*, fragment 164, p. 215.

52. *Ibid.*, fragment 170, p. 216.

53. *Ibid.*, fragment 5, p. 176.

54. *Ibid.*, fragment 120, p. 203.

55. *Ibid.*, fragment 121, p. 203.

56. *Ibid.*, fragment 161, p. 214.

57. *Ibid.*, fragment 210, p. 225.

58. *Ibid.*, fragment 174, p. 217.

59. *Ibid.*, fragment 237, p. 232.

60. *Pause au château cloaque*, in *Retour amont, Le Nu perdu*, p. 427.

61. *La liberté passe en trombe, Recherche de la base et du sommet*, p. 649.

62. Voir in *Feuillets d'Hypnos*, fragment 53, p. 187-188.

63. *Gravité l'emmuré, Seuls demeurent, Fureur et Mystère*, p. 150.

64. *Feuillets d'Hypnos*, fragment 178, p. 218. Voir sur le poème notre « Commentaire du fragment 178 de *Feuillets d'Hypnos* », in la *Revue des Sciences Humaines*, second trimestre 2007.

65. *Ibid.*, fragment 16, p. 179.

66. *Ibid.*

67. *Picasso sous les vents étésiens, Fenêtres dormantes et Porte sur le toit*, p. 595.

68. *Feuillets d'Hypnos*, fragment 115, p. 202.

69. *Ibid.*, fragment 184, p. 219.

70. *Chant du refus*, in *Seuls demeurent, Fureur et Mystère*, p. 146.

71. *À la santé du serpent*, fragment II, *Fureur et Mystère*, p. 262.

72. *La Torche du prodige*, in *Arsenal, Le Marteau sans maître*, p. 7.

73. *Mille planches de salut*, in *Recherche de la base et du sommet*, p. 700.

74. *Feuillets d'Hypnos*, fragment 168, p. 215.

75. *La Lune d'Hypnos*, *Recherche de la base et du sommet*, p. 643.

76. *Feuillets d'Hypnos*, fragment 192, p. 221.

77. *Ibid.*, p. 172.

78. *La Lune d'Hypnos*, *op. cit.*, p. 643.

79. *Le Marteau sans maître*, «Feuillet pour la deuxième édition, 1945», p. 3.

80. *Feuillets d'Hypnos*, fragment 95, p. 198.

81. *Ibid.*, fragment 23, p. 181.

82. *Ibid.*, fragment 26, p. 181.

83. *Ibid.*

84. *Ibid.*, fragment 128, p. 206.

85. *Ibid.*

86. *Ibid.*, fragment 203, p. 223.

87. *Ibid.*, fragment 156, p. 213.

88. *Chant du refus*, in *Seuls demeurent, Fureur et Mystère*, p. 146.

89. *Feuillets d'Hypnos*, fragment 48, p. 186.

90. *Ibid.*, fragment 88, p. 197.

91. *Ibid.*, fragment 104, p. 200.

92. *Ibid.*, fragment 57, p. 189.

93. *Billets à Francis Curel*, II, *Recherche de la base et du sommet*, p. 633.

94. *Ibid.*, IV, p. 637.

95. *Ibid.*, III, p. 634.

96. *Ibid.*, IV, p. 636.

97. *Ibid.*, p. 636.

98. *Ibid.*, p. 637.

99. *Ibid.*, p. 636.

100. *Ibid.*, p. 637 (je souligne).

101. *Ibid.*, p. 636.

102. *L'Extravagant*, in *Le Poème pulvérisé, Fureur et Mystère*, p. 255-256.

103. *Ibid.*, p. 256.

104. *Affres, Détonation, Silence, Fureur et Mystère*, p. 257.

105. *Donnerbach Mühle*, *ibid.*, p. 252.

106. *L'Extravagant*, *op. cit.*, p. 255.

107. *Seuil*, *ibid.*, p. 255.

108. *Chérir Thouzon*, in *Retour amont, Le Nu perdu*, p. 424.

109. *Genèse*, 8, 7-8.

110. *Mission et Révocation*, in *Seuls demeurent, Fureur et Mystère*, p. 169.

111. *Chérir Thouzon*, *op. cit.*, p. 424.

112. *Force clémente*, *ibid.*, p. 138.

113. *Fenaison*, *ibid.*, p. 139.

114. *Bandeau de «Fureur et mystère»*, *Recherche de la base et du sommet*, p. 653.

115. *Azurite*, *Fenêtres dormantes et Porte sur toit*, p. 616.

116. *Aromates chasseurs*, p. 512-513.

117. *Les Apparitions dédaignées*, in *Le Chien de cœur*, *Le Nu perdu*, p. 466-467.

118. *Tous partis!*, *Fenêtres dormantes et Porte sur le toit*, p. 608 : « Méfait plus vaste que celui du Belluaire chrétien lançant le sort sur nous. Sort repris et remodelé par sa descendance totalitaire l'appliquant à l'humanité sous le filet. »

119. *Question IV*, de M. Heidegger, Gallimard, 1976, p. 210-211.

120. *Heureuse la magie…*, *Recherche de la base et du sommet*, p. 652.

121. *Lombes*, in *Aromates chasseurs*, p. 517.

122. *La Lettre hors commerce*, *Recherche de la base et du sommet*, p. 660.

123. *Outrages*, *Recherche de la base et du sommet*, p. 651.

124. Saint Paul, *Épître aux Hébreux*, IX, 23-28.

125. *Carte du 8 novembre*, in *Seuls demeurent*, *Fureur et Mystère*, p. 146.

126. *Faire du chemin avec…*, *Fenêtres dormantes et Porte sur le toit*, p. 580.

127. *L'Âge cassant*, *Recherche de la base et du sommet*, p. 767.

128. *Peu à peu, puis un vin siliceux*, in *La Nuit talismanique…*, p. 494.

129. *Héraclite*, fragment 98, in *Trois Présocratiques*, *op. cit.*, p. 43.

130. *Contrevenir*, in *Quitter*, *La Parole en archipel*, p. 413.

131. *Se rencontrer paysage avec Joseph Sima*, *Fenêtres dormantes et Porte sur le toit*, p. 587.

132. Notre article «Considérations sur la mythologie : croyance et assentiment», in *Bulletin des amis d'André Gide*, n° 78-79, avril-juillet 1988.

133. *Pause au château cloaque*, in *Retour amont*, *Le Nu perdu*, p. 427.

134. *Cruels Assortiments*, in *Chants de la Balandrane*, p. 540-541.

135. *À Faulx contente*, p. 783 (je souligne).

136. *Nouvelles-Hébrides, Nouvelle-Guinée*, *Recherche de la base et du sommet*, p. 707.

137. *Aux Riverains de la Sorgue*, in *Quitter*, *La Parole en archipel*, p. 412.

138. *Cruels Assortiments*, *op. cit.*, p. 540-541.

139. *Lombes*, in *Aromates chasseurs*, p. 518.

140. «Jusqu'au relais d'Altamira, /Fuyant les jeux icariens…», in *Éloge rupestre de Miró* (*Recherche de la base et du sommet*, p. 692). On sait qu'Apollinaire faisait d'Icare le symbole de la modernité et de la technique et qu'il l'associait au Christ qui, selon lui, avait ouvert l'humanité à l'histoire et au progrès. Voir *Alcools*, et notamment son premier poème, *Zone*.

141. *Lascaux I Homme-Oiseau mort et Bison mourant*, *La Parole en archipel*, p. 351.

142. *Ibid.*, *La Bête innommable*, p. 352.

143. *Le Gai Savoir*, Nietzsche, fragment 347, Gallimard, coll. « Idées »,
1950, p. 296.

144. *Bandeau de « Retour amont »*, *Recherche de la base et du sommet*,
p. 656.

145. Voir *Le Raccourci, Chants de la Balandrane*, p. 556-557.

146. *Le crépuscule est vent du large, Newton cassa la mise en scène*,
p. 546-547.

147. *Fables, Le Philosophe Scythe*, Livre XII, Fable XX.

148. *Le Crépuscule est vent du large* : « Grâce à la rigueur des calculs,
sont honorés à demeure, sur la barre de bois du Trapèze, cerveaux et corps
célestes : Copernic, Galilée, Kepler, Newton. D'un coup d'aile corsaire,
Leibniz s'est arraché à l'espace établi, après un regard en arrière, et a posé
au large, sur la butte d'un îlot coloré, ses pattes désirantes. » Si l'allusion
aux quatre premiers noms est claire, on confie ici notre incapacité à
expliquer la présence en écart de Leibniz.

149. Fernand Hallyn, *La Structure poétique du monde : Copernic,
Kepler*, Seuil, coll. « Des travaux », 1987 ; voir notamment p. 39-65.

150. *Griffe, La Nuit talismanique…*, p. 500.

151. E. Husserl, *La Terre ne se meut pas*, Éd. de Minuit, 1989. Voir
notre lecture de ce texte de Husserl « La Terre comme arche » in *Bref
séjour à Jérusalem*, Gallimard, coll. « L'Infini », 2003.

152. *Ibid.*, p. 27.

153. *L'Origine de l'œuvre d'art*, in *Les chemins qui ne mènent nulle
part*, Gallimard, 1980, p. 50.

154. Livre de Job, 38, 31.

155. *Évadé d'archipel, Aromates chasseurs*, p. 511.

156. *Ce bleu n'est pas le nôtre*, in *Aromates chasseurs*, p. 511.

157. *Bandeau de « Retour amont »*, *Recherche de la base et du sommet*,
p. 656.

158. *Vindicte du lièvre*, in *Aromates chasseurs*, p. 525.

159. *Les Oreilles du lièvre, Fables*, Livre V, IV.

160. *Éloquence d'Orion*, in *Aromates chasseurs*, p. 528.

161. *Aromates chasseurs*, p. 509.

162. *Excursion au village, ibid.*, p. 514.

163. *Rodin, ibid.*, p. 522.

164. *Vindicte du lièvre, ibid.*, p. 525.

165. *Éloquence d'Orion, ibid.*, p. 528.

166. *Sans grand-peine, Recherche de la base et du sommet*, p. 669.

167. *Rougeurs des Matinaux, Les Matinaux*, p. 330-331.

168. *Un droit perpétuel de passage, Fenêtres dormantes et Porte sur le
toit*, p. 590.

169. *Les Dimanches de Pierre Charbonnier, ibid.*, 588.

170. *Ibid.*

171. *De la sainte famille au droit à la paresse, ibid.*, p. 593.

172. *En vue de Georges Braque, Recherche de la base et du sommet*,
p. 679.

173. *Ibid.*, p. 675.

174. *Ibid.*, p. 673-674.

175. *Ibid.*, p. 680.

176. *Ibid.*, p. 679.

177. *Feuillets d'Hypnos*, fragment 104, in *Fureur et Mystère*, p. 200.

178. *Le Martinet*, in *La Fontaine narrative, Fureur et Mystère*, p. 276.

179. *À la proue du toit, Chants de la Balandrane*, p. 555.

180. *Feuillets d'Hypnos*, fragment 111, in *Fureur et Mystère*, p. 201.

181. *Virtuose Sécheresse, Chants de la Balandrane*, p. 545.

182. *Argument*, in *Le Poème pulvérisé, Fureur et Mystère*, p. 247.

183. *Seuil, ibid.*, p. 255.

184. Titre du recueil paru en 1962, p. 337.

185. Titre du recueil inclus dans *Fureur et Mystère*, p. 245.

186. *À la santé du serpent*, fragment VIII, *Fureur et Mystère*, p. 263.

187. *Arrière histoire du poème pulvérisé*, Nouvelle NRF, juin 1953, n° 6, p. 996.

188. *Pour renouer*, in *Poème des deux années, La Parole en archipel*, p. 370.

189. *Redonnez-leur...*, in *Les Loyaux Adversaires, Fureur et Mystère*, p. 242.

190. *Divergence*, in *La Sieste blanche, Les Matinaux*, p. 293.

191. *Nous avons*, in *Quitter, La Parole en archipel*, p. 410.

192. *Le Baiser*, in *Le Chien de cœur, Le Nu perdu*, p. 468.

193. *Aliénés*, in *L'Effroi la Joie, Le Nu perdu*, p. 474.

194. *Faire du chemin avec..., Fenêtres dormantes et Porte sur le toit*, p. 577.

195. *À une sérénité crispée*, in *Recherche de la base et du sommet*, p. 758.

196. *Nous avons*, in *Quitter, La Parole en archipel*, p. 410.

197. *Ibid.*

198. *Ibid.*

199. *Note sibérienne*, in *Aromates chasseurs*, p. 524.

200. *Description d'un carnet gris*, p. 1216-1217.

201. *En dépit du froid glacial, Chants de la Balandrane*, p. 545.

202. *Si...*, in *Au-dessus du vent, La Parole en archipel*, p. 401.

203. *À une ferveur belliqueuse, Fureur et Mystère*, p. 277.

204. *Le Bruit de l'allumette, Chants de la Balandrane*, p. 536.

205. *Peu à peu, puis un vin siliceux, La Nuit talismanique...*, p. 494.

206. *Cruels Assortiments*, in *Chants de la Balandrane*, p. 539.

207. *Les Compagnons dans le jardin, La Parole en archipel*, p. 383.

208. *Légèreté de la terre, Fenêtres dormantes et Porte sur toit*, p. 602.

209. *Don hanté*, in *La Nuit talismanique...*, p. 502.

210. *Lombes*, in *Aromates chasseurs*, p. 517.

211. *Abrégé*, in *Fête des arbres et du chasseur, Les Matinaux*, p. 283.

212. *L'âge cassant*, in *Recherche de la base et du sommet*, p. 765.

213. «... je suis à la fois dans mon âme et hors d'elle, loin devant la vitre et contre la vitre, saxifrage éclaté», *La Lune change de jardin, Fureur et Mystère*, p. 270. Voir aussi *Partage formel*, fragment XIII, in *Seuls demeurent, Fureur et Mystère*, p. 158.

214. *Partage formel*, fragment I, *op. cit.*, p. 155 (je souligne).

215. *Ibid.*, fragment XXX, p. 162.

216. *Ibid.*, fragment XII, p. 158.

217. *Avènement de la ligne*, *Recherche de la base et du sommet*, p. 694.
218. *Ibid.*, p. 695.
219. *Arthur Rimbaud*, *ibid.*, p. 735.
220. Formule tirée de *L'Avant-Monde*, in *Fureur et Mystère*, p. 129 et reprise en partie dans *Mille planches de salut*.
221. *Partage formel*, fragment XLI, *Seuls demeurent*, *Fureur et Mystère*, p. 165.
222. *Moulin premier*, fragment XXXVIII, *Le Marteau sans maître*, p. 72.
223. *La bibliothèque est en feu*, *La Parole en archipel*, p. 380.
224. Pierre Klossowski, *Sade mon prochain*, Seuil, coll. « Pierres vives », p. 187-188.
225. *La Nuit talismanique*, Flammarion, coll. « Champs », p. 29.
226. *L'Historienne*, in *Poèmes militants*, *Le Marteau sans maître*, p. 39.
227. *Dessus le sol durci*, *Chants de la Balandrane*, p. 547.
228. *Le Deuil des Névons*, *La Parole en archipel*, p. 389.
229. *Biens égaux*, in *Le Poème pulvérisé*, *Fureur et Mystère*, p. 251.
230. *Qu'il vive !*, in *La Sieste blanche*, *Les Matinaux*, p. 305.
231. *Ibid.*
232. *Pour un Prométhée saxifrage*, *La Parole en archipel*, p. 400.
233. *Crible*, in *Le Chien de cœur*, *Le Nu perdu*, p. 465.

Le désir

L'effrayant, c'est que nous n'avons pas de religion au sein de laquelle ces expériences, littérales et tangibles comme elles le sont (donc, aussi bien, indicibles et intangibles) puissent être haussées jusqu'en Dieu, sous la protection d'une divinité phallique qui sera peut-être la première d'une troupe de dieux à revenir parmi les hommes, après une si longue absence.

Rainer Maria Rilke, *Lettres à Rudolf Bodländer* [1].

1

L'écriture du désir

Il sera donc question du désir dans cette ultime partie du livre. Le désir sexuel s'apparente dans l'œuvre de Char, peut-être du fait même de ses exigences, au poème, si celui-ci est bien « amour réalisé du désir demeuré désir ». Cette identité du poème et du désir érotique nous mène dans ce chapitre à analyser, surtout autour des premières œuvres, mais aussi, à la fin, autour de poèmes plus tardifs, l'érotisme de l'écriture de Char, soit une nouvelle fois en relation avec l'alchimie, soit dans le dialogue avec Sade, soit encore dans des poèmes sans références, et dont la femme est le centre.

Éros surréaliste

> Onan consommé, suave sécheresse, le trajet
> de son sperme pose un problème de magie
> formelle : grossièrement éclair, foudre et
> corollaire. Mais l'angoisse nomme la femme
> qui brodera le chiffre du labyrinthe.
>
> *Moulin premier*[2]

Dès *Arsenal* (1927-1929), premier recueil dans les *Œuvres complètes*, la sexualité est bien sûr omniprésente. Une sexualité dont la figuration s'accorde avec les grandes ruptures, introduites au début du xxe siècle en peinture et en littérature, dans la représentation de la femme et du désir. Soit, dirons-nous rapidement, un érotisme qui privilégie des images fragmentées ou brisées du corps par opposition au mythe, qui semble avoir avoir hanté tout le xixe siècle, de la femme comme totalité et comme *une*. Sans doute, déjà, l'impératif de sublimation était naturellement combattu par ces effractions perverses, fétichistes ou morbides dont Proust, en parfait héritier, a su, à la suite de Baudelaire, déployer les extrêmes.

Ce jeu de bascule conflictuel entre le vœu de totalité et l'émergence intermittente de son fractionnement est totalement absent de ce que l'on pourrait appeler l'érotisme moderne que Char, avec d'autres comme Picasso, Artaud ou même Apollinaire, esquisse dès ses premières œuvres importantes. Le deuil est fait de toute vénusté.

Dès l'abord, c'est comme objet, ou plutôt comme somme discontinue, antithétique d'objets, que la femme disparaît pour mieux resurgir. Malgré la trivialité ou la crudité propres à cet érotisme, l'objet partiel féminin ne prend place qu'à l'intérieur d'un langage ambigu, parfois hermétique :

> On mesure la profondeur
> Aux contours émus de la cuisse
>
> Le sang muet qui délivre
> Tourne à l'envers les aiguilles
> Remonte l'amour sans le lire[3].

Le plaisir, localisé aux contours de la cuisse, a pour vis-à-vis le sang féminin des règles (le « sang muet », stérile) : ce sang cyclique qui inverse les aiguilles du temps et brouille la lisibilité du discours amoureux. Cette réduction chiffrée de l'objet du désir est le plus souvent perçue ironiquement, et peut-être surtout quand c'est l'amant qui en est la cible :

> Le saut iliaque accompli
> L'attrait quitte la rêverie
> L'amant baigné de tendresse est un levier mort
> Les tournois infantiles
> Sombrent dans la noce de la crasse
> Le relais de la respiration[4].

La contrepèterie aux premiers mots, le « saut iliaque » (l'os iliaque, le pubis, et métonymiquement le coït désigné comme *saut*), n'ouvre qu'à une parodie stéréotypée de la noce et de la tendresse. La violence s'accompagne d'une perception très mécaniste : passé l'accouplement, l'homme n'a pour sexe qu'un *levier mort*, baigné (noyé ?) par la tendresse féminine. « Des amants nuls et transcendants[5] », écrira Char, dans un poème du même recueil, *La Rose violente*.

Ce qui alors définit la situation érotique des amants, et d'Éros lui-même, c'est la *séparation*, inscrite dans le grand thème hermétique dont nous avons déjà parlé ; la récusation du modèle hypocritement altruiste de la jouissance s'affiche. Son modèle le plus extrême, c'est la jouissance solitaire. Onanisme d'ailleurs plus souvent mis au compte de la femme que de l'homme, comme cela transparaît, dans *Moulin premier*, au travers de ces paroles attribuées aux « filles » : « Père amant, voyez-nous jouir, très éprises, le fleuret d'un miroir dans les doigts[6] » ; onanisme attribué aussi, de manière très sadienne, à la « Mère » :

> De l'ancien monde accordé elle ne conservait qu'une unique main vibratile, au médius de toute beauté, dispensateur de lumière inconnue, de jouissance équinoxiale définitive. Un rugissement la précipitait vermeille sur le pavé.

Comment dès lors, sans décliner, affronter la fureur du fauve qui, campé devant le miroir des toilettes intimes, se battait en vainqueur contre son propre reflet[7] ?

Le sexe féminin, ici bien pourvu de toute sa crinière de fauve, ailleurs nommé « Puma mon bien-aimé[8] », jouit de sa propre image face au spéculum. Madame de Féraporte – c'est le nom de cette mère onaniste –, manquera de mourir, dans cet étrange conte, un os coincé dans la gorge : l'os du doigt coupable, sans doute.

L'enfant, lui, est rimbaldien, comme dans le poème *H* des *Illuminations*,

La liqueur de l'enfant s'entoure d'opulence
Quand vous aurez fleuri ses poignets de colosse[9].

Il semble alors que le seul vis-à-vis ou le seul face-à-face sexuel possible s'opère dans la superposition imaginaire d'objets non humains :

Moi épi avancé des moissons d'août
Je distingue dans la corolle du soleil
Une jument
Je m'abreuve de son urine[10].

Au-delà du plaisant retrait de l'onanisme, même dans le coït, l'« œil en transe » est un « miroir muet », et, pour décrire son mouvement, Char propose cette formule : « Comme je m'approche, je m'éloigne[11]. »

Le motif de la séparation trouve sa formule la plus adéquate dans un emblème de l'alchimiste Albert-le-Grand, mis en épigraphe à *Poème* : « Il y avait en Allemagne deux enfants jumeaux, dont l'un ouvrait les portes en les touchant avec son bras droit, l'autre les fermait en les touchant avec son bras gauche[12] » : les amants sont comme ces jumeaux ; la similitude de leur être induit la symétrie inversée de leur ressemblance ; *Poème* ouvre à ce constat :

> Deux êtres également doués d'une grande loyauté sexuelle font un jour la preuve que leurs représentations respectives pendant l'orgasme diffèrent totalement les unes des autres : représentations graphiques continuelles chez l'un, représentations chimériques périodiques chez l'autre [13].

L'identité sexuelle de ces deux êtres ne nous est pas donnée ; peu importe, car, ce qui compte, c'est qu'il n'y a rien de subjectif, de pathétique ou d'intime dans cette description : elle est source d'une série de « conflits mortels », dont Char dit seulement qu'ils sont d'« origine minérale mystérieuse ». C'est peut-être, comme il l'écrira dans *Crésus*, que l'homme est dans la femme comme un « fossile frappé dans l'argile sentimentale [14] » ; fossile : une antériorité plus primitive encore que l'argile limoneuse et modelée de la Genèse.

Le poème le plus représentatif de cette époque est *Artine*, écrit pendant l'automne 1929 et à propos duquel Char a confié qu'il rôdait sur ce titre « un mauvais jeu de mots [15] » ; jeu de mots, selon un critique, sur le nom de Lamartine [16] : Artine étant le total contraire du stéréotype romantique.

Il n'y a pas qu'un jeu de mots à l'origine d'*Artine*, il y a aussi l'une de ces mystifications si courantes chez les surréalistes. Au départ, une petite annonce rédigée par Breton et Éluard, et publiée dans un journal parisien : « *Femmes qu'on ne voit pas, attention !* POÈTE CHERCHE modèle pour poèmes. Séances de pose, exclusiv. pendant sommeil récip. René Char, 8 *ter*, rue des Saules, Paris. (Inut. ven. avant nuit compl. La lumière m'est fatale.) [17] »

Selon une indication dans les *Œuvres complètes*, deux jeunes femmes se présentèrent à l'hôtel où vivait René Char, mais « le poète les remercia, car le poème avait déjà, à lui seul, absorbé la saveur de cette réalité[18] ».

Dans l'entretien *Sous ma casquette amarante*, qui, dans les *Œuvres complètes*, clôt la partie poétique, Char donne comme modèle à Artine, une certaine Françoise de M.[19], qui par, son nom, par la description qu'il en fait dans l'entretien, évoque le modèle aristocratique proustien :

> Quand j'étais jeune homme, à peine sorti de l'adolescence, j'allais souvent aux courses de chevaux, et généralement seul. Je me vois encore debout, appuyé contre la barrière du pesage, quand une jeune fille très blonde, de celles qu'on dit adorables, vint s'accouder à côté de moi. Elle me sourit. L'un vers l'autre nous nous sommes penchés, et nous nous sommes embrassés. Mais son père l'appela, agressif, et j'eus beau la chercher dans la foule, je ne la retrouvai plus [...]. Bien plus tard, alors que je ne songeais plus à elle, je l'aperçus en compagnie de sa mère dans un cabriolet qui trottait sur la route d'Avignon. C'était l'époque des jeunes filles à larges rubans ; toujours ils flottaient autour de la taille et les pans du nœud, simulé ou réel, descendaient à l'appel d'une cuisse. Les mères étaient plus belles encore que leurs filles parce qu'elles avaient simplifié le costume...[20]

On retrouve aussi une sorte de réminiscence de Gilberte et d'Odette Swann.

Cependant, *Artine* est marqué par le surréalisme, au-delà de l'intervention de Breton et d'Éluard, parce qu'il s'agit aussi d'une réflexion sur l'écriture du groupe. Au centre de celle-ci, la notion de *modèle*. Les surréalistes n'ont pas refusé, par exemple en peinture mais aussi en littérature, la notion de modèle (voir *Nadja*) : il est au contraire au centre de l'œuvre, et sa présence suppose et induit un dialogue avec lui ; dialogue doublement subversif et pour le modèle et pour l'œuvre : le modèle participant à l'œuvre et s'y manifestant. Ce n'est sans doute pas par hasard que Char, dans ses deux premiers poèmes sur la peinture, choisissant deux tableaux très éloignés du surréalisme (Courbet et Corot[21]), leur fait subir un traitement surréaliste, en faisant parler les modèles qui s'y trouvent peints.

Artine est comme encadré par cette perspective : en tête, le *prière d'insérer* : « Poète cherche modèle pour poèmes… », et comme dernière phrase : « Le poète a tué son modèle. » Il s'agit évidemment pour Char de rejouer les effets de réciprocité des arts : peinture et littérature, l'un jouant traditionnellement sur un modèle *in praesentia*, le second sur un modèle *in abstentia* (en l'occurrence Françoise de M.). Cette rencontre de l'écriture et de la peinture est d'ailleurs effective dans le poème, par une référence à un tableau du Tintoret, *Madeleine lisant*[22] – qui peut-être annonce le dialogue futur avec la *Madeleine* de La Tour –, référence en tout cas ironique dans *Artine* : « Le livre ouvert sur les genoux d'Artine était seulement lisible les jours sombres[23] » ; présence du tableau dans le poème, et du livre dans le tableau. L'enjeu du poème est de travailler érotiquement le modèle littéraire *in abstentia*, pour le faire surgir *in praesentia*, à l'image du modèle pictural.

La première apparition d'Artine renvoie au modèle littéraire, puisqu'elle fait allusion explicitement à la rencontre de Char et de Françoise de M. sur l'hippodrome, et aux baisers échangés :

> Offrir au passage un verre d'eau à un cavalier lancé à bride abattue sur un hippodrome envahi par la foule suppose, de part et d'autre, un manque absolu d'adresse ;

Artine apportait aux esprits qu'elle visitait cette sécheresse monumentale[24].

Le souvenir – au-delà de ses déformations saugrenues –
occupe totalement l'esprit du poète lors de cette première évocation de la femme. À celle-ci d'ailleurs
succède celle de son partenaire de l'hippodrome, Char
lui-même, désigné sous les traits de l'« impatient »,
pressentant que, bientôt, il n'aura plus à sa disposition
qu'un phantasme, et vivant par anticipation la coupure
entre son désir et le temps sexuel. Ces deux premiers
fragments sont précédés par un petit texte d'en-tête qui
consiste en une énumération, véritable bric-à-brac surréaliste aux connotations sexuelles évidentes :

> Dans le lit qu'on m'avait préparé il y avait [...] un
> coquillage glacé, une cartouche tirée, deux doigts d'un
> gant, une tache d'huile...

La nature morte surréaliste joue son rôle : casser les
images, les rendre anonymes, effacer le sujet. Puis, à la
suite de ces deux fragments-souvenirs, succèdent des
images-collages. C'est Sade qui semble régner :

> Les mondes imaginaires chauds qui circulent sans arrêt
> dans la campagne à l'époque des moissons rendent l'œil
> agressif et la solitude intolérable à celui qui dispose du
> pouvoir de destruction[25].

L'érotisme associant désir et destruction amène alors
à une figuration d'Artine comme modèle pictural :

> L'état de léthargie qui précédait Artine apportait les élé-
> ments indispensables à la projection d'impressions saisis-
> santes sur l'écran de ruines flottantes : édredon en flammes
> précipité dans l'insondable gouffre de ténèbres en perpé-
> tuel mouvement[26].

Artine, brusquement, se détache de toute association littéraire pour devenir modèle présent, et tout au contraire du modèle académique de la peinture naturaliste : modèle dynamique, modèle producteur, machine à images (n'est-il pas question de l'« appareil de la beauté d'Artine » ?). Les images sont à trois dimensions : tout d'abord, Artine ne surgit pas comme telle, elle est la condition de possibilités des images : « éléments indispensables à la projection... », écrit Char : on ne voit jamais Artine, on perçoit des modalités d'images que son apparition peut permettre : « Édredon en flammes », « plis d'une soie brûlante peuplée d'arbres aux feuilles de cendre », « énorme bloc de soufre ». Toutes ces images – qui ont du surréalisme ce mélange d'archétype, de monumental et de symbolique – sont des images de consumation lente, de volatilisation du feu, d'élargissement abstrait du décor. Par ailleurs, Artine n'est pas présente pour le seul poète ; elle fait ses surprenantes apparitions au milieu d'un chaos masculin : groupe de prétendants dont le poète n'est qu'un des multiples figurants. Le modèle-machine à images produit ses propres spectateurs. Enfin, les images surgissant sous la forme de fragments verbaux se donnent sous la forme surréaliste des « tableaux vivants », du trompe-l'œil ou de la lanterne magique. Artine apparaît comme une de ces « machines célibataires » à la Duchamp : objet d'agression et de désir de la foule masculine, et se rapproche, surtout dans les cinq derniers fragments du poème, de la fameuse « mariée mise à nue par ses célibataires, même ». Elle parle d'autre chose que de la magie d'une rencontre, et son image semble être dessaisie de toute singularité pour se métamorphoser en objet généralisé, surface peinte, centre aveugle d'un éros collectif. Le poète, en effet, « a tué son modèle ».

Cependant, autour et à l'entour de cette notion de modèle, *Artine* révèle quelque chose de très particulier à

Char, et qui permet sans doute d'esquisser une première approche de ce que l'on a appelé l'érotisme de l'écriture. La disparition du modèle littéraire *in abstentia* au profit de l'émergence d'un autre type de relation avec le modèle féminin du poème, sous la forme de l'image picturale, est aussi significative, par la violence que Char lui fait subir : violence érotique, agressive qui aboutit au meurtre, issue logique de la procédure d'écriture : « Le poète a tué son modèle. » On a l'impression que le poème alors est l'espace dans lequel Char peut effectivement s'approprier, avec tous les excès propres à la pratique surréaliste, le corps féminin qui n'a fait qu'apparaître un instant sur fond d'hippodrome. Il est moins étonnant qu'il pourrait paraître que Char ait gentiment remercié les deux jeunes femmes venues au rendez-vous fixé par la petite annonce réclamant « modèle pour poèmes » : « Le poème avait déjà, à lui seul, absorbé la saveur de cette réalité. » Au fond, le seul modèle *in praesentia* requis par l'érotisme n'est pas cette parodie de la peinture académique dont la petite annonce se fait l'écho, mais un modèle qui, au contraire, émerge dans et par la seule violence de l'écriture poétique : violence qui va jusqu'à retourner le nom de la femme – objet traditionnel de l'éloge amoureux – en un *mot* dérisoire, ironique, comique et irrespectueux : Artine. Si Françoise de M., comme modèle littéraire, emprunte à bien des égards à l'esthétisme proustien d'une image de la beauté simplement entrevue, le poème, lui, retourne toute tentation de sublimation sur le nom et la silhouette en un rituel érotique.

Éros alchimiste

À l'autre bout de ce qui apparaît bien être une cérémonie érotomane, l'écriture poétique de Char, son écriture de l'éros, est une manière aussi de tendre à la femme le miroir de son hermétisme : hermétisme de sa jouissance comme de ses apparitions, par la référence alchimique.

> Le phénix du sel s'est déployé sur elle
> Elle a joui[27].

Et jusque dans un poème plus tardif, publié dans *Le Visage nuptial*, dans la première partie de *Fureur et Mystère*, il écrit :

> Par une fine pluie d'amande,
> mêlée de liberté docile,
> ta gardienne alchimie s'est produite,
> ô Bien-aimée ![28]

La femme – même dans ce poème extrait d'un cycle amoureux –, demeure un être gardé, encadré par le processus alchimique dont elle semble être un des éléments rituels. Ce qui distingue alors la sublimation alchimique ou hermétique de la simple sublimation esthétique et imaginaire recoupe la distinction entre le dévoilement d'un pur phénomène régi par des lois échappant à toute vertu comme à toute idéalisation d'une perception intériorisée et consciente d'elle-même. Ce n'est plus seulement la jouissance féminine comme telle qui se révèle être le support crypté d'une alchimie, mais également l'éparpillement du sperme, transparaissant dans le fragment que nous avons mis en épigraphe à ce chapitre, ou bien dans le titre de ce poème : *L'épi de cristal égrène dans les herbes sa moisson transparente*[29].

Lola Abba apparaît, symétriquement à Artine, comme l'autre figure majeure de la femme alchimique. Elle ne se distingue pas seulement d'Artine par l'origine juive de son nom (Abba signifie « père » en hébreu), mais aussi par le fait que le poème est précédé d'une sorte d'épigraphe biographique qui est comme le point de départ du poème. Qui est Lola Abba ? Dans *Sous ma casquette amarante*, René Char indique que c'est le nom que portait l'une des tombes du carré des indigents de L'Isle-sur-Sorgue, celui d'une jeune fille de dix-sept ans, morte noyée. L'épigraphe du poème, avec davantage de laconisme, raconte comment, deux semaines après qu'il eut vu ce nom dans le cimetière, Char avait reçu la visite d'une jeune fille dans la propriété des Névons, lui demandant si sa mère avait besoin d'une bonne ; ne sachant que répondre, le jeune homme, lui proposa de revenir :

> *– Revenez ? – Impossible. – Alors veuillez laisser votre nom ? – Elle écrit quelque chose. – Adieu, mademoiselle. Le jeune corps s'engage dans l'allée du parc, disparaît derrière les arbres mouillés (il a fini de pleuvoir). Je me penche sur le nom : Lola Abba ! Je cours, j'appelle... Pourquoi personne, personne à présent ?*
>
> *J'ai gardé tes sombres habits, très pauvres. Voici ton poème*[30] :

L'anecdote en elle-même n'est pas sans faire songer à la figure de Nadja rencontrée par André Breton. Char n'écrit-il pas d'ailleurs, dans un texte paru dans *Le Surréalisme au service de la Révolution*, sous le titre *Le Jour et la Nuit de liberté*, à propos de Lola Abba et d'un de ses doubles, Gabrielle Grillini : « ... leur nom magique, jailli du creuset de Corneille Agrippa, atteste de l'*innombrable* et merveilleuse surréalité[31]. » Cependant, si la magie de la rencontre et du nom s'inscrit, en effet, dans le climat surréaliste, le poème lui-même interdit toute assimilation. Nadja incarne par bien des côtés le surréel, mais du fait de la structure même du récit et des défaillances du narrateur, elle se donne, malgré tout, sur le mode le plus naturaliste qui soit : pur symptôme de l'hystérie, directement conçu sur le modèle de Charcot. L'hermétisme et le mystère des quatre fragments du poème qui font suite à l'anecdote en épigraphe interdisent, à l'inverse, toute lecture de ce genre. Ces quatre fragments ressemblent à des formules alchimiques ; ainsi, le deuxième : « Le charbon n'est pas sorti de prison qu'on disperse ses cendres violettes » et le titre même *La Manne de Lola Abba* fonctionnent comme une énigme aux multiples entrées : le mot « manne » peut être un jeu de mots sur Mânes (le premier titre du poème était *Le Fantôme de Lola Abat*), comme une allusion à la manne de l'Exode juive, ou encore en référence à la manne alchimique, c'est-à-dire au principe mercuriel : restent ainsi nouées les unes aux autres les allusions au fantôme, à la cabale, à l'alchimie qui induisent l'idée d'un langage chiffré, et l'apparition de la jeune fille semble elle-même identifiée aux processus magiques des trois langages. Mais, pour entendre plus finement ce poème, il faut être aussi sensible au caractère approximatif de l'utilisation que Char fait de ces codes. En l'occurrence, rien de scolaire, et l'on ne peut se contenter d'une naïve érudition. Ainsi, le quatrième fragment : « Et si la cueillette des champignons, après la pluie, a quelque chose de macabre, ce n'est pas moi qui m'en plaindrai » : on peut, sans doute, y voir une simple allégorie du processus alchimique selon lequel la vie commence par la mort[32], mais l'étrange désinvolture des derniers mots (« ce n'est pas moi qui m'en plaindrai ») indique quelque chose de plus personnel ; la pluie dont il est question, avant de faire référence à la rosée alchimique, est tout d'abord une allusion à la pluie qui est tombée en présence de Lola Abba, lors de sa visite aux Névons, et à sa fuite, à sa disparition (« le jeune corps s'engage dans l'allée du parc, disparaît derrière les arbres mouillés [il a fini de pleuvoir] ») : la cueillette des champignons après la pluie désigne la recherche du corps disparu, caché et enfoui. Il en est de même pour le premier fragment : « Que je me peigne, dis-tu, comme passée à la terre la couronne d'amour » : on peut une nouvelle fois se contenter d'un décryptage purement alchimique et voir une allusion à la distillation, la couronne d'amour renvoyant à l'apparition du soufre philosophique[33] : cependant, les résultats d'une telle traduction sont minces et donnent l'impression d'un recopiage puéril et infidèle du *Grand Albert*. Il est peut-être plus fécond de relier ce verset au début de l'épigraphe :

> *Juillet. La nuit. Cette jeune fille morte noyée avait joué dans les herbes semblables, s'y était couchée, peut-être pour aimer...*

Lors de ses promenades précédant la rencontre, le poète a observé la tombe, le cimetière, l'herbe et il médite : la terre avant d'ensevelir le corps de Lola Abba a été sans doute le berceau de ses étreintes amoureuses. Une telle association entre la mort et le désir, la nuit et la terre apparaît d'ailleurs dans un poème de la même époque[34], et l'herbe, dans *Vivante demain* (dont le titre fait écho à Lola Abba), décrit de la même manière l'herbe et la terre comme espace de jouissance[35]. Ce premier fragment de *La Manne de Lola Abba* semble être une parole prononcée par la jeune fille à son amant, ou au poète, s'imaginant être son amant : « Que je me peigne, dis-tu, comme passée à la terre la couronne d'amour », parole liée à l'étreinte qui vient d'avoir lieu ou qui va avoir lieu : le coït est alors associé à un rituel de mort et de glorification de la terre, et la coiffure des cheveux comme ce qui ratifie le désir et accompagne son accomplissement. On pourrait lire ainsi les quatre fragments dans leur dimension érotique. Le troisième dit ceci : « Ceux qui ont vraiment le goût du néant brûlent leurs vêtements avant de mourir » : reprise tout d'abord du poème comme détachement du souvenir, indiqué dans l'épigraphe : « J'ai gardé tes sombres habits, très pauvres. Voici ton poème », mais aussi jouant sur la nudité, le désir et la mort, comme dans ce verset des Proverbes de l'Ancien Testament, tant commenté par la cabale, où il apparaît que le désir que la prostituée induit dans le cœur de l'homme va jusqu'à enflammer ses habits[36] : thème qui sera repris par Char dans *Devant soi* : « Une société bien vêtue a horreur de la flamme[37] ».

L'hermétisme du poème ne conduit pas à une fascination enfantine pour l'étrangeté du langage alchimique, il vise à envelopper chaque geste féminin dans une parole qui la dérobe à toute saisie, à toute captation masculine : la fuite de Lola Abba témoigne de la femme comme insaisissable, et son langage la rend impossédable. Cette perception de la femme comme principe hermétique que seul un langage crypté nous permet d'approcher traduit plus pleinement (plus brièvement aussi) que le récit d'André Breton la figure de la femme liée au surréel.

Éros Sadien

Sade est avec Lautréamont l'une des références majeures du surréalisme. Breton, dans le *Manifeste surréaliste*, Éluard, dans *Donner à voir*[38], et René Char lui-même, dans *Hommage à D.A.F. de Sade*, en 1931, les associent ; pour ce dernier, la fameuse phrase :

À signaler vers la fin du XVIIIe siècle (Sade) et vers la fin du XIXe siècle (Lautréamont) une courte apparition de la pierre philosophale[39].

Sade est alchimique. À vrai dire, il s'agit moins de rendre Sade alchimique que de rendre l'alchimie sadienne, ou mieux sadique, et de lui adjoindre cette dimension qui lui redonnera son orientation profanatrice première : rappelons-nous que Gilles de Rays – prédécesseur de Sade – était appelé l'« alchimiste noir » et que l'alchimie fait constamment appel au modèle sexuel pour décrire ses propres opérations : il s'agit de développer les puissances séminales de la matière, d'obtenir le coït des éléments, d'atteindre l'hermaphrodite. Dans ce rapprochement, on s'aperçoit aussi que la présence du langage alchimique vise à dévoiler ce que la sexualité peut avoir de souterrainement monstrueux : transmutation, calcination, carbonisation, macération, blanchissement, putréfaction, etc. Sadisme et alchimie se rejoignent en un point : la jouissance d'une toute-puissance, jouissance d'être maître, société secrète, clandestine, où les corps simples comme les corps complexes s'échangent et sont l'objet de métamorphoses pour lesquelles tout un code, un langage maniaque est constitué. Ainsi l'Historienne[40] du poème de Char est à la fois celle des *Cent Vingt Journées de Sodome*, mais aussi prêtresse alchimique, en cela plus inquiétante que Lola Abba. Elle est celle qui tout à la fois obtient l'or (« coule l'or à travers la corne »), mais aussi stérilise la semence (« crève la semence ») et, communiquant avec une infranature, maîtrise et contredit les processus vitaux.

Le sadisme subvertit le processus alchimique, comme en témoigne la dernière strophe du poème :

Dans un ciel d'indifférence
L'oiseau rouge des métaux
Vole soucieux d'embellir l'existence
La mémoire de l'amour regagne silencieusement sa place
Parmi les poussières.

L'« oiseau rouge des métaux » désigne dans le langage alchimique le phénix, c'est-à-dire la pierre au rouge ou pierre philosophale qui obtient la transmutation du plomb en or. Bien entendu, Char n'a ici nul souci strictement alchimique. L'expérience menée par l'Historienne n'a pas l'or pour but : elle a pour fonction d'obtenir un *ciel d'indifférence*, débarrassé du Créateur, et surtout que la « mémoire de l'amour » retrouve sa place parmi *les poussières*. L'alchimie sadienne, c'est précisément cela : exiler l'amour du ciel, pour le remodeler de ses poussières premières ; ce n'est d'ailleurs pas autre chose que nous dit Char, dans le titre du poème suivant : *Sade, l'amour enfin sauvé de la boue du ciel*[41]… Le mot *poussières* est au pluriel. Il ne renvoie pas à l'emploi religieux ; les poussières sont le résidu du processus alchimique et, tout comme les cendres, elles ont pouvoir de dynamiser la matière. Ne pas tuer l'amour donc, mais lui restituer son énergie matérielle, en la bannissant du Purgatoire chrétien : le ciel ; « l'amour enfin sauvé de la boue du ciel », formule par laquelle Char profane l'immatérialité de l'éther, et fait jouer l'identité asymétrique des contraires. Avec Sade, on retrouve peut-être aussi Rimbaud, qui écrit dans *Conte des Illuminations* : « Il prévoyait d'étonnantes révolutions en amour, et soupçonnait ses femmes de pouvoir mieux que cette complaisance agrémentée de ciel et de luxe[42]. »

Il faut ajouter ceci : comme Paul Veyne l'a fait remarquer très justement, Char est sadien, mais, il est aussi sadique[43] ; aussi Sade n'est-il pas seulement un modèle d'a-théologie, il est présent dans l'image même de la jouissance. Si, dans le poème *L'Historienne*, on assiste au supplice premier infligé à la nature, puis à la transmutation finale qui sauve le désir, au milieu des deux, il y a par fragments, la « jouissance grandiose » d'un supplice : celle d'un homme précipité dans la « chaux vive » et dont le spectacle confère à l'Historienne un « dos aux veines palpitantes » et des « lèvres de fleuve ».

La révélation sadienne ne se déploie pas toujours sur

le modèle initiatique de l'alchimie. Elle peut être tout a fait directe, comme dans ces vers du *Marteau sans maître*, supprimés dans l'édition de 1945 : « Apprends-moi à tuer, je t'apprendrai à jouir[44]. »

Avec Sade ou sans lui, il y a dans la poésie de Char la permanence de ce rapport cruel du poète face à son modèle, face à Artine, ou encore celui que Char décrit dans l'atelier de Giacometti :

> [Il]… me découvrit, à même le dallage de son atelier, la figure de Caroline, son modèle, le visage peint sur la toile de Caroline – après combien de coups de griffes, de blessures, d'hématomes ?[45]

Le sadisme de Char – et en cela véritable sadisme – ne se limite pas à l'idéologie sadienne qui a baigné l'époque surréaliste. Il transparaît dans de nombreux poèmes ultérieurs, et souvent au détour de ceux qui semblent être de purs poèmes d'amour. C'est le cas de *Lettera amorosa*[46], publié en 1962, qui ouvre le recueil *La Parole en archipel*, long poème déconcertant, lettre d'amour envoyée à une femme absente.

Cette lettre n'est pas la lettre d'un jour, mais elle s'étale sur un temps bien plus long auquel chaque saison semble prendre part, et où notamment le « gloria » de l'été érotique s'oppose à la solitude et à l'exil de l'hiver. L'éloignement semble être devenu la norme de la relation amoureuse, et ce qui est écrit ne parvient à l'autre qu'avec difficulté :

> Nos paroles sont lentes à nous parvenir, comme si elles contenaient, séparées, une sève suffisante pour rester closes tout un hiver.

La lettre noue des sentiments extrêmes et contradictoires dans la chronologie désordonnée d'une confidence amoureuse : « Laide saison où l'on croit regretter, où l'on projette, alors qu'on s'aveulit. » On retrouve l'*échange* (« Je ris merveilleusement avec toi. »), l'*inquiétude* (« Pourras-tu accepter contre toi un homme si haletant ? »), l'*intimité*, celle des traces de la jouissance (« J'entrouvre la porte de notre chambre. Y dorment nos jeux. Placés par ta main même. Blasons durcis, ce matin, comme du miel de cerisier »), balancement entre le maintien éperdu du désir et le doute.

Cependant la fin du poème est étrange. Tout d'abord, le poète ne s'adresse plus, semble-t-il, à la femme, mais parle à une fleur : l'iris, plante fluviale de la Sorgue ; puis, dans un supplément intitulé *Franc-Bord*, il nous propose une leçon de mots, dans laquelle il donne tous les sens possibles du mot « iris » : la divinité grecque de l'arc-en-ciel, le pseudonyme donné en poésie à la femme aimée, la planète, le papillon, la partie de l'œil, la plante, et il termine par : « … Iris plural, iris d'Éros, iris de *Lettera amorosa*. »

Au poème d'amour succède donc une liste de vocabulaire imitée du dictionnaire, comme si l'être aimé s'effaçait dans sa personne au profit d'un jeu sur la langue. On a l'impression qu'à une parole adressée à l'autre se substitue la dilution de cet autre dans la multiplicité anonyme d'un mot, iris ; iris dont il a fait l'éloge : « Merci d'être, sans jamais te casser, iris, ma fleur de gravité. »

Étrangement, Char semble avoir oublié cependant dans sa liste de vocabulaire finale un autre sens du mot « iris » ; le plus important peut-être en ce qu'il figure au cœur du poème lui-même, dans une sorte de pastiche de poème allégorique :

> *La flèche du soleil traversera ses lèvres,*
> *Le trèfle nu sur sa chair bouclera,*
> *Miniature semblable à l'iris, l'orchidée,*

Cadeau le plus ancien des prairies au plaisir
Que la cascade instille, que la bouche délivre.

L'iris, au détour d'une apposition, semble ici offrir un autre sens, et qui semble être son sens fondamental : métaphore du sexe féminin, c'est Iris crûment sexué de l'allégorie.

En fait, l'effacement de la femme derrière l'emblème anonyme de son sexe pour apparemment inattendu qu'il soit, est préparé dans le poème lui-même. Ainsi, il y a ce petit fragment qui suit de peu l'allégorie : « Mon éloge tournoie sur les boucles de ton front, comme un épervier à bec droit » : fragment qui laisse entendre ce que l'éloge peut contenir de violence et combien il peut se faire menace ; fragment qui en annonce aussi un autre :

> Ma convoitise comique, mon vœu glacé : saisir ta tête comme un rapace à flanc d'abîme. Je t'avais, maintes fois, tenue sous la pluie des falaises, comme un faucon encapuchonné.

L'éloge dévoile sa véritable intention : intention érotique et sadique. L'éloge ressemble à un viol, à un attentat, comme si le poème (l'éloge poétique) était le seul moyen de saisir la femme, de dénuder son corps et d'occulter son visage, pour mieux pouvoir, dans cet effacement, assurer la puissance de sa prise. On pense bien sûr à ce fragment de *Biens égaux* : « Te voici nue et entre toutes la meilleure seulement aujourd'hui où tu franchis la sortie d'un hymne raboteux[47]. » Dans *Lettera amorosa*, l'*éloge* était aveuglement du visage de la femme dans les serres d'un rapace ; ici, l'*hymne* raboteux apparaît comme la plus absolue dénudation de l'amante.

Pour Char, il ne s'agit pas ici de verser dans la *mise en abyme* de son poème ; il s'agit au contraire de dévoiler l'écriture dans toute sa violence. De même que l'adjectif *raboteux*, dans *Biens égaux*, signale cette écorchure que l'écriture inflige au corps féminin, de même *Lettera amorosa* dévoile cette écriture comme prise cruelle du corps de l'absente, de l'iris – son sexe – derrière laquelle son identité s'efface. Non seulement le poème est sadique, mais en supplément il est sadien : il confie à l'écriture une charge de jouissance qui va au-delà des possibles concrets du vécu.

En ce sens, la femme de *Lettera amorosa* rejoint *Artine* : la femme y est d'autant plus prise qu'elle est le *modèle* absent où le désir s'exerce dans des figurations perverses d'un corps enfin totalement disponible.

L'écriture alors se fait pratique érotique, seul espace où le désir semble pouvoir s'accomplir totalement, c'est-à-dire : *demeurer*. Il s'agit bien en « mettant à contribution les puissances magiques et subversives du désir » d'obtenir le retour de la femme « sous la forme d'une présence entièrement satisfaisante [48] ».

Telle est la nature de la *sublimation* alchimique, sadique, poétique.

2

L'écriture de l'extase

Il y a plus qu'un simple érotisme dans l'œuvre poétique de Char, il y a cette dimension que l'érotisme fait affleurer mais ne contrôle pas entièrement : le désir. L'érotisme signe la présence pulsionnelle des corps, le désir prolonge l'érotisme de questions. Georges Bataille, qui fut un ami de Char et qui a tant écrit sur l'érotisme, le définit comme l'expérience intérieure ultime au travers de laquelle il y a accès à l'inconnu, à la ruine, à l'excès ; si l'érotisme de Char possède certaines similitudes avec celui de Bataille, du fait notamment d'un même parrainage sadien, la *poésie* lui permet cependant de dépasser les flagellations morales, la simple audace ou l'exhibitionnisme de Bataille, bref, la *perversion* que Proust a su, avec tant de pertinence, démythifier au travers de la théâtralisation du cérémonial sadique, dans le magnifique commentaire qui fait suite à l'épisode de Montjouvain dans *Du côté de chez Swann*. Le poème ouvre à une autre interrogation érotique que celle du « journal intime », qu'au fond Bataille nous restitue, à peine transposé. S'il y a une sublimation érotique pour Bataille, elle ne semble se donner, par scrupule d'immoraliste sans doute, que sous la forme d'un dialogue avec le mal, et d'un pari, proche du *qui perd gagne*, dans les figures factices, et en cela parfois émouvantes, d'une déchéance comique : le *rire*, la douleur, la dérision, seuls recours à l'égard de ce qui n'a été que refoulé, mais non suspendu : la présence interrogatrice de l'Autre.

Le poème, à l'inverse du journal intime que dévident les *Œuvres complètes* de Bataille, ne répète pas indéfiniment l'obsessionnelle restitution du rite érotique ; il noue, non pas par-delà l'érotisme mais à partir de lui, la question du désir à l'énigme ontologique qu'elle recouvre et qu'elle exauce parallèlement, celle de la *présence* ; seule question par laquelle la discontinuité du désir lui-même, ses défaillances, qui désespèrent tant l'obsession purement cérébrale de Bataille, trouvent solution. Simultanément, c'est toute la question de la présence même qui, au travers du désir, se voit interprétée, et avec elle, celles que nous n'avons pas cessé de poser dans notre lecture de l'œuvre de Char, depuis le début de ce livre.

Le partage de midi

Le visage de la femme, dans *Lettera amorosa*, disparaît, comme on l'a vu, sous le désir d'en *encapuchonner* la face, seul moyen peut-être de revoir l'iris, la fleur sexuelle qu'on ne possède jamais totalement.

Pourtant, ce désir de l'effacement n'empêche pas la présence du dialogue, du tutoiement et de la reconnaissance. Que ce soit dans le cycle de poèmes *Le Visage nuptial*, écrit au printemps-été 1938, dont le titre souligne assez l'importance du visage regardé, ou dans d'autres poèmes, la relation des sexes est représentée comme ce qui noue le vide mâle à la lumière femelle, à la femme donatrice de lumière ; ainsi, le poète : « À l'amant il emprunte le vide, à la bien-aimée, la lumière[49]. » C'est au travers de cette image que, dans *Feuillets d'Hypnos*, dialoguent l'homme-prisonnier et l'ange féminin : cette lumière qui emplit soudain tout le cachot s'oppose à la « ruine[50] » de l'écuelle du Job-poète.

Nous sommes là devant des images relativement connues du désir. Il y a en fait dans cette symbolisation de la lumière et de la féminité quelque chose de plus énigmatique.

Ainsi, cette lumière solaire que projette le mysté-rieux *Métérore du 13 août* :

> À la seconde où tu m'apparus, mon cœur eut tout le ciel pour l'éclairer. Il fut midi à mon poème. Je sus que l'angoisse dormait[51].

Ce poème ne dit rien des deux partenaires qui ne figurent noués l'un à l'autre que dans le tutoiement ; l'anonymat qui conduit à une impersonnalité des amants désigne le laconisme comme une sorte de sup-port à cette extension de la relation amoureuse de sa dimension cosmique. La lumière est la bien-aimée, mais elle est aussi l'astre en quoi le poète la projette. On retrouve dans des poèmes comme *L'Inoffensif*[52], qui associe la disparition du soleil avec la décapitation de la femme aimée, ou *Victoire éclair*[53], qui au contraire salue le retour de la lumière, le redressement du soleil qui « reconstruit l'Amie », une procédure très proche. Quelque chose a lieu ou a eu lieu dont on ne sait rien, mais qui concerne le temps de la présence et sa lumière, dans ses éclipses, ses partages, comme ses conjonctions.

Le tutoiement, seule marque, dans le poème, de la présence du couple, du multiple deux, loin de conduire à l'intimité du dialogue, étend, au contraire, les corps dans leur extension maximale jusqu'à les faire coappar-tenir à l'espace. Sur un autre modèle, le poème *Évadné*[54], dont le titre fait précisément allusion à l'enfant « aux tresses violettes » qu'aime le dieu Soleil, chanté par Pindare[55], mène simultanément le tutoiement et l'impersonnalisation.

> L'été et notre vie étions d'un seul tenant
> La campagne mangeait la couleur de ta jupe odorante
> Avidité et contrainte s'étaient réconciliées
> [...]
> La violence des plantes nous faisait vaciller
> Un corbeau rameur sombre déviant de l'escadre
> Sur le muet silex de midi écartelé
> Accompagnait notre entente aux mouvements tendres
> [...]
> Notre rareté commençait un règne[56].

La nature déborde les deux corps entremêlés de sa violence. Le temps, parce qu'il est celui de l'espace terrestre et cosmique, ne réduit pas la présence des amants à la simple intériorisation intime de la rencontre ; il est une constellation vibrante, défaisant toute tentation d'intériorité sur l'extériorité attenante aux corps. La réconciliation des asymétries dépasse ainsi les limites de la subjectivité amoureuse qui oppose l'*avidité* et la *contrainte*, et elle suppose ainsi cet entrecroisement minéral, végétal, animal et humain. Ce temps désigne aux amants le pressentiment de leur puissance où la *rareté* inaugure une nouvelle dynastie érotique. Dans cette anticipation du règne, aucune parole n'est prononcée, pas même un murmure : seul témoin, le « muet silex » sur lequel *midi* s'écartèle. Un temps particulier, un temps *rare* se révèle. Temps du commencement, dit Char, issu de l'emportement de l'espace.

C'est précisément parce que la femme s'exauce dans un simple *tu* qu'aussi l'appropriation des corps par l'espace peut s'inverser en une appropriation de l'espace par le corps. Moment où le poète s'adresse à cette omniprésence cosmique pour la faire totalement terrestre :

Ève solaire, possible de chair et de poussière, je ne crois pas au dévoilement des autres, mais au tien seul[57].

Interpellation du cosmos qui trouve en quelque sorte son illustration dans ce fragment d'*Éros suspendu* :

La nuit avait couvert la moitié de son parcours. L'amas des cieux allait à cette seconde tenir en entier dans mon regard. Je te vis, la première et la seule, divine femelle dans les sphères bouleversées. Je déchirai ta robe d'infini, te ramenai nue sur mon sol. L'humus mobile de la terre fut partout[58].

Il ne s'agit pas ici d'une Ève solaire, mais d'une Ève nocturne, sœur jumelle de la première ; Char n'a pas pour ambition, comme Hölderlin, de rejoindre l'*éther*. Le poète, pleinement terrestre, ne s'ouvre au cosmos que pour le repétrir d'humus, pour l'attirer violemment, comme dans un rapt, sur *son* sol.

Et dans cette image même de l'éparpillement de la terre, on perçoit enfin que le cosmos ne relève pas d'une imagerie abstraite ou idéale du désir, mais, comme le poème *Pleinement* le dévoile, qu'il est la plus immédiate figuration de l'extase :

Quand nos os eurent touché terre,
Croulant à travers nos visages,
Mon amour, rien ne fut fini.
Un amour frais vint dans un cri
Nous ranimer et nous reprendre.
Et si la chaleur s'était tue,
La chose qui continuait,
Opposée à la vie mourante,
À l'infini s'élaborait.
[…]
L'herbe était nue et piétinée[59].

Saisir l'Ève solaire ou l'Ève nocturne, la dévoiler ou la ramener nue sur le sol prend avec *Pleinement* un sens et une dimension amoureuse et érotique : dans *Pleinement*, il s'agit bien d'assimiler la jouissance à une chute : « Quand nos os eurent touché terre […] Mon amour, rien ne fut fini. » Le temps de cette chute et de cette jouissance est bien particulier. Il y a d'abord le caractère infini et recommençant du plaisir : « […] rien ne fut fini/[…] La chose qui continuait/[…] À l'infini s'élaborait » ; mais il y a une autre particularité temporelle. La distorsion entre le temps extatique et circulaire de la jouissance et le temps orienté de la conscience n'apparaît qu'au dernier vers du poème, comme pour éclairer ce que cette chute peut avoir d'énigmatique à une première lecture : « L'herbe était nue et piétinée » : temps du constat, temps par lequel une parole prend soudain conscience que cette chute dans l'espace ne se révèle avoir été qu'une manière jusque-là inéprouvée et donc indicible de pénétrer et de fouler l'herbe et la terre : soit ce creusement que les deux corps, en extase, infligent au sol sur lequel ils roulent, dans le pêle-mêle des membres, des visages et des os. Tout le poème joue sur la jouissance comme illusion cosmique qui se révèle piétinement aveugle et violent du sol par les corps.

Après s'être emparé de l'Ève nocturne, avoir déchiré sa robe et l'avoir prise, le poète faisait le même constat final : « L'humus mobile de la terre fut partout » : trace terrestre d'une jouissance.

Le témoin du plaisir, c'est l'herbe, l'humus mobile, et si l'extase semble tantôt amener les amants en symbiose avec l'espace, tantôt les situer même au cœur de cet espace, ce n'est nullement dans un mouvement ou une tension vers un au-delà, mais au contraire pour mieux en manifester l'enracinement terrestre.

L'impératif de la présence

Tous ces derniers poèmes, depuis *Évadné* jusqu'au dernier cité, ne douent pas seulement le temps amoureux de présence, ils lui confèrent une omniprésence s'exauçant dans une dilatation extrême de l'instant ; instant infini et extensif qui semble balayer les repères de l'espace sensible : temps orgueilleux du règne ou temps violent de la possession. C'est précisément parce que ce temps est exceptionnel, exigeant que l'épreuve de la présence à laquelle il conduit est plus complexe ou plus décisive qu'elle n'y paraît.

Pour aller au-delà de la simple description de ce temps et envisager les dimensions exactes de son exigence, il convient peut-être de partir d'un petit fragment de *À la santé du serpent*, révélateur jusque dans son extrême laconisme :

> Ce qui t'accueille à travers le plaisir n'est que la gratitude mercenaire du souvenir. La présence que tu as choisie ne délivre pas d'adieu[60].

Comment comprendre cette interpellation de l'amante ? Elle est impérative ; mais en quel sens ?

Ce fragment tout d'abord définit le temps de l'extase, de la présence comme un temps *à part*, qui ne communique qu'avec lui-même, que rien ne vient relier à un autre temps, et surtout pas à celui, dédaigné, de la mémoire ; le souvenir du plaisir, qui illusoirement croit le prolonger, est prostitution du temps de la jouissance et de son présent : « gratitude mercenaire. » Il dit ensuite à la femme que la présence qu'elle a choisie, le mode de présence sur lequel elle s'est donnée « ne délivre pas d'adieu », c'est-à-dire est sans rétractation possible : cette présence ne peut être reprise ou raturée ;

« elle ne délivre pas d'adieu », ou encore elle ne contient rien en elle qui permette de s'en défausser, elle est sans issue, définitivement présence, présence irrécusable sous quelque forme qui l'amoindrisse, comme celle du souvenir, par exemple.

Le temps de la jouissance est un temps totalitaire, impérieux, pur de compromis. Ce temps est nommé par Char *présence*, et immédiatement est nommé son ennemi : le souvenir. Dès lors que l'on s'arrête un instant sur ce fragment de *À la santé du serpent* et qu'on en fait l'un des modèles poétiques qui commanderait tous les autres, les simples formules que l'on a décrites précédemment prennent peut-être un sens plus extrême ; ainsi, cette phrase du poème *Marthe* : « Vous êtes le présent qui s'accumule » ; comment la comprendre désormais ?

> Marthe que ces vieux murs ne peuvent pas s'approprier, fontaine où se mire ma monarchie solitaire, comment pourrais-je jamais vous oublier puisque je n'ai pas à me souvenir de vous : vous êtes le présent qui s'accumule. Nous nous unirons sans avoir à nous aborder, à nous prévoir comme deux pavots font en amour une anémone géante [61].

Dès la première phrase, toute illusion d'une rétention de la présence est repoussée : le lieu, ces « vieux murs » ne sont le gardien d'aucun passé. L'opposition de la présence et du souvenir, révélée dans le fragment de *À la santé du serpent*, est ici répétée d'une étrange manière : « Comment pourrais-je jamais vous oublier puisque je n'ai pas à me souvenir de vous : vous êtes le présent qui s'accumule », exacte traduction de l'interpellation à propos de la « gratitude mercenaire du souvenir » et de la formule « La présence que tu as choisie ne délivre pas d'adieu ».

Nulle concession à l'anecdote dans ce poème. On ne

sait ni qui est Marthe ni ce que sont ou ce qu'ont été ses relations avec le poète ; on suppose seulement qu'ils se sont aimés, et qu'ils sont désormais séparés. Au fond, cette discrétion tient à ce que le sujet du poème est la présence en elle-même.

On le disai déjà à propos d'*Évadné*, la commune présence des amants aux choses n'est pas intériorisation intime de la rencontre des corps ; dans *Marthe* comme dans *Évadné*, la présence qui a été, et qui est le sujet des poèmes, est *extase* : sortie hors de soi. Mais *Marthe*, pourtant, n'est pas un poème qui décrit cette extase, il tente d'en dire l'essence. Pour cela, il prend à témoin la femme absente ou éloignée et lui dit ce qu'elle est : « Comment pourrais-je vous oublier puisque je n'ai pas à me souvenir de vous : vous êtes le présent qui s'accumule. »

Intuitivement, on comprend ou on pressent au moins le sens de cette formule ; le sens est là, et pourtant il échappe un peu ; on y devine tout à la fois l'impératif extrême à côté de l'apparent éloge : on présage, dans l'opposition entre le souvenir et le non-oubli, un de ces dédales aphoristiques difficiles à traduire.

Commençons par l'étrange énoncé « Je n'ai pas à me souvenir de vous puisque… » : céder au souvenir est une manière d'appréhender le temps et l'autre ; le souvenir suppose toujours une perception intime du temps en une intériorité de plus en plus intérieure ; il suppose, de fait, l'autonomie de la personne, son indépendance subjective par rapport au temps de sa présence : cette dernière ne peut être alors revécue que sur le registre mélancolique de l'éloignement et de la décrue ; ce que le souvenir présuppose toujours au fond de lui et intimement, c'est la divergence inexorable qui s'est produite entre l'autre dans ce qu'il a été et dans ce qu'il est devenu ; la raison de cette divergence : l'écoulement du temps, ou plutôt une représentation du temps qui le figure sous l'image de son *écoulement*. *Marthe* nous ouvre à une tout autre perspective ; le poète dit, au contraire, « je n'ai pas à me souvenir *de vous* ». Le poète dit à la femme qu'au fond elle *n'existe pas* dans une historicité ou un devenir propres, qu'elle n'est que la présence extatique dans laquelle elle s'est offerte, et qu'elle continue d'être, bien qu'elle ne soit plus là. Pour le poète, entre le temps de l'extase qui les a unis en une même présence et l'aujourd'hui, le temps ne s'est pas écoulé, nulle durée ne s'est offerte pour la faire disparaître. Au travers du plaisir, elle a été faite *présent*, elle s'est faite présent, et telle la victime d'un sort, elle ne peut s'en délivrer ; plus encore même, ce présent que désormais elle est, « s'accumule » et croît. À la perception subjective ou intérieure du temps qui n'ouvre qu'au mode mineur du souvenir, le poème, lui, suppose une perception du temps comme *transcendance* : l'*extase*. Cette transcendance de l'extase est double : d'une part, elle transcende les personnes, qui désormais sont comme dépourvues de leur identité propre, inlassablement ramenées à une pure présence ; d'autre part, l'extase transcende aussi les catégories traditionnelles du temps. Le présent semble tout entier tourné vers son propre futur et ne semble pouvoir être entamé par aucun passé. On dira enfin que l'extase est transcendance temporelle, au sens où par elle le temps n'appartient plus à la personne, le temps n'est plus subjectif : il s'est donné tout entier comme présence, sans rature possible.

Il y a peut-être aussi ceci, dans le poème. En se refusant au souvenir, ou en n'éprouvant nul besoin de se laisser aller au souvenir, le poète interdit aussi à la figure féminine de pouvoir s'éloigner, de pouvoir échapper à ce qui a été sa présence ; car s'abandonner au souvenir, c'est d'une certaine manière donner, au travers de soi-même, la parole à la femme en ce qu'elle n'est plus, ou en ce qu'elle est devenue.

La femme est prisonnière de la présence qu'elle a été, et son identité semble être à ce point aliénée à cette présence que, bien qu'elle ne soit plus là, et que peut-être même elle l'ait oubliée ou reniée, celle-ci continue d'être et de croître. « Vous êtes le présent qui s'accumule » ressemble à l'« éloge » de *Lettera amorosa* ; éloge paradoxal, puisque tout en sublimant son objet il le nie. On comprend vite, en effet, que, contrairement à la poésie élégiaque, cette phrase et le poème ne signifient nullement que la femme, Marthe, serait devenue éternelle ; ce qui est *sublimé*, ce n'est pas elle, mais la présence par où précisément elle disparaît.

Cette capture est si absolue que, bien que les amants soient séparés, rien n'est fini : « Nous nous unirons sans avoir à nous aborder, à nous prévoir comme deux pavots font en amour une anémone géante. » La présence demeurée présence est aussi ouverture à la répétition pure d'elle-même, intérieurement nourrie par ce présent demeurant.

Pourtant, la seconde partie du poème semble contredire l'idée d'un emprisonnement ou d'une aliénation de la femme à ce moment de présence au travers duquel elle s'est offerte sans pouvoir le récuser. Au contraire, cette seconde partie dévoile ce que ce maintien du temps de l'extase contient aussi de liberté profonde.

> Je n'entrerai pas dans votre cœur pour limiter sa mémoire. Je ne retiendrai pas votre bouche pour l'empêcher de s'entrouvrir sur le bleu de l'air et la soif de partir. Je veux être pour vous la liberté et le vent de la vie qui passe le seuil de toujours avant que la nuit ne devienne introuvable.

Dans la négation des deux premières phrases, on retrouve ce refus des limites de la rétention. De même que le poète est sans besoin de se souvenir, de même il est sans besoin de posséder. De même, surtout, qu'il est sans désir d'intérioriser la femme comme personne, de même il ne désire pas affecter sa mémoire : « Je n'entrerai pas dans votre cœur pour limiter sa mémoire. »

Mais comment comprendre la dernière phrase qui semble obscure ?

Être « la liberté et le vent de la vie », c'est s'offrir comme oubli : comme oublieux et comme oublié. Mais cet *oubli* n'est pas un oubli banal, passif ou irréfléchi, il est un oubli qui ne s'oubliera pas : « Il passe le seuil de toujours » ; il est un oubli actif et vigilant. Il est l'oubli, gardien du présent, gardien de la nuit, gardien de l'extase ; il veille à ce que cette nuit ne se corrompe en souvenir, et dès lors, en effet, ne « devienne introuvable » ; irrépétable en son présent originel.

Ce qui est évidemment troublant dans ce poème, c'est que le niveau d'abstraction auquel les sentiments sont élevés soit tout à la fois creusé par la sensualité et qu'il définisse la vérité de l'extase comme *séparatrice*. La jouissance n'est pas ici désignée comme déploiement ou débordement amoureux en direction de l'Autre, mais au contraire comme repliement et concentration d'elle-même autour de la présence obtenue. Ce n'est pas que l'Autre soit objéifié comme dans le cérémonial érotique, ou bien nié comme dans le scénario pervers ; l'Autre au contraire est bien là, peut-être plus encore que dans n'importe quel échange ; mais de ce *là* où il s'est placé, précisément il ne sort pas : ce *là*, c'est sa présence, et sa présence est tout son être.

L'extase, ou cette poétique de la présence, renverse les valeurs propres du discours amoureux ; la véritable déchéance de l'autre consisterait à ce qu'il demeure comme souvenir, comme image libre ou flottante d'un « moi », petite image autonome sous laquelle peut-être l'habitude ou les réflexes culturels nous poussent à désirer être conservés pour autrui. Le présent qui s'accumule, et qui croît de lui-même au point de négliger tout recours au souvenir, est le contraire de cette déchéance psychologique. Le poète dévoile l'érotisme comme pure valeur, s'en fait le gardien en lui ôtant toute possibilité de se rétracter ; la jouissance ne peut délivrer d'adieu pour autant que les acteurs de l'extase n'en retiennent rien d'autre que ce qui les y expose encore : leur pure présence nue et offerte. Le poème alors semble bien être le lieu où la jouissance est expérience transcendante ; transcendance, parce que cette pure présence, c'est précisément ce qui manque à l'inconstante subjectivité humaine pour s'accomplir totalement, pour être souveraine. La subjectivité, le triste « moi » ne possède de ses expériences du temps que des déchets, des restes : le souvenir, mortificateur du présent, mémoire « plaie à vif où les faits passés refusent d'apparaître au présent[62] ».

On a parlé dans ces quelques pages de l'extase, de la jouissance, du plaisir ; il faut entendre évidemment ces mots dans leur sens le plus extrême ; c'est-à-dire, parallèlement à leur acception érotique, dans un désordre qui affecte tout l'être.

Ce qui rend possible d'une part cette tangibilité temporelle de l'extase et sa définition comme expérience transcendante de la présence, c'est bien sûr le poème ; c'est lui qui creuse la langue dans ses impasses comme dans ses étroites issues, pour parvenir à cet érotisme abstrait de la formule. On s'aperçoit alors que la plupart des poèmes d'amour sont construits à partir de ce travail amoureux du temps et de la langue, mais chaque fois la figuration même du temps nous mène à une nouvelle compréhension du rapport amoureux.

Le poème *Allégeance*, qui est aussi un poème de séparation, dévoile ainsi autre chose :

Dans les rues de la ville il y a mon amour. Peu importe où il va dans le temps divisé. Il n'est plus mon amour, chacun peut lui parler. Il ne se souvient plus ; qui au juste l'aima ?[63]

Ce poème sur la séparation inscrit un très étrange retournement à l'intérieur d'une apparence très simple et presque banale (simplicité des mots, phrases en alexandrins, brièveté des énoncés).

En vérité, il fait l'épreuve d'un paradoxe temporel de l'amour : « Peu importe où il va dans le temps divisé. » Que signifie cette phrase ? Pourquoi le « temps divisé » ? Le temps est divisé parce qu'*il y a* mon amour et qu'*il n'est plus* mon amour. Le temps divisé est, en effet, l'espace où il se tient ; aimé et n'aimant plus, il est et n'est plus simultanément « mon amour ». Ce qui est une vérité psychologique devient, dans le poème de Char, la saisie la plus pure d'un phénomène transcendantal de la temporalité : « Peu importe où il va dans le temps divisé. »

Cette division du temps est soutenue et alimentée par l'amnésie de la femme qui « ne se souvient plus » ; le « qui au juste l'aima », séparé par un point virgule là où l'on attendait une continuité, renchérit encore sur l'éclatement du temps et de sa perception.

Ce moment de séparation est aussi moment de présence extrême :

Il cherche son pareil dans le vœu des regards. L'espace qu'il parcourt est ma fidélité. Il dessine l'espoir et léger l'éconduit. Il est prépondérant sans qu'il y prenne part.

Je vis au fond de lui comme une épave heureuse. À son insu, ma solitude est son trésor. Dans le grand méridien où s'inscrit son essor, ma liberté le creuse.

L'être aimé est ailleurs, « dans les rues de la ville », et pourtant il continue à son insu de contenir celui qui l'aime encore ; comme le temps, l'être aimé est, malgré lui, divisé. À la fois lui-même, puisqu'il prétend désormais à sa propre histoire («chacun peut lui parler»), mais demeurant ce qu'il a été et qu'il continue d'être pour l'amant : «Mon amour». Tout le poème, jouant sur un renversement intérieur du point de vue, repose sur l'indécision sémantique de l'expression «mon amour». Dire «mon amour», c'est cette violence de langage au travers de laquelle l'autre s'accomplit comme mien ; il a beau dessiner son propre parcours, dessiner un itinéraire qu'il se croit propre, ce parcours et cet itinéraire ne construisent d'autre espace que celui de «ma fidélité». Si le poème rend cette fiction du temps et de l'imaginaire dicible, c'est du fait de l'«amphibologie» du mot «mon amour» : mon amour désigne, en effet, tout à la fois le sentiment amoureux (le fait que j'aime) et la personne qui est l'objet de ce sentiment amoureux (l'être aimé) : cette confusion en une seule expression de ces deux sens asymétriques explique d'ailleurs toute la violence que contient le fait de dire : «Mon amour» ; l'amphibologie fait presque de «mon amour» ce que l'on appelle en linguistique un *performatif*, c'est-à-dire un énoncé qui accomplit ce qu'il dit : dire à quelqu'un ou de quelqu'un qu'il est «mon amour», ce n'est pas seulement le désigner comme tel, c'est le *faire* tel. Lorsque le poète écrit : «Dans les rues de la ville il y a mon amour», il désigne tout à la fois l'être aimé sous le nom de son sentiment à lui, et il le fait être ce sentiment.

Le poème conduit même plus loin l'ambiguïté de l'appellation «mon amour» ; le lecteur aura peut-être remarqué qu'en désignant la femme ainsi le poète la nomme toujours au travers du pronom masculin «il» : «Il cherche…», «l'espace qu'il parcourt…» ; réciproquement, on s'aperçoit que les substantifs qui désignent l'amant sont, eux, au contraire, toujours au féminin : «ma fidélité», «une épave», «ma liberté», tandis que les substantifs qui désignent la femme sont au masculin : « son pareil », « l'espace », « l'espoir », « son trésor », etc. : ce renversement des identités sexuelles confère au poème une étrange ambiguïté ; elle inscrit dans la séparation des corps des deux amants le régime de l'échange, de la réciprocité, au travers desquels amant et être aimé semblent avoir perdu toute référence et toute autonomie : ils ont disparu et se sont effacés dans ce qui les constitue comme duels.

L'acte de parole par lequel l'amant continue de nommer celle qui l'a oublié, le « mon amour », apparaît comme ce qui anéantit l'autonomie des consciences, pourtant séparées ; mais il est aussi ce qui inscrit dans le temps objectif, ce temps linéaire et chronologique du « n'être plus » (« il n'est plus mon amour »), le couperet d'un présent transcendant, déconnecté du temps linéaire : « Il y a mon amour » ; le « il y a » et le « il n'est plus » se nouent comme le maintien d'une présence dans la séparation et d'une séparation dans la présence ; affrontement sans issue, car, en vérité, ces deux temporalités ne se heurtent jamais ; elles s'accompagnent passivement et pacifiquement.

La séparation est vécue par l'amant comme le comble heureux d'une toute-présence, quand bien même elle est ignorée par l'autre :

> Je vis au fond de lui comme une épave heureuse. À son insu ma solitude est son trésor.

L'amant, comme celui du poème *Marthe*, en vivant la séparation sur le mode de la présence, exauce son amour, non point au travers de l'image de l'autre (solution imaginaire, à la manière de la jalousie proustienne), mais dans l'abandon de soi au temps d'une présence qui ne veut ni ne peut fléchir. Dans la désignation de soi comme « épave heureuse », ou dans l'équivalence entre

« ma solitude » et « son trésor » : rien que l'abandon au retentissement de la formule « mon amour », qui résonne alors comme l'exigence d'en creuser ou d'en déployer la magie verbale et les sortilèges : « mon amour », mot médiumnique qui nomme étant ce qui n'est plus. C'est la spiritualité même de l'expression – au sens de *spirite* plus qu'au sens spirituel[64] – qui permet au poète d'habiter un temps divisé, d'habiter une douleur : de demeurer, dans cette maison ouverte et détruite : le Temps.

La relation amoureuse est tout entière confiée « aux jeux de cet enfant vivant près de nous avec ses trois mains, et qui se nomme le présent[65] ». Si la présence se déploie, dans le poème, sur fond de séparation et non sur le tissu de la relation amoureuse dans une actualité vécue, c'est que la présence ne peut être saisie dans sa valeur propre qu'à partir de cette magnifique déconstruction des images et de la représentation ; l'image ou la i représentation actuelles des choses, des êtres et de leur relation incline fatalement à la rétention empirique, et réduit la toute-puissance de l'instant à sa contingence fragile et éphémère, car ce qu'elles sauvent ou qu'elles capturent, ce n'est pas la présence elle-même dans son essence, mais ce qui la leste ou la brouille : le décalage fatal entre la perception subjective et la transcendance irrécusable du présent. C'est pourquoi Char, pas plus qu'il n'est proustien du fait de sa récusation de la mémoire, n'est gidien dans son amour du présent : le poème n'est pas un fragment de journal intime, il mène à une sublimation plus haute encore du temps. La poétique de la présence, dans l'œuvre de Char, est moins fétichisme du moment qu'*appropriation de l'absence*. Il s'agit, dans *Marthe*, dans *Allégeance* et ailleurs, « d'agrandir [la] Présence[66] », d'en creuser les possibles. Agrandir la présence, en creuser les possibles ne s'opère pas dans les limites de l'actualité d'un vécu. Le « il y a » qui offre au poème son horizon projectif ne se réfère à aucun événement, à aucune anecdote, et n'en nomme pas : le « il y a » n'est ni une personne ni un embryon d'intrigue, il est la *parole* du plus haut silence ; parole poétique qui d'elle-même, oublieuse des circonstances, de la mémoire, est cela par quoi le présent vient à la présence, s'approprie le temps, le manifeste en ce qu'il contient d'impensable et d'irre-présentable pour la subjectivité humaine : l'extase. Cette extase dont nous disions précédemment qu'il fallait l'entendre en son sens le plus extrême, c'est-à-dire, on le comprend maintenant, aussi en son sens le plus amoureux.

Tout pourrait peut-être se résumer en une formule : la séparation est paradoxalement l'espace où la présence du présent peut retentir comme synthèse absolue d'une souveraineté, qui, hors du temps de l'extase, nous manque. L'extase se révèle alors aussi comme extase poétique si, comme Char l'a écrit.

> Le dessein de la poésie étant de nous rendre souverain en nous impersonnalisant, nous touchons, grâce au poème, à la plénitude de ce qui n'était qu'esquissé ou déformé par les vantardises de l'individu[67].

C'est ce manque, ce défaut ontologique de la subjec-tivité et cette alliance nécessaire de l'absence et de la présence, de la présence et de la séparation qui nous constituent alors profondément comme *sujets hermé-tiques*. Sujets hermétiques au sens où la signification de notre présence n'est pas détenue par notre subjectivité, qu'elle est, au contraire, en écart à cette subjectivité par essence défaillante faute d'assiduité à soi-même, et sur-tout faute de pouvoir contenir et déchiffrer le temps extatique qui nous a faits pour un temps souverains.

« Noli me tangere »

Le poème, on l'a vu, est le médium au travers duquel la sublimation du présent comme extase ouvre à une appropriation de l'absence. Une telle définition est peut-être la plus à même de nous faire comprendre l'attention extrême, totale, fusionnelle de Char pour la peinture ; art où séparation, absence, présence et extase de la lumière nous ouvrent à une compréhension parallèle de l'Être.

Tous les commentateurs de René Char ont souligné l'importance sans cesse croissante du dialogue entamé dès avant la guerre avec les peintres ; ceux qu'il appelle, dans *Recherche de la base et du sommet*, les *Alliés substantiels*. Dès 1930, *Artine* est publié avec une gravure de Salvador Dali ; en 1934, Kandinsky offre une eau-forte pour la première édition du *Marteau sans maître* : il y aura ainsi Picasso, Miró, Braque, Nicolas de Staël. Char lui-même peindra pierres, écorces d'arbres, morceaux de cartons qui illustrent *La Nuit talismanique*. Relations circulaires, multiples : le poème est conservé, gardé par le regard : couleurs, stries, formes, taches, éclats ; il exige plus qu'une lecture, qu'un langage ou qu'une compréhension, il exige l'œil. Tout au long de ce livre, on a pu ressentir ce qu'il y avait de gageure de parler de la poésie de Char, tout comme lui-même d'ailleurs exprime auprès de Georges Braque les difficultés qu'il a ressenties à commenter ses tableaux :

> *J'exprime mon regret de vous avoir, sans doute, mal ou extravagamment plagié. Votre œuvre étant un tout nommé et accompli, ce qui convient devant elle c'est le silence de la jubilation intérieure que les yeux imperceptiblement accusent*[68].

L'analogie entre la peinture et le poème est, on le sait, vigoureusement combattue par la sémiologie, pour qui la successivité des signes de la langue discorderait avec le caractère simultané des signes picturaux. Mais le poème déjoue cette successivité de la langue, il n'est pas ligne droite ; sa langue n'est pas horizontale, mais détournement et dislocation ; à ce point se trouvent toutes les équivalences possibles entre le poète et le peintre :

> Tous deux taillent leur énigme à l'éclair d'y toucher. En cet air, l'espace s'illumine et le sol s'obscurcit[69].

Cette simultanéité à laquelle la langue du poème prétend s'appuie sur des ressorts inverses à ceux de la peinture ; non point dans l'étendue qui rassemble, mais dans le laconisme qui démultiplie :

> L'orage a deux maisons. L'une occupe une brève place sur l'horizon ; l'autre, tout un homme suffit à peine à la contenir[70].

Le visible naît, dans l'œuvre de Char, de la concentration extrême ; d'où cet hermétisme, mais qui, comme chez Balthus, est un « hermétisme fertile [qui] se tient dans le tissu de la source et peu dans ses volutes[71] ».

Mais il y a autre chose dans l'alliance de la poésie et de la peinture ; précisément ce par quoi nous commencions : une méditation sur la présence. En analysant le poème *Artine* au travers du concept de modèle en peinture et en littérature, nous ne faisions alors timidement, qu'introduire cette question. L'éclairage le plus accompli vient d'un des plus beaux et des plus mystérieux poème de Char, *Madeleine à la veilleuse*, qui porte en sous-titre : *par Georges de La Tour*.

Je voudrais aujourd'hui que l'herbe fût blanche pour fouler l'évidence de vous voir souffrir : je ne regarderais pas sous votre main si jeune la forme dure, sans crépi de la mort. Un jour discrétionnaire, d'autres pourtant moins avides que moi, retireront votre chemise de toile, occuperont votre alcôve. Mais ils oublieront en partant de noyer la veilleuse et un peu d'huile se répandra par le poignard de la flamme sur l'impossible solution[72].

Le tableau de La Tour est connu ; il s'agit de celui du musée du Louvre, le plus beau sans doute de la série des *Madeleine* que le peintre a composée. Madeleine est assise près d'une table sur laquelle reposent livres, crucifix, corde de pénitence, et une lampe à huile, dont le verre et l'huile grossissent la mèche de la veilleuse jusqu'à la faire paraître aussi épaisse que la corde de discipline elle-même. On ne voit que la face droite du visage de la femme penché vers le fond du tableau, tandis que la tête de mort qu'elle porte sur ses genoux est tournée vers nous : la paume de sa main gauche soutient son menton, tandis que la droite repose sur le crâne, emblème de la mort et du renoncement au monde ; les épaules de Madeleine sont dénudées, ainsi qu'une partie de ses jambes que la jupe rouge ne recouvre que jusqu'au-dessus des genoux : la lumière de la veilleuse illumine une partie du bras et du poignet gauche, ainsi qu'une partie du visage, les genoux, la poitrine et le ventre. Peut-être faut-il remarquer ici que la Madeleine de La Tour est dans une position parfaitement symétrique à l'Ève d'Autun, cette dernière soutenant son menton de la main droite et reposant sa main gauche sur la pomme, fascination de Char pour une même figure, ou bien association de ces contraires que sont, d'un côté, l'objet du désir (la pomme) et, de l'autre, le symbole du renoncement (la tête de mort)[73] ?

On est toujours en droit de s'interroger sur le lieu

exact d'où il faut contempler un tableau. Certaines anamorphoses – celle, fameuse des *Ambassadeurs* de Holbein, par exemple – nous assignent une place, de laquelle, derrière l'os de seiche opaque, surgira la tête de mort signifiant que l'image que nous croyions tenir en face à face ne reflète que la vanité de notre assise. Face à *Madeleine*, sous les doigts de laquelle repose le crâne, le poète regrette que l'herbe ne soit pas recouverte de givre ou de neige, afin d'y faire trace de son recul à voir : « Je voudrais aujourd'hui que l'herbe fût blanche pour fouler l'évidence de vous voir souffrir : je ne regarderais pas sous votre main si jeune la forme dure, sans crépi de la mort » : ce *crépi* dont Ézéchiel fait le symbole de l'illusion et de la dissimulation. Le « Je voudrais aujourd'hui que l'herbe fût blanche » peut s'entendre comme le vœu d'avoir une page vierge pour réécrire l'histoire de Madeleine et l'extraire de sa souffrance. Le tableau ne s'offre pas au regard sur le mur d'un musée, il est, comme ceux de Van Gogh ou de Braque que l'on a déjà mentionnés, accroché dans l'espace immédiat du poète, et il s'inscrit de plus dans son temps propre, dans son *aujourd'hui*. C'est à partir de là que le dialogue du poète avec Madeleine peut commencer, ou du moins que débute la profération du poète. La femme de la toile n'est pas une représentation, elle est là ; si présente d'ailleurs qu'elle peut être saisie, qu'elle pourra l'être par d'autres, par ces « moins avides », par ceux qui « occuperont l'alcôve ». Est-ce une alcôve, où Madeleine se tient ? Non, elle est, dans le tableau de La Tour, assise sur une chaise, devant une table. Char parle en fait à une femme, une femme absente, une femme qu'il connaît, qu'il aime et qui n'est plus là. Si le poète se tient devant un tableau, un tableau dans sa toute présence, c'est pour dialoguer avec une femme réelle qui n'est plus devant lui. Le tableau, parce que, par essence, il donne à voir présent ce qui est absent, est ainsi en quelque sorte le support mental, le médium au travers duquel il peut s'adresser à la femme éloignée : plus qu'une représentation, le tableau est le simulacre (au sens positif du terme) et le modèle sur lequel la présence de l'absence est pensable. Mais pourquoi ce tableau précisément ? En quoi le tableau de La Tour est-il le bon modèle d'où l'appropriation de l'absence est possible ? N'importe quel tableau où figurerait une femme ne remplit-il pas cette condition ?

Pour répondre, il faut s'interroger sur le sujet même de la toile de La Tour. C'est un tableau qui figure le renoncement d'une femme prostituée au monde, tableau de la conversion. Il demeure encore, dans les jambes dénudées et les épaules découvertes de Madeleine (tout comme dans le collier de perles de l'autre Madeleine peinte par La Tour qui se trouve à New York), les signes de cette sensualité fervente dont elle a entouré le Christ, et qu'elle va abandonner pour lui.

L'absence de la femme à laquelle le poète s'adresse est donc creusée et redoublée par le sujet même du tableau qui dit le renoncement à l'amour. Mais il y a davantage.

Le poète, on l'a dit, préférerait fouler l'évidence plutôt que de contempler cette souffrance présente dans le tableau au travers du visage résigné et abandonné de Madeleine, et du crâne sur lequel sa main alanguie repose. Madeleine, c'est celle à qui le Christ, dont elle avait oint et baisé avec tant de ferveur les pieds, a dit : « *Noli me tangere* », ne me touche pas. Or, le poète est dans une situation inversée et symétrique devant la femme à laquelle il s'adresse. Non seulement il voudrait renoncer à voir mais, plus important, il renonce à *toucher* : « Un jour discrétionnaire, d'autres pourtant moins avides que moi, retireront votre chemise de toile, occuperont votre alcôve » : le poète n'est pas de ceux-là, malgré son désir. Madeleine est celle qui tout à la fois

Georges de La Tour, La Madeleine à la veilleuse.
Musée du Louvre.
© Réunion des Musées nationaux, Gérard Blot.

« Je ne regarderais pas sous votre main si jeune la
forme dure, sans crépi de la mort. »
Madeleine à la veilleuse.

s'est trouvée dans la plus sensuelle proximité du Christ et qui, s'approchant de trop près de son corps, après la Passion, est tout d'un coup éloignée de celui qu'elle aime par l'impératif de distance. On dirait que le poète est à son tour l'objet d'un même *Noli me tangere* : soit adressé par la femme, soit que le poète se soit interdit à lui-même ce contact qu'il désire. Là encore, aucune anecdote ne nous vient en aide pour comprendre ce qui a eu lieu. Un autre poème peut cependant nous aider : *La Passe de Lyon*. Il raconte l'entrevue sensuelle du poète avec une femme que le mot *Passe* du titre permet d'identifier à une prostituée. Il se situe vraisemblablement pendant la guerre, bien qu'il soit publié dans *Poèmes des deux années*, recueil appartenant à la *La Parole en archipel*, paru en 1962. Citons-en la fin, pour comprendre le rapprochement :

> Avec mes songes, avec ma guerre, avec mon baiser, sous le mûrier ressuscité, dans le répit des filatures, je m'efforcerai d'isoler votre conquête d'un savoir antérieur, autre que le mien. Que l'avenir vous entraîne avec des convoiteurs différents, j'y céderai, mais pour le seul chef-d'œuvre !
> Flamme à l'excès de son destin, qui tantôt m'amoindrit et tantôt me complète, vous émergez à l'instant près de moi, dauphine, salamandre, et je ne vous suis rien [74].

Comme Madeleine, la femme est une prostituée ; cela d'ailleurs semble être confirmé par cette petite phrase : « Je m'efforcerai d'isoler votre conquête d'un savoir antérieur, autre que le mien » ; comme Madeleine, la femme de Lyon est associée à la résurrection (« sous le mûrier ressuscité »), comme la femme de *Madeleine à la veilleuse*, elle est le futur objet de « convoiteurs différents ».

Dans ce poème, il est aussi question d'une « flamme à l'excès de son destin » qui évoque la femme, mais qui est aussi analogique avec la « veilleuse » de Madeleine. Si le poète dit « n'être rien » face à la femme de rencontre parce qu'elle est « flamme à l'excès de son destin », il est dans le même effacement de soi face à la femme à laquelle il parle dans *Madeleine à la veilleuse*. On comprend peut-être mieux alors la fin de ce poème. Les autres « caresseurs », les « brutaux », en occupant l'« alcôve », ne sauront précisément comprendre la plénitude de la flamme, son équilibre obtenu, comme son excès, et « un peu d'huile se répandra par le poignard de la flamme sur l'impossible solution » : ils n'auront pas su préserver l'éternel maintien de la présence – symbolisé par la veilleuse –, par cette distance de soi, par ce retrait réciproque, par ce savoir qu'ils ne sont rien. L'« impossible solution », c'est précisément cet impossible maintien de la présence que le vis-à-vis accorde, mais que d'autres viendront briser ; c'est ce que l'on a appelé ailleurs la solution *tragique*, c'est-à-dire ce profond savoir que la possession est impossible, que la séparation est l'espace glorieux où le désir est si excessif qu'il se détache de ce dont il est épris, comme cette flamme, la flamme hermétique de la bûche, le plus « énigmatique des cadeaux » : « Une riante flamme levée, éprise de sa souche au point de s'en séparer. » Cette phrase, que nous avons déjà citée dans notre chapitre sur l'hermétisme, est sans doute celle qui convient le mieux pour comprendre cette « impossible solution » dont il est question dans *Madeleine à la veilleuse*, ou le « je ne vous suis rien » à la femme dauphine ou salamandre, évoqué dans *La Passe de Lyon*. Elle est la formule par laquelle on entrevoit le sens du *Noli me tangere* qui laisse le poète face à Madeleine, quoique plus avide que quiconque, interdit devant celle qu'il désire, et qui, parce qu'il la désire, est absente et toute présente, comme un tableau.

Les autres convoiteurs, comme Char le dit, sont « moins avides que lui » ; c'est précisément parce que leur désir est si faible qu'il est trivial, et qu'ils se précipitent, occupent l'alcôve, retirent la chemise de *toile*, brisent le tableau; le mot toile identifiant alors totalement la femme au tableau. Leur désir n'est pas le désir tragique, celui qui par son acceptation devient connaissance hermétique de l'Autre : seule voie d'un désir demeuré désir.

Hermétisme du «poignard de la flamme» auquel s'oppose le «*jour* discrétionnaire» des convoiteurs. Le poème *Madeleine à la veilleuse* interroge à nouveau ces contraires, et l'opposition à l'intérieur de laquelle il crypte son poème nous fait songer que La Tour était aussi le modèle au travers duquel il avait pu formuler le sens de son combat de résistant :

> L'unique condition pour ne pas battre en interminable retraite était d'entrer dans le cercle de la bougie, de s'y tenir, en ne cédant pas à la tentation de remplacer les ténèbres par le jour et leur éclair nourri par un terme inconstant[75].

Le «jour discrétionnaire», c'est celui qui n'ouvre qu'à la présence inconstante de l'autre, à la possession exotérique et insuffisante des choses.

Le désir prend sa véritable dimension en se faisant connaissance hermétique : saisie de lui-même dans ce qu'il contient d'occulte et de séparé. Cette dimension révélée à l'homme par la femme dans *Madeleine* sera l'occasion d'un échec, dans ce ballet *La Conjuration*, que nous avons cité plusieurs fois : l'homme-miroir rencontre la jeune fille hermétique, celle qui danse «*la danse de l'aimant qui se prive volontairement de son objet*[76]»; il s'approche d'elle qui est indifférente; comme Madeleine entourée d'objets au sens ésotérique (la corde, le crucifix, les livres), elle est «entièrement chiffrée» et poursuit sa «danse hermétique» :

l'homme prince des nœuds croit au trait d'union, il meurt.

Mais le désir prend également une autre dimension : l'éthique de la présence s'y révèle éthique du désir. On avait pu constater, à la fin de notre dernier chapitre sur la Création, qu'avec la réfutation poétique de ce modèle, c'était aussi de la pro-création que le désir humain devait lui-même s'abstenir pour s'atteindre lui-même comme « amour réalisé du désir demeuré désir[77] » ; on a vu également que l'érotisme du poème s'exauçait dans une sublimation du présent sans retrait.

Le poème *Madeleine à la veilleuse* confirme tout cela, mais dit autre chose. D'une part, il dévoile cette dimension hermétique du désir : cela ne signifie pas simplement que le désir serait quelque chose de mystérieux, mais qu'il est la voie par laquelle dépasser la subjectivité captatrice, possédante de ses objets, c'est-à-dire cette posture par où l'homme se met en scène comme sujet conquérant et insuffisant, éternellement frustré pour avoir du même coup objéifié le monde. Le désir, tel que Char le définit, est la pure ouverture à la présence du *il y a* ; impersonnalisation qui conquiert aussi la présence au sein de l'absence elle-même. Le poème donne, d'autre part, à cette disposition hermétique la structure ontologique de sa symbolisation poétique, celle du tableau, de l'œuvre d'art, modèle même d'une extase sans retrait. Enfin, il tente de dire en quoi le désir peut être aussi formule véridique de la présence : face à la femme – qui serait alors l'être susceptible de ce dialogue –, l'homme y cesse de se placer dans l'évidence banale de la représentation. Dans la représentation, l'homme ne diffère en rien de celui qu'il est lorsqu'il se fait technicien face à la terre, calculateur face à la vérité, c'est-à-dire, comme on l'a vu, exterminateur de celle-ci. Dans *Madeleine à la veilleuse*, ce n'est plus l'homme comme sujet qui regarderait un objet, c'est au contraire lui qui est regardé, déployé et ouvert par l'absence qui constitue la visibilité même du tableau : ouvert à cette absence dont il est l'hôte ; tableau qui n'est plus un bien culturel ou esthétique, mais qui apparaît comme la trame où tout rapport à autrui comme au monde désormais se tisse.

Le poème *Madeleine à la veilleuse* commence par cette phrase étrange : « Je voudrais que l'herbe fût blanche pour fouler l'évidence de vous voir souffrir. » On a déjà commenté cette phrase ; mais elle offre d'autres possibilités de signification. On ne l'élucidera qu'en la rapprochant de ce fragment consacré à Van Gogh :

> Sur la colline du gypse gris nous accrocherons les tableaux de ce gueux de siècle, ventre et jambes arrachés. La nuit dernière encore, nous ne mentions pas à l'herbe ivoirine qui se givrait[78].

À côté du tableau qui ouvre à la présence, il y a l'herbe ; l'« herbe blanche » pour La Tour, l'« herbe ivoirine » pour Van Gogh, la « chimère de l'herbe », comme il la nomme dans *Feuillets d'Hypnos* : « Sa beauté frêle et dépourvue de venin, je ne me lasse pas de la réciter » ; la terre vivante. L'« herbe blanche » est aussi un double du tableau, dont on foule l'évidence, à qui on ne ment pas. Le désir, cette extase par où la présence et l'absence sont augmentées l'une par l'autre, ne concerne pas seulement l'amour ; tout comme le tableau n'est pas seulement un produit culturel mais appartient également à la terre, le poème cesse d'être limité par une juridiction des discours, et se dévoile comme possibilité d'une vérité pour l'être.

La terre, l'œuvre, la femme ne se maintiennent comme chance pour notre présence d'être au moins par intermittence souveraine, pour autant qu'ils échappent au destin auquel nos limites subjectives les assignent ; peut-être sont-ils alors chance d'extase.

Parce que l'œuvre de Char est poème de ce désir, son propos sur la présence ne se réduit jamais à une discoureuse méditation : la présence n'est pas pour lui l'écoulement passif de l'être, et l'absence, angoisse devant ce qui dans le langage manquerait pour nommer les choses. C'est cette inscription du désir qui fait que le poème dévoile un sens qui n'était pas auparavant et qui n'adviendra plus jamais ensuite : dire unique.

Ce désir dont Char nous offre hermétiquement la formule : « L'éclair me dure[79]. »

Notes

1. Rainer Maria Rilke, *Correspondance*, Seuil, p. 518-519.
2. *Moulin premier*, fragment XLIV, in *Le Marteau sans maître*, p. 73.
3. *Vérité continue*, in *Arsenal, Le Marteau sans maître*, p. 7.
4. *Leçon sévère, ibid.*, p. 11.
5. *La Rose violente, ibid.*, p. 12.
6. *Moulin premier*, fragment LIII, in *Le Marteau sans maître*, p. 75-76.
7. *Ibid.*, fragment XXVII, p. 68-69.
8. *Allée du confident*, II, in *Placard pour un chemin des écoliers*, p. 92.
9. *L'Essentiel intelligible*, in *Dehors la nuit est gouvernée*, p. 110.
10. *Quatre âges*, III, *Placard pour un chemin des écoliers*, p. 94.
11. *La Rose violente, op. cit.*, p. 12.
12. *Poème*, in *L'action de la justice est éteinte*, p. 23.
13. *Ibid.*
14. *Crésus*, in *Poèmes militants, Le Marteau sans maître*, p. 44.
15. *Sous ma casquette amarante*, p. 831.
16. « Char, jugeant que la poésie d'Éluard était trop élégiaque, lui avait dit, amicalement, qu'il était le Lamartine du surréalisme, et même un Lamartine sans lame. » Propos recueillis par J.-C. Mathieu, in *La Poésie de René Char*, I, *op. cit.*, p. 139.
17. Voir la note in *Œuvres complètes*, p. 1234.
18. *Ibid.*, p. 1235.
19. *Sous ma casquette amarante*, p. 834.
20. *Ibid.*, p. 833.
21. *Une Italienne de Corot et Courbet : Les Casseurs de cailloux*, p. 112-113.
22. Voir note in *Œuvres complètes*, p. 1235.
23. *Artine*, p. 19.
24. *Ibid.*, p. 17.
25. *Ibid.*, p. 18. Maurice Heine utilisera ce fragment en épigraphe à son artice « De Justine à la nouvelle Justine », in *Le Marquis de Sade*, Gallimard, p. 85.
26. *Artine*, p. 18.
27. *Dent prompte*, in *Dehors la nuit est gouvernée*, p. 118.
28. *Conduite*, in *Seuls demeurent, Fureur et Mystère*, p. 149.

29. *L'épi de cristal égrène dans les herbes sa moisson transparente*, *ibid.*, p. 141.

30. *La Manne de Lola Abba*, *Le Marteau sans maître*, p. 25.

31. *Le Jour et la nuit de liberté*, in *Le Surréalisme au service de la Révolution*, n° 1, juillet 1930.

32. Voir J.-C. Mathieu, *La Poésie de René Char*, *op. cit.*, p. 191.

33. *Ibid.*, p. 190.

34. *Le Climat de chasse ou l'Accomplissement de la poésie*, *Le Marteau sans maître*, p. 28.

35. *Vivante demain*, in *Poèmes militants*, *Le Marteau sans maître*, p. 36.

36. *Proverbes*, VI, 27-28 : « Quelqu'un mettra-t-il du feu dans son sein, sans que ses vêtements s'enflamment ? »

37. *Devant soi*, *Le Marteau sans maître*, p. 57.

38. Paul Éluard, *Donner à voir*, Gallimard, p. 84.

39. *Hommage à D.A.F. de Sade*, cité en note in *Œuvres complètes*, p. 1239.

40. *L'Historienne*, in *Poèmes militants*, *Le Marteau sans maître*, p. 39.

41. *Sade, l'amour enfin sauvé de la boue du ciel, cet héritage suffira aux hommes contre la famine*, *ibid.*, p. 40.

42. *Conte*, in *Les Illuminations*, *op. cit.*, p. 170.

43. Paul Veyne, « Char et Sade », *NRF*, mars 1984.

44. *Le Marteau sans maître*, 1934, Librairie José Corti, p. 63.

45. *Célébrer Giacometti*, in *Retour amont*, *Le Nu perdu*, p. 431.

46. *Lettera amorosa*, in *La Parole en archipel*, p. 344.

47. *Biens égaux*, in *Le Poème pulvérisé*, *Fureur et Mystère*, p. 251.

48. *Partage formel*, fragment I, in *Seuls demeurent*, *Fureur et Mystère*, p. 155.

49. *Ibid.*, fragment XLV, p. 166.

50. *Feuillets d'Hypnos*, fragment 178, in *Fureur et Mystère*, p. 218.

51. *Le Météore du 13 août*, in *Le Poème pulvérisé*, *Fureur et Mystère*, p. 268.

52. *L'Inoffensif*, in *Poèmes des deux années*, *La Parole en archipel*, p. 362.

53. *Victoire éclair*, *ibid.*, p. 372.

54. *Évadné*, *Seuls demeurent*, *Fureur et Mystère*, p. 153.

55. Pindare, *Sixièmes Olympiques*, vers 48-58, cité par J.-Y. Debreuille, in *Sud*, p. 65.

56. *Évadné*, *op. cit.*

57. *L'Avenir non prédit*, *La Parole en archipel*, p. 403.

58. *Éros suspendu*, *ibid.*, p. 403.

59. *Pleinement*, in *Joue et dors*, *Les Matinaux*, p. 324-325.

60. *À la santé du serpent*, fragment XIX, *Fureur et Mystère*, p. 265.

61. *Marthe*, in *Le Poème pulvérisé*, *Fureur et Mystère*, p. 260.

62. *Cruels assortiments*, in *Chants de la Balandrane*, p. 541.

63. *Allégeance*, in *La Fontaine narrative*, *Fureur et Mystère*, p. 278.

64. *J'habite une douleur*, in *Le Poème pulvérisé*, *Fureur et Mystère*, p. 253-254.

65. *Trois respirations*, *Recherche de la base et du sommet*, p. 652.

66. *Calendrier*, in *Seuls demeurent*, *Fureur et Mystère*, p. 133.

67. *Le Rempart de brindilles*, *La Parole en archipel*, p. 359.

68. *En vue de Georges Braque*, *Recherche de la base et du sommet*, p. 676.

69. *Victor Brauner*, *ibid.*, p. 683.

70. *En vue de Georges Braque*, *op. cit.*, note 68, p. 681.

71. *Le Dard dans la fleur*, *ibid.*, p. 681.

72. *Madeleine à la veilleuse par Georges de La Tour*, in *La Fontaine narrative*, *Fureur et Mystère*, p. 276.

73. L'association entre la tête de mort et la pomme est d'ailleurs faite dans un curieux poème de Char qui est en épigraphe à *Newton cassa la mise en scène*, p. 544.

74. *La Passe de Lyon*, *La Parole en archipel*, p. 366.

75. *Sur un même axe*, in *Dans la pluie Giboyeuse*, *Le Nu perdu*, p. 455.

76. *La Conjuration*, p. 1090.

77. *Partage formel*, fragment XXX, in *Seuls demeurent*, *Fureur et Mystère*, p. 162.

78. *Pacage de la Genestière*, *Chants de la Balandrane*, p. 533.

79. *La bibliothèque est en feu*, *La Parole en archipel*, p. 378.

Notice biographique

1826   Naissance, le 28 mars, du grand-père paternel du poète ; enfant abandonné à l'Assistance publique, on l'appelle Charlemagne : il prendra pour nom Magne Char. Après avoir été placé, à l'âge de dix ans, chez des fermiers qui le maltraitent, il s'enfuit à L'Isle-sur-Sorgue, où il travaillera dans une plâtrière. Il épouse Joséphine Arnaud en 1858, son fils Joseph Émile Char, père du poète, naît le 3 décembre 1863.

1864   Mariage des grands-parents maternels du poète, Joséphine Chevallier, née en 1842, fille d'un militant républicain de Cavaillon, et Marius Rouget, maçon. Ils auront deux filles : Julia, née le 13 juillet 1865, et Marie-Thérèse, le 8 octobre 1869.

1885   Mariage de Joseph Émile Char, négociant, et de Julia Rouget. Elle meurt de tuberculose le 20 février 1886, à vingt ans.

1888   Le père de René Char épouse en secondes noces la sœur de Julia, Marie-Thérèse Rouget. Ils auront quatre enfants : l'aînée, Julia, qui porte le nom de la défunte, naît en 1889 à Cavaillon ; Albert, en 1883, à L'Isle-sur-Sorgue ; Émilienne, en 1900.

1907   Naissance, dans la propriété des Névons, de René Char, le 14 juin. Sa marraine est Louise Roze, descendante du notaire du marquis de Sade : le poète découvrira dans sa bibliothèque des lettres autographes de Sade et la littérature du XVIIIe siècle.

1909 Mariage de la sœur aînée de Char, Julia, avec Joseph Delfau.

1918 Mort, le 15 janvier, de son père Émile Char, administrateur des plâtrières à L'Isle-sur-Sorgue, dont il était le maire depuis 1905. Ce décès prématuré plonge la famille dans des difficultés matérielles. Char côtoie les personnages de L'Isle dont il sera question dans son œuvre : Louis Curel, Jean-Pancrace Nouguier (voir notamment *Le Soleil des eaux* et *Pourquoi du « Soleil des eaux »*, ou *Suzerain* ; voir aussi l'entretien de Char avec France Huser, *Sous ma casquette amarante*, qui se trouve dans les *Œuvres complètes*). Char est mis en pension au lycée d'Avignon ; il est très proche de sa grand-mère maternelle et de sa sœur Julia, chez qui il séjourne parfois. Sur cette période de l'enfance, lire aussi *Placard pour un chemin des écoliers*.

1924 André Breton publie en novembre le *Premier Manifeste surréaliste* ; parution du premier numéro, en décembre, de *La Révolution surréaliste*. Voyage de Char en Tunisie, où son père avait créé une petite plâtrière, près de Tebourba.

1925 Char suit de manière peu assidue les cours de l'école de commerce, à Marseille ; il évoque ses errances dans la ville dans certains poèmes des *Cloches sur le cœur* (repris dans *Dans l'atelier du poète*) ; pour vivre, il se transforme en « négociant » de whisky et de chicorée dans les bars du port. Lecture de Plutarque, de Villon, de Racine, des romantiques allemands, de Vigny, de Nerval et de Baudelaire.

1926 Travaille à Cavaillon, dans une maison d'expéditions. Publication, en septembre de *Capitale de la douleur*, de Paul Éluard, dont la lecture aura de grands retentissements pour le poète ; c'est à lui que Char enverra un exemplaire d'*Arsenal*, en 1929. Le 17 décembre, mort de sa grand-mère maternelle, évoquée dans *Les Cloches sur le cœur*, repris dans *Le Bâton de rosier* sous le titre *Le Veilleur naïf*, *OC*, p. 788-789.

1927 Service militaire à Nîmes, durant dix-huit mois, dans l'artillerie. Il collabore à la revue *Le Rouge et le Noir* et publie aussi dans *La Revue nouvelle*.

1928 Publication des *Cloches sur le cœur*, aux éditions Le Rouge et le Noir. Char détruira la plus grande partie des exemplaires de ce livre. « Leur titre, *Les Cloches sur le cœur*, me devint vite haïssable ; mais, à vrai dire, derrière le titre, c'étaient les poèmes dont je n'étais guère fier » (*O.C.*, p. 788). En juin paraît *Nadja*, d'André Breton.

1929 Char publie à L'Isle-sur-Sorgue la revue *Méridiens*, avec André Cayatte, qui n'aura que trois numéros. En août, parution d'*Arsenal*, tiré à 26 exemplaires. Paul Éluard, à qui Char a envoyé sa plaquette, vient à L'Isle pour rencontrer Char à l'automne 1929. À la fin du mois d'octobre, il se rend à Paris, où il rencontre Breton, Crevel, Aragon… Il adhère en décembre au mouvement et, parallèlement à la liquidation de la revue *Méridiens*, il participe au numéro 12 de *La Révolution surréaliste*, avec un texte intitulé « Profession de foi du sujet ».

1930 Le 5 avril paraît *Le Tombeau des secrets*, avec un collage de Breton et d'Éluard (certains fragments de poèmes seront repris dans *Le Marteau sans maître*). Lecture des alchimistes (Raimond Lulle, Nicolas Flamel, Corneille Agrippa, Paracelse…), des présocratiques, de Rimbaud et de Lautréamont. Le 20 avril, parution de *Ralentir travaux*, poèmes écrits en collaboration avec Breton et Éluard lors d'un séjour dans le Vaucluse (ce volume a été réédité en 1989 chez José Corti avec une présentation de Jean-Claude Mathieu). Les surréalistes saccagent le bar Maldoror ; Char est blessé, à l'aine, d'un coup de couteau. Fondation de la revue *Le Surréalisme au service de la Révolution*, Char y publie *Le Jour et la Nuit de la liberté*, dans le premier numéro, et *Les Porcs en liberté*, dans le deuxième. Il signe le *Second Manifeste surréaliste*. En novembre paraît le poème *Artine*, chez José Corti, avec une gravure de Dali.

1931 Char signe avec le groupe surréaliste plusieurs tracts : à propos de *L'Âge d'or*, film de Dali et de Buñuel, contre l'exposition coloniale de Paris, et en soutien aux premiers mouvements révolutionnaires d'Espagne. Visite en février d'Éluard, accompagné de Jean et Valentine Hugo (voir à ce propos les textes de Char sur l'œuvre de J. Hugo, dans *Recherche de la base et du sommet*). Publication en juillet de *L'action de la justice est éteinte* (repris dans *Le Marteau sans maître*). En octobre paraît, dans le numéro 2 du *Surréalisme au service de la Révolution*, l'*Hommage à D.A.F. de Sade* (in *OC*, p. 1238-1239). Publications dans les numéros 3 et 4 de la même revue de *L'Esprit poétique*, *Arts et métiers* et de *Propositions-Rappel*. Char, cette année-là, fait plusieurs voyages en Espagne avec Paul Éluard, Nusch, ou son ami de L'Isle, Francis Curel.

1932 Affaire Aragon : inculpé alors pour provocation à l'assassinat, il est défendu par Breton ; mais, parallèlement, les surréalistes s'éloignent de ses orientations nettement staliniennes. Séjours de Char à Saumanes (Vaucluse), où Sade a vécu. Il épouse Georgette Goldstein, à qui sera dédié *Le Marteau sans maître* : « À Georgette Char qui a convoyé la plupart des poèmes du *Marteau sans maître* et leur a permis d'atteindre la province de sécurité où je désirais les savoir. »

1933 Publication, dans *Le Surréalisme au service de la Révolution*, d'un récit de rêve, *À quoi je me destine*, repris avec variantes sous le titre *Eaux-Mères*, in *Abondance viendra*. Refuse de collaborer à la revue surréaliste *Minotaure*, publiée par Skira. Il compose à Saumanes, où il séjourne avec sa femme, grâce à la générosité du vicomte de Noailles qui en acquiert le manuscrit, *Abondance viendra*. Publication en décembre, à Bruxelles, du livre collectif *Violette Nozière*, qui contient le poème *La Mère du vinaigre*, illustré par Tanguy (supprimé de l'édition de 1945 du *Marteau sans maître*). Il signe le manifeste *La mobilisation contre la guerre n'est pas la paix*, auquel les surréalistes ont participé.

1934 6 février : émeutes fascistes à Paris, Char participera aux manifestations de riposte qui ont lieu le 9, à la gare de l'Est. Char rencontre Kandinsky qui illustrera d'une pointe sèche les exemplaires de tête du *Marteau sans maître* qui paraît en juillet chez José Corti, après avoir été refusé par Gaston Gallimard en mars 1933. Le prière d'insérer est de la plume de Tristan Tzara (repris in *OC*, p. 1233). Il signe

L'Appel à la lutte du 10 février, lancé par André Breton contre les fascistes, et le tract du 24 avril, *La Planète sans visa*, contre l'expulsion de Trotski. 1934 est l'année où il s'éloigne du groupe surréaliste (voir à ce propos *Le Mariage d'un esprit de vingt ans*, in *Recherche de la base et du sommet*, et *La Lettre hors commerce à André Breton (ibid)* et retrouve L'Isle-sur-Sorgue.

1935   Char, Éluard et Crevel font un voyage en Suisse au début de l'année. Le poète a dû reprendre la direction de la Société anonyme des plâtrières du Vaucluse, fondée par son père. Le 19 juin, son ami René Crevel se suicide (voir le texte qu'il lui a consacré en 1948, repris in *Recherche de la base et du sommet*). Une indiscrétion contraint René Char a s'expliquer publiquement sur sa rupture avec les surréalistes, sous la forme d'une lettre au responsable Benjamin Péret : « Le surréalisme s'est carrément engagé dans une voie qui le conduit infailliblement à la Maison de Retraite des Belles-Lettres et de la Violence réunies. » Il écrit peu, mais il donnera à Guy Lévis Mano, avec qui il noue une amitié très profonde, *Dépendance*, repris dans *Dehors la nuit est gouvernée*. Sur Guy Lévis Mano : voir le poème qu'il lui dédie dans *Recherche de la base et du sommet*.

1936   Grave maladie (une septicémie non diagnostiquée) qui l'immobilise d'avril à juin, à L'Isle-sur-Sorgue. En mai, parution de *Dépendance de l'adieu*, chez GLM, illustré par Picasso ; pendant sa convalescence, il compose *Moulin premier* qui paraîtra chez GLM en décembre ; par la suite, il sera publié avec *Le Marteau sans maître*. Il passe cette convalescence à Céreste, avec sa femme, chez M. Roux : voir à ce propos le très beau témoignage de Georges Louis Roux, « René Char, hôte de Céreste » dans le *Cahier de l'Herne* consacré à Char ; puis il passe l'automne et l'hiver près de Cannes.

1937   Il poursuit son séjour au Canet, avec sa femme ; ils sont rejoints par Nusch et Éluard et composent des poèmes en commun : seuls *Deux poèmes* seront retrouvés et publiés en 1960 chez Jean Hugues. En mai, il démissionne de son poste d'administrateur des Plâtrières. Il publie, en juillet, *Tous compagnons de lit* et *Dehors la nuit est gouvernée*, dans la revue *Cahiers d'Art* dirigée par Christian Zervos, avec des collages d'Éluard. Voyage aux Pays-Bas à l'automne et publication en décembre de *Placard pour un chemin des écoliers*, chez GLM, avec cinq pointes sèches de Valentine Hugo ; la dédicace du recueil fait allusion au martyre des enfants d'Espagne.

1938 Publication, en mai, de *Dehors la nuit est gouvernée*, chez GLM. Dans les *Cahiers GLM*, il publie *Les Quatre Frères Roux*, sur ses amis de Céreste, et le texte de l'enquête *La Poésie indispensable* : on peut lire sa propre réponse dans *Recherche de la base et du sommet*. Il publie aussi *Le Visage nuptial*, qui sera repris dans *Fureur et Mystère* après la guerre. Dans *Cahiers d'Art*, il publie ses deux premiers poèmes liés à la peinture. *Une Italienne de Corot* et *Courbet : Les Casseurs de cailloux*. Mort en déportation du poète russe Ossip Mandelstam dont Char traduira avec Tina Jolas plusieurs poèmes, dans *La Planche de vivre* (1981). Début de sa liaison avec Greta Knutson.

1939 Publication dans le numéro I/IV des *Cahiers d'Art* de *Enfants qui cribliez d'olives...*, poème manuscrit illustré d'un dessin de Picasso, repris sous le titre *Par la bouche de l'engoulevent*, in *Fureur et Mystère*. Après le partage et le dépeçage de la Pologne entre l'Allemagne et l'URSS, la Grande-Bretagne et la France déclarent la guerre à l'Allemagne. Char est mobilisé dans un régiment d'artillerie (le 173e) : il partira en Alsace : plusieurs poèmes évoquent ce paysage, par exemple *Donnerbach Mühle* (*Fureur et Mystère*).

1940 Char demande à suivre des cours comme élève-officier ; la défaite annulera ce projet. Pendant la débâcle, il assure la retraite et la coordination de sa colonne, et permettra, en défendant le pont de Gien, aux populations civiles de fuir. Il est démobilisé le 26 juillet et nommé maréchal des logis, avec la croix de guerre. Il est dénoncé comme militant d'extrême gauche en octobre auprès du préfet du Vaucluse ;

un policier le prévient de son arrestation imminente, et il rejoint Céreste dans les Basses-Alpes, où il trouve un refuge.

1941   Séjours à Marseille en janvier et février pour rencontrer André Breton et les surréalistes qui y sont réfugiés. S'installe à Céreste (Basses-Alpes ou Alpes-de-Haute-Provence) qui sera son Q.G. pendant la guerre. Il est nommé inspecteur des Mouvements unis de la Résistance. Il commence à écrire certains poèmes de *Seuls demeurent*.

1942   Char entre dans la Résistance ; il sera, sous le pseudonyme d'Alexandre, chef du secteur de l'armée secrète Durance-Sud. Il effectue ses premiers sabotages. Les Allemands occupent la zone sud à partir de décembre.

1943   Son ami Francis Curel, avec d'autres résistants, est déporté à Linz (Autriche ; voir les *Billets à Francis Curel*, in *Recherche de la base et du sommet*). Char devient le capitaine Alexandre, chef départemental (Basses-Alpes) des Forces françaises combattantes ; il s'occupe notamment d'aménager des terrains de parachutage clandestins destinés à réceptionner du matériel des Alliés. Par ailleurs, il organise aussi des réseaux de combat destinés à recevoir tous les jeunes qui veulent échapper au STO. Sur toute cette période, lire « Sur le Maquis » de Georges L. Roux, dans le *Cahier de l'Herne*, et de Char lui-même, notamment *Feuillets d'Hypnos* et la première partie de *Recherche de la base et du sommet : Pauvreté et Privilège*.

1944   C'est pendant ces derniers mois de guerre que Char perd ses plus proches compagnons : Émile Cavagni, le jeune poète Roger Bernard, tué par les SS, et Roger Chaudon. En juillet, il est appelé à Alger, à l'état-major. Il retourne en France en août, rejoint son unité. Avec la Libération, Char, qui n'avait pas publié depuis le début de la guerre, publie dans *Cahiers d'Art*, des poèmes de *Seuls demeurent*, et dans *L'Éternelle Revue*, créée par Éluard, trois poèmes de *L'Avant-Monde*.

1945   Publication en février de *Seuls demeurent*, chez Gallimard ; le retentissement de ce recueil lui permettra de connaître Georges Braque et Camus, avec qui il nouera une très intense amitié. De nombreux textes consacrés à ces deux hommes ont été publiés dans *Recherche de la base et du sommet*. En février, il publie dans *Poésie 45* des extraits de *Feuillets d'Hypnos* sous le titre « Fontigène » et en octobre d'autres extraits dans la revue *Fontaine*. Il participe à l'exposition pour la Grèce résistante organisée par Yvonne Zervos, à Paris ; voir *Hymne à voix basse*, in *Fureur et Mystère*.

1946   Char rencontre, chez ses amis Zervos, le peintre Henri Matisse : « C'est au bord de la Méditerranée, en 1946, que le thème du *Requin et la Mouette* a étendu son engouement sur nous. J'allais voir Henri Matisse à Vence et nous en parlions. Ces parfaites noces nous hantaient » (*OC*, p. 1247) ; voir ce poème in *Fureur et Mystère*. Publication de *Feuillets d'Hypnos* chez Gallimard, dans la collection « Espoir », dirigée par Albert Camus. Collaboration importante à la revue *Cahiers d'Art*. Publication cette année-là de *Avez-vous lu Char ?*, de Georges Mounin, et de « René Char », de Blanchot, dans *Critique*, en octobre. Début de sa liaison avec Yvonne Zervos.

1947   Représentation en avril de son ballet *La Conjuration* ; rideau de scène et costumes de Braque. Publication en mai du *Poème pulvérisé*, illustré par une gravure de Matisse pour les exemplaires de tête (repris dans *Fureur et Mystère*). Grande exposition d'art contemporain au palais des Papes d'Avignon, où figurent des œuvres de Braque : long séjour du peintre dans le Vaucluse (voir *Braque, lorsqu'il peignait* et *Georges Braque intramuros*, in *Recherche de la base et du sommet*). Il publie dans *Cahiers d'Art* de nombreux poèmes, *Le Thor*, illustré par Braque, *Le Météore du 13 août* et *Tu as bien fait de partir, Arthur Rimbaud !*

1948   Publication, dans la revue *Transition Forty-Eight*, de poèmes extraits du *Poème pulvérisé*, traduit par Eugène Jolas. Artaud meurt le 4 mars ; Char écrit à cette occasion *Antonin Artaud*, repris in *Recherche de la base et du sommet*. Création radiophonique de *Soleil des eaux*, musique de Pierre Boulez. Parution, en septembre, de *Fureur et Mystère* (Gallimard). En novembre, chez GLM, publication de *Fête des arbres et du* *chasseur* (lithographie de Miró (repris dans *Les Matinaux*). Il fait paraître en mai *Héraclite d'Éphèse*, aux *Cahiers d'Art*, comme introduction à la traduction de Yves Battistini (*OC*, p. 720-721).

1949 Nombreuses prises de position politiques, cette année-là : dans *Le Figaro littéraire* du 19 février, il condamne explicitement le communisme ; dans *Combat*, il signe avec Camus une lettre condamnant la justice coloniale, et dans le même journal, le 23 août, il prend position pour défendre des étudiants grecs condamnés à mort. Publication en mars des *Transparents* (Mercure de France) et de *L'homme qui marchait dans un rayon de soleil*, in *Les Temps modernes. Sur les hauteurs* est publié en avril ; Yvonne Zervos fera de ce texte un petit court-métrage ; en avril paraît *Le Soleil des eaux*, illustré par quatre eaux-fortes de Braque ; en juin, *Claire* est publié chez Gallimard : ces quatre derniers textes appartiennent au théâtre de René Char. Il collabore à la revue *Empédocle* (notamment *Madeleine qui veillait*). Il publie aussi des poèmes dans les *Cahiers de la Pléiade : Jouvence des Névons, Le Carreau...* Le 9 juillet, divorce de René Char et de sa femme Georgette.

1950 Publication de *Les Matinaux* (Gallimard) en janvier (*Fête des arbres et du chasseur*, *La Sieste blanche*, *Le Consentement tacite*, *Joue et dors*, *Rougeur des Matinaux*). Il publie aussi la préface au catalogue de la grande exposition Braque à la galerie Maeght : voir *Sous la verrière*, *OC*, p. 674-676. Char rédige pour la revue *Empédocle* le texte de l'enquête du numéro de mai : *Y a-t-il des incompatibilités ?* (*OC*, p. 658-659) : La réponse de Georges Bataille, *Lettre à René Char sur les incompatibilités de l'écrivain*, a été publiée dans le *Cahier de l'Herne*. Hommage à *Louis Fernandez* (*OC*, p. 685), préface au recueil de Jacques Dupin (*Cendrier du voyage*) et soutien à Adamov, avec Gide, Blin, Thomas, Prévert... Publication dans *Cahiers du Sud*, de *Quatre Fascinants* (repris in *La Parole en archipel*).

1951 Char rencontre le peintre Nicolas de Staël, dont il devient l'ami : le premier résultat de cette amitié est la publication en novembre de *Poèmes* (poèmes du *Poème pulvérisé*) : voir le texte de Char, *Bois de Staël* (*OC*, p. 701). En mars, *Le Soleil des eaux* est publié par Gallimard, et deux poèmes, *Quatre Fascinants* et *La Minutieuse*, sont publiés avec un frontispice de Pierre Charbonnier (sur P. Charbonnier, lire les deux textes de Char in *OC*, p. 684-685) ; le recueil est dédié à Yvonne Zervos. Au mois d'avril, il publie *À une sérénité crispée*, chez Gallimard, orné de vignettes de Louis Fernandez (repris en quatrième partie de *Recherche de la base et du sommet* ; voir sur Fernandez le texte de Char in *OC* p. 685). Char écrit un hommage à Rimbaud, repris sous le titre *En 1871* (*OC*, p. 726-727) et un texte sur Braque qui prendra pour titre *Lèvres incorrigibles*, dans les *Œuvres complètes* (p. 676-678). Le 27 juin, la mère de René Char meurt. Il publie aussi à l'automne un petit texte chez l'éditeur Pierre-André Benoît (PAB) : *La Lettre I du dictionnaire*, qui décline avec une certaine violence le dégoût de Char à l'égard de l'imposture poétique : ce texte n'est pas repris dans les *Œuvres complètes*. Char publiera ainsi de nombreux « minuscules » chez PAB, comme *Amitié cachetée* ou *Pourquoi le ciel se voûte-t-il ?*

1952 Char, dans le quotidien *Combat*, fait paraître un article sur *L'Homme révolté* qui a fait l'objet de nombreuses attaques. Il publie aussi dans *Cahiers d'Art* des poèmes repris sous le titre *Lascaux*, in *La Parole in archipel*. Sa pièce *Claire* est représentée à Lyon dans une mise en scène de Roger Planchon. Il écrit le texte de présentation pour l'exposition de Victor Brauner (*OC*, p. 683). Éluard meurt le 18 novembre d'une crise cardiaque ; il écrit à cette occasion *À la mort d'Éluard* qui, dans les *Œuvres complètes*, fait suite à un texte de 1933 intitulé *Paul Éluard*. Entre ces deux dates, l'engagement complet d'Éluard au parti communiste a séparé les deux poètes. Louis Curel, ami de L'Isle-sur-Sorgue, meurt aussi cette année-là ; voir le beau poème que Char lui a consacré dans *Fureur et Mystère : Louis Curel de la Sorgue* (*OC*, p. 141-142) : Louis Curel avait été membre du parti communiste avant la guerre.

1953 Publication en janvier de *Lettera amorosa*, chez Gallimard, repris plus tard en tête de *La Parole en archipel*.

Projet de ballet avec Nicolas de Staël, *L'Abominable des neiges*, qui ne sera jamais représenté, publié dans les *Œuvres complètes*, p. 1095-1103. Il préface le catalogue de l'exposition du peintre Wilfredo Lam (*OC*, p. 691). Publication de *Arrière Histoire du Poème pulvérisé* chez l'éditeur Jean Hugues, avec un portrait en couleur du poète par Nicolas de Staël : ce texte sera repris dans la *Nouvelle Revue française* (numéro 6) en juin ; il n'est publié dans les *Œuvres complètes* que sous la forme d'extraits en notes de fin de volume. En septembre, *Homo poeticus* est édité chez PAB, avec un dessin de Miró. En décembre, *Le Rempart de brindilles* est publié avec cinq eaux-fortes de Wilfredo Lam (chez Louis Broder) : repris dans *La Parole en archipel*.

1954 À la suite de la mort de la mère du poète, la maison familiale des Névons est mise en vente ; malgré le désir de Char et de sa sœur Julia de la conserver, les autres enfants survivants, Albert et Émilienne, veulent vendre : *Le Deuil des Névons* est publié en octobre (voir in *La bibliothèque est en feu*, *OC*, p. 389-391). Textes en faveur de jeunes poètes comme René Cazelles ou Jean Sénac (non repris dans les *Œuvres complètes*). Publication de *La Conversation souveraine*, dans les *Cahiers GLM*, où apparaît l'hommage à Reverdy, Perse, Jouve, Artaud, Éluard et Apollinaire (*OC*, p. 723-724). Période de rencontres amicales avec Paul Celan, André Frénaud, André du Bouchet, Edmond Jabès.

1955 Parution en janvier de *Recherche de la base et du sommet* (première version), chez Gallimard. En février, publication de *Poèmes des deux années*, chez GLM, avec une eau-forte d'Alberto Giacometti pour les exemplaires de tête (sur Giacometti, lire *Alberto Giacometti*, *OC*, p. 686, et *Célébrer Giacometti OC*, p. 431). Il publie *Neuf Mercis à Vieira da Silva* (*OC*, p. 385-388) : lire aussi *Vieira da Silva chère voisine, multiple et une* (*OC*, p. 585-586) et *Vieira da Silva* (*OC*, p. 703). 16 mars, suicide de Nicolas de Staël à Antibes (lire à ce propos *Libera II*, dans *Fenêtres dormantes et Porte sur le toit*, p. 623). En juin, création de *Le Marteau sans maître*, sur la musique de Pierre Boulez, à Baden-Baden (Pierre Boulez a composé sa musique autour de trois poèmes :

L'Artisanat furieux, *Bourreaux de solitude* et *Bel édifice et les Pressentiments* ; disponible chez Deutsche Grammophon ou Sony sous la direction de Pierre Boulez). À l'été, première rencontre de René Char et de Martin Heidegger, chez le philosophe Jean Baufret, à Paris (lire à ce propos le témoignage de Jean Baufret, *L'Entretien sous le marronnier*, in *OC*, p. 1137-1143). Le 26 octobre, les Névons sont mis en vente publique : Char et sa sœur Julia ne peuvent acquérir la maison faute de moyens ; Albert Char et Émilienne, leurs frère et sœur, séparent le parc de la maison ; le parc est vendu à une société qui construit une cité HLM, et le ruisseau le Névon est couvert et devient une route. Crises d'insomnies, le poète commence à écrire *La Nuit talismanique* : « *Faute de sommeil, l'écorce... date d'un temps où la nuit qui m'avait tant servi se retira de moi, me laissant les sables et l'insomnie* » (1955-1958) (*La Nuit talismanique*).

1956 Parallèlement à la publication de *La bibliothèque est en feu*, illustré d'une eau-forte en couleur de Braque (chez Louis Broder), Char continue à publier des « minuscules » chez PAB : *À une enfant*, avec une gouache de Jean Hugo, *Jeanne qu'on brûla verte* (*OC*, p. 666), avec un dessin de Braque, et *Berceuse pour chaque jour jusqu'au dernier* (aquarelle de Char). En juin, paraît chez GLM *En trente-trois morceaux*. En décembre, *Le Visage nuptial*, sur une musique de Pierre Boulez, est créé à Cologne.

1957 Publication au Club français du livre d'une édition des œuvres complètes de Rimbaud conçue par Char, précédée d'une importante préface, reprise dans les *OC* sous le titre *Arthur Rimbaud* (p. 727-736). Publication de petits formats, *De moment en moment* (PAB), deux gravures de Miró, *Rengaine d'Odin le Roc*, PAB, gouache de Pierre-André Benoît, *Épitaphe*, PAB, *Le Poète au sortir des demeures* PAB, gravure de Jean Hugo, *L'Une et l'Autre*, PAB, dessin de René Char, *Aiguillon*, PAB. Publication aussi de *Les Compagnons dans le jardin*, avec quatre gravures de Zao Wou-ki, *Poèmes et Prose choisis*, chez Gallimard, *La bibliothèque est en feu et autres poèmes*, chez GLM. Début de sa liaison avec Tina Jolas.

1958 Nombreuses publications cette année-là, dont *L'Escalier de Flore*, avec deux gravures de Picasso (PAB), *Sur la poésie* (GLM) et *Cinq Poésies en hommage à Georges Braque*, avec une lithographie de Braque. Textes sur Villeri, Pierre Charbonnier (repris in *Recherche de la base et du sommet*) et publication de *Le Dernier Couac*, en mai 1958, qui rassemble les documents de la polémique engagée avec Étiemble autour du *Rimbaud*, de René Char, paru l'année précédente.

1959 Parution en Allemagne de *Dichtungen*, premier volume de traduction en allemand de poèmes de René Char, préfacé par Camus : les traducteurs sont Paul Celan, Johannes Hübner, Lothar Klüner et Jean-Pierre Wilhelm. Parution chez PAB de poèmes de *La Parole en archipel*. Char publie *Aux riverains de la Sorgue*, affiche tirée par PAB, qui remet en question les vols spatiaux soviétiques.

1960 Mort le 4 janvier d'Albert Camus, dans un accident de la route ; lire concernant Camus : *Je veux parler d'un ami* (*OC*, p. 713-714) et surtout *L'Éternité à Lourmarin* (*OC*, p. 412), écrit à l'occasion de sa mort. Morts de Reverdy et de Pasternak auquel Char rendra hommage dans ses traductions dans *La Planche de vivre* (1981). Publications de poèmes chez PAB : *Éros suspendu*, *Pourquoi la journée vole*, avec une gravure de Picasso, etc.

1961 *L'Inclémence lointaine*, choix de poèmes, illustrés de vingt-cinq burins de Vieira da Silva (chez Pierre Berès), préface à l'exposition de Miró à la galerie Maeght (*Dansez, montagnes*, *OC*, p. 691).

1962 Parution en janvier de *La Parole en archipel*, chez Gallimard. Mort de Georges Bataille que Char avait commencé de lire dès la guerre et avec lequel il avait noué une profonde amitié. Char commence à écrire les premiers poèmes du futur *Retour amont*.

1963 En mars, publication de *Lettera amorosa*, illustré de vingt-sept lithographies en couleur de Braque. Mort du peintre en août : Char lui consacre un texte, *Songer à ses* *dettes (OC,* p. 680), et *Avec Braque, peut-être, on s'était dit…* *(ibid).* La revue *L'Arc* consacre un numéro à René Char (Blanchot, Beaufret, Blin, Bounoure, Mounin…). Morts, cette année aussi, de Tristan Tzara et du poète William Carlos William qui lui avait dédié le poème *À un chien blessé dans la rue (To a Dog Injured in the Street),* reproduit dans le *Cahier de l'Herne.*

1964　En novembre paraît chez Gallimard une anthologie des poèmes de Char, *Commune Présence,* préfacée par Georges Blin. Char publie aussi un très important hommage à Miró orné par dix-sept pointes sèches du peintre : *Flux de l'aimant* (p. 693-698). Publication d'*Impressions anciennes,* dédié à Martin Heidegger (*OC,* p. 742). Publications également de poèmes qui seront repris dans *Retour amont,* chez PAB : *Le Lied du figuier, Tracé sur le gouffre…*

1965　En janvier, nouvelle édition de *Recherche de la base et du sommet.* Mort de Julia, la sœur aînée, et de Francis Curel. Publication de *L'Âge cassant,* chez Corti. Au travers de sa plaquette *La Provence point oméga,* Char manifeste son hostilité à l'implantation de fusées atomiques sur le plateau d'Albion (voir à ce propos *Sur un même axe, OC,* p. 455-456). Publication de *Retour amont* (GLM), avec quatre eaux-fortes de Giacometti, que celui-ci, malade, ne pourra signer : il meurt le 15 janvier de l'année suivante.

1966　Mort au mois de mars du peintre Victor Brauner et à l'automne d'André Breton. Pendant l'été, à l'invitation de René Char, Martin Heidegger tient son premier séminaire au Thor, près de L'Isle-sur-Sorgue (d'autres suivront en 1968 et 1969) : voir *Les Séminaires du Thor,* in *Questions IV,* de Martin Heidegger, Gallimard). Entretien avec Edith Mora dans *Le Monde* du 28 mai, à propos de *Retour amont.* Voir aussi *Réponses interrogatives à une question de Martin Heidegger,* paru dans la *NRF* (*OC,* p. 734-736).

1967　Lutte contre les fusées du plateau d'Albion par tracts : *L'Acte salutaire* et *Non aux fusées atomiques.* Publication en mars des *Transparents,* avec quatre gravures de Picasso (PAB). Le théâtre de Char est publié chez Gallimard sous le titre *Trois Coups sous les arbres*. Création, au Studio des Champs-Élysées, du *Soleil des eaux*. Au moment de la guerre des six jours, Char manifeste son inquiétude et sa solidarité envers Israël dans une lettre à Marc Engelhard, le second mari de Georgette Goldstein (publiée dans *Dans l'atelier du poète*, p. 864).

1968   En mai, il tombe gravement malade (voir le texte de présentation du *Chien de cœur*). *Dans la pluie giboyeuse* paraît en octobre chez Gallimard. Jean-Paul Roux tourne une version télévisée du *Soleil des eaux* qui est diffusée cette année-là. Deuxième séminaire de Martin Heidegger sur Hegel.

1969   Publication en janvier du *Chien de cœur*, chez GLM, avec une lithographie de Miró, et en mai de *L'Effroi la joie* (Au vent d'Arles), de *Dent prompte*, illustré de onze lithographies en couleurs de Max Ernst. Dernier séminaire de Heidegger au Thor. Lecture des témoignages de V. Chalamov sur le goulag soviétique.

1970   Mort d'Yvonne Zervos en janvier ; Char lui avait dédiée des poèmes (voir *La Sorgue*, *OC*, p. 274, et *Yvonne, la Soif hospitalière*, *OC*, p. 430) ; mort également de Christian Zervos, qui avait créé la revue *Cahiers d'Art*.

1971   Publication en mars du *Cahier de l'Herne* consacré à René Char, dirigé par Dominique Fourcade, et grande exposition en avril à Saint-Paul-de-Vence (fondation Maeght). En septembre, publication de *Le Nu perdu*, chez Gallimard.

1972   En septembre, publication de *La Nuit talismanique*, chez Skira, collection « Les Sentiers de la création » – repris dans la collection de poche « Champs », chez Flammarion, sans reproduction couleur des dessins.

1973   En janvier, mort de Marcelle Mathieu qui, avec son fils Henry, avait accueilli à Lagnes ou dans son cabanon du Rébanqué Char et ses amis Braque, Camus, Nicolas de Staël, Heidegger, etc. Ce dernier écrira à René Char, à cette occasion, une lettre reproduite dans les *OC*, p. 1248-1249. C'est dans sa maison du Rébanqué que Char avait écrit plusieurs poèmes des *Matinaux*. Publication d'*Aromates chasseurs*, dans *Argile*. Char était en train d'écrire la préface au catalogue de l'exposition Picasso au palais des Papes d'Avignon, lorsque celui-ci meurt le 8 avril : lire *Picasso sous les vents étésiens* (*OC*, p. 594-598) ; Char avait déjà écrit sur Picasso *Mille Planches de salut* (1939 et 1969 ; *OC*, p. 699-700). Mort de Louis Fernandez, qui avait travaillé avec Char.

1974   Au mois de février paraît *Le monde de l'art n'est pas le monde du pardon*, préfacé par Jacques Dupin, illustré de six estampes : Charbonnier, W. Lam, Miró, Szenes, da Silva, Zao Wou-Ki.

1975   Publication de *Contre une maison sèche*, en mai, avec neuf eaux-fortes de Wilfredo Lam (Jean Hugues). *Aromates chasseurs* paraît chez Gallimard.

1976   *Faire du chemin avec* paraît le 9 janvier, et *Le Marteau sans maître* est réédité Au vent d'Arles, avec vingt-trois eaux-fortes de Miró. Martin Heidegger meurt le 26 mai : Char écrit *Aisé à porter* (*OC*, p. 725).

1977   Char écrit les *Chants de la Balandrane*, qui seront publiés chez Gallimard le 3 octobre. Premières rencontres avec Marie-Claude de Saint-Seine qu'il épousera en 1987.

1978   Mort de Georgette, sa première femme, au début de l'année. Grave accident cardiaque au début d'août. En octobre, *Tous partis !* est publié dans la NRF.

1979   Publication, en septembre, de *Fenêtres dormantes et Porte sur le toit*, chez Gallimard.

1980   Grande exposition à la Bibliothèque nationale des manuscrits de Char enluminés par des peintres. Mort de Guy Lévis Mano, l'ami et l'éditeur de René Char. Le manuscrit *Effilage du sac de jute*, enluminé par Zao Wou-Ki, est composé en juin. Parution le 3 mars de l'entretien avec France Huser, dans *Le Nouvel Observateur*.

1981   En mai, publication d'un volume de traductions, en collaboration avec Tina Jolas : *La Planche de vivre* : poèmes de Raimbaut de Vaqueiras, Pétrarque, Lope de Vega, Shakespeare, Blake, Shelley, Keats, Emily Brontë, Emily Dickinson, Tioutchev, Goumilev, Anna Akhmatova, Pasternak, Mandelstam, Maïakovski, Marina Tsvetaïeva, Miguel Hernandez. Nouvel entretien avec France Huser dans *Le Débat*, en juillet, repris dans les *Œuvres complètes* sous le titre *Sous ma casquette amarante*.

1982   Publication en février de *Loin de nos cendres*, dans la *NRF*. Inauguration, en septembre 1982, du musée René-Char, à L'Isle-sur-Sorgue, par le ministre de la Culture.

1983   Les problèmes qui naissent de l'attitude de la municipalité de L'Isle-sur-Sorgue remettent en question le projet de musée. Publication dans « La Pléiade » des *Œuvres complètes* de René Char, avec la collaboration de Lucie et Franck André James, Tina Jolas et Anne Reinbold et une préface de Jean Roudaut. Colloque en juin à l'université de Tours, sous la direction de Daniel Leuwers, dont les actes seront publiés par *Sud*, en 1984.

1984   Char retire ses œuvres de l'hôtel de Campredon, à L'Isle-sur-Sorgue, où le musée Char devait voir le jour. Publication dans la *NRF* de poèmes du futur *Voisinages de Van Gogh*.

1985   Publication le 24 mai, chez Gallimard, des *Voisinages de Van Gogh ;* une édition comportant une gouache d'Alexandre Galpérine est tirée à part, avec un petit texte explicatif absent de l'édition ordinaire, repris ensuite dès la première réimpression.

1986   Exposition à la maison de Pétrarque, à Fontaine-du-Vaucluse, qui a été inaugurée en juillet après restauration, autour de Georges Braque et René Char.

1987   En octobre, René Char épouse Marie-Claude de Saint-Seine. Il remet, pour impression, le manuscrit définitif de *Éloge d'une Soupçonnée*, en décembre ; le dernier poème du recueil, *L'Amante*, est dédié à sa femme.

1988   René Char est mort le 19 février. *Éloge d'une Soupçonnée* paraît aux éditions Gallimard au mois de mai.

Bibliographie choisie

Le lecteur trouvera en particulier ci-dessous les références des textes cités.

1. Œuvres complètes de René Char, Gallimard, « La Pléiade », 1983.
Nouvelle version augmentée de *Les Voisinages de Van Gogh*, d'*Éloge d'une Soupçonnée* et de textes complémentaires, comportant une mise à jour de la chronologie et de la bibliographie par Marie-Claude Char et Tina Jolas.

Anthologies
Le René Char, images de Chloé Poizat, Mango Jeunesse, s.d.
Commune présence, préface de Georges Blin, Gallimard, 1964.
Dans l'atelier du poète, édition établie par Marie-Claude Char, Quarto, Gallimard, 1996.

2. Autres publications (choix)

Livres
Le tombeau des secrets, Nîmes, 1930.
Ralentir travaux, en collaboration avec André Breton et Paul Éluard, Éd. surréalistes, 1930. Rééd. Librairie José Corti, 1989, avec une présentation de J.-C. Mathieu.
La lettre I du dictionnaire, PAB, Alès, 1951.
Pourquoi le ciel se voûte-t-il ?, PAB, 1952.
Amitié cachetée, PAB, Alès, 1952.
Arrière histoire du poème pulvérisé, Jean Hugues, avril 1953,

et dans *Nouvelle NRF*, juin 1953, n° 6. Repris en partie dans les notes des *Œuvres complètes*, p. 1246-1248.

Introduction à un « Petit dictionnaire portatif de santé », GLM, 1954.

Chanson des étages, PAB, Alès, 1955.

Berceuse pour chaque jour jusqu'au dernier, PAB, Alès, 1956.

Le Dernier Couac, GLM, octobre 1958.

Sur la poésie, GLM, octobre 1958.

Le Rébanqué, PAB, Alès, juillet 1960.

Anthologie, GLM, 1960.

L'an 1964, PAB, Alès, 1964.

Commune présence, Gallimard, 1964.

La Provence point oméga, Imprimerie de l'Union, 1965.

Poèmes, GLM, 1969.

Mot pour Pierre, PAB, Alès, 1967.

L'Égalité des jours heureux, PAB, Alès, 1970.

Boyan sculpteur, PAB, Alès, 1971.

La Nuit talismanique, Genève, Skira, coll. « Les sentiers de la création », septembre 1972, rééd. Flammarion, coll. « Champs », 1983.

Le Monde de l'art n'est pas le monde du pardon, Maeght, 1974.

Sur la poésie, GLM, 1974.

Joyeuse, PAB, Alès, 1981.

D'ailleurs, PAB, Alès, 1981.

Le Condamné, PAB, Alès, 1982.

Cabane, Paris, B.D.R., 1985.

Voisinages de Van Gogh, NRF, Gallimard, 1985.

Éloge d'une soupçonnée, NRF, Gallimard, 1988.

Le Gisant mis en lumière, poèmes de René Char enluminés par Alexandre Galpérine et présentés par Marie-Claude de Saint-Seine, Éd. Billet, avril 1987.

Textes, articles, interviews [1]

« Le jour et la nuit de liberté (Hommage à D.A.F. de Sade) », *Le Surréalisme au service de la Révolution*, n° 1, juillet 1930.

---

1. La plupart de ces textes ont été repris soit dans les *Œuvres Complètes* ou le plus souvent dans *Dans l'atelier du poète*.

« Les porcs en liberté », *ibid.*, n° 2, octobre 1930.

« Propositions-Rappel », *ibid.*, n° 4, décembre 1931.

« Paillasse ! (fin de l'affaire Aragon) », Éd. surréalistes, mars 1932.

« Sur la connaissance irrationnelle de l'objet. Un morceau de velours rose », recherche expérimentale, réponse de R. Char, *Le Surréalisme au service de la Révolution*, n° 6, mai 1933.

« Sur les possibilités irrationnelles de pénétration et d'observation dans un tableau de Giorgio de Chirico : l'énigme d'une journée », *ibid.*

« La mère du vinaigre », in *Violette Nozières*, N. Flamel, Bruxelles, 1933.

« Lettre au sujet de la revue *Le Minotaure* », *Cahiers du Sud*, avril 1935.

« Lettre à Benjamin Péret », *L'Isle-sur-Sorgue*, 8 décembre 1935.

« La jeunesse illustrée », *Cahiers GLM* n° 6, novembre 1937.

« Dessins et gouaches de J.-M. Prassinos », *Galerie Billet*, février 1938.

« Les Quatre frères Roux », *Cahiers GLM*, n° 8, octobre 1938.

« Lettre sur Charles Cros », *in* Charles Cros, *Poèmes et Prose choisis*, Gallimard, 1944.

« Un poète perdu, Roger Bernard », *Les Lettres françaises*, 28 avril 1945.

« La Lune rouge et le Géranium noir », *in* José Corti, *Rêves d'encre*, Librairie José Corti, 1945.

« Réponse à l'enquête : "Faut-il brûler Kafta ?" », *Action*, 5 juillet 1946.

« Enquête sur la France désorientée », *Esprit*, juillet 1948.

« Entretien avec Jean Duché », *Le Figaro littéraire*, 30 octobre 1948.

« Réponse à : "Si l'Armée rouge occupe la France" », *Carrefour*, 9 novembre 1948.

« Tiggie Ghika », *La Nef*, n° 51, février 1949.

« Réponse à l'enquête : "De quoi avez-vous peur ?" », *Le Figaro littéraire*, 19 février 1949.

« Sur l'affaire Kravchenko », *Combat*, 25 février 1949.

« Seuls les simples soldats trahissent » (avec Albert Camus), *Combat*, 14 mars 1949.

« Alfred de Vigny » et « Liddell Hart : les généraux allemands parlent », *Empédocle*, n° 1, avril 1949 (sous le pseudonyme de Joseph Puissantseigneur).

Compte rendu de *Voix par Antonio Porcha*, in *Empédocle*, n° 6, décembre 1949.

« Entretien avec Jacques Charpier », *Combat*, n° 4, 16 février 1950.

« Services littéraires spéciaux, *Empédocle*, n° 9, mars-avril 1950.

« Lettre », *Combat*, 20 avril 1950.

« Entretien avec J.-M. Alibert », *Le Dauphiné libéré*, 9 mars 1951.

« Sous un portrait d'Arthur Rimbaud », *Soleil*, mai-juin 1951.

« Monsieur le rédacteur en chef, ne vous sentez-vous pas incommodé ? », *Arts*, 14 mars 1952.

« Pans de poème » (réponse à une enquête sur Victor Hugo), *Le Figaro littéraire*, 23 février 1952.

« Entretien avec Pierre Berger », *La Gazette des lettres*, n° 21, juin 1952.

« Hommage à Paul Éluard », *Combat*, 20 novembre 1952.

« Une lettre de René Char à propos d'André Breton », *Combat,* 12 novembre 1953.

« Comment afficher une préférence » (réponse à une enquête sur « le poème de Rimbaud que vous préférez »), *Le Figaro littéraire*, 16 octobre 1954.

« Desnos », *Simoun*, n°s 22-23, 1956.

« La situation de Baudelaire », *Les Nouvelles littéraires*, 6 juin 1957.

« Je veux parler d'un ami » (sur Albert Camus), *Le Figaro littéraire*, 18 octobre 1957.

« Hommage à Georges Bataille », *La Ciguë*, n° 1, janvier 1958.

« Réponse à la question : "Comment êtes-vous venu à la poésie ?" », *Les Nouvelles littéraires*, 12 février 1960.

« Hommage à Pierre Reverdy », *Entretiens sur les lettres et les arts*, *Témoins*, Genève, 1961.

« Entretien avec Edith Mora », *Les Nouvelles littéraires*, 16 septembre 1965.

« Entretien avec Edith Mora », *Le Monde*, 28 mai 1966.

« Hommage à Maurice Blanchot » : « Conversation avec une grappe », *Critique,* n° 229, juin 1956.

« En compagnie », *NRF*, n° 168, décembre 1966.

« Au terme des représentations du "Soleil des eaux" », *L'Humanité*, 9 avril 1968.

« Entretien avec Raymond Jean », *Le Monde*, 11 janvier 1969.

« Sur François Cuzin », *Le Monde*, 12 juillet 1969.

« Régis Debray doit être remis en liberté », *Les Lettres françaises*, 12 novembre 1969.

« Ungaretti », *Cahiers de l'Herne* sur *Ungaretti*.

« Un an déjà Paul Chaulot », *Esprit*, n° 398, décembre 1970.

« Entretien avec France Huser », *Le Nouvel Observateur*, 3 mars 1980.

« Entretien avec Françoise Marquet » (printemps 1983), *Le Monde*, 12 juillet 1990.

Préfaces

Avant-propos de *Quand le soir menace*, des quatre frères Roux, GLM, Paris, 1939.

Préface pour *Ma faim noire déjà*, de Roger Bernard, Éd. des Cahiers d'art, décembre 1945.

Préface de *À la droite de l'oiseau*, d'Yves Battistini, Fontaine, 1947.

Préface à *Cendrier du voyage*, de Jacques Dupin, GLM, 1950.

Témoignage pour *La Parodie, l'invasion*, d'Arthur Adamov, Charlot, 1950.

Préface à *De terre et d'envolée*, de René Cazelles, GLM, 1953.

Préface à *Poèmes*, de Jean Sénac, Gallimard, 1954.

Préface à *Les Cloîtres de l'été*, de Jean-Guy Pilon, Éd. de l'Hexagone, 1954.

Introduction aux *Œuvres Complètes* d'Arthur Rimbaud, Club français du livre, 1957.

Janine Couvreur ou Jeune à mourir, dans *Feuille ou marbre*, de Janine Couvreur, Éd. Labor, 1962.

Lettre sur La Rochefoucauld, in *François de La Rochefoucauld*, d'Edith Mora, Seghers, 1965.

« Naissance et jour levant d'une amitié », préface à *La Postérité du Soleil* d'Albert Camus, Gallimard, 1965.

Préface à *Racine Ouverte*, poèmes 1944-1975 par Philippe Jones, Bruxelles, Le Cornier, 1976

Préface à *Jour après nuit*, de Jean Pénard, Gallimard, 1981.

Correspondance

« Lettres à Edmond Jabès », in *Les Nouveaux Cahiers*, n° 31 (1972-1973).

René Char-Jean Ballard, 1935-1970, établie et préfacée par Jeannine Baude, Rougerie, 1993.

Traductions

Traduction (de l'anglais) de *Le Réveil et les Orchidées*, de Théodore Roethke, dans *Preuves*, Paris, juin 1959.

La Planche de vivre, en collaboration avec Tina Jolas, Gallimard, 1981.

Enregistrements

Cassette : Poèmes de René Char dits par l'auteur (cassettes Radio-France).

Œuvres de René Char sur une composition musicale de Pierre Boulez

Le Marteau sans maître, Deutsche Grammophon et Sony Musical.

Visage nuptial, Erato.

Le Soleil des eaux, Ina, mémoire vive.

Vidéos

René Char, faire du chemin avec, Richard Copans (réal.), Les Films d'ici, 1991.

Les Alliés du poète : René Char, Daniel Le Comte (réal.), INA, 1993.

René Char, Marie-Claude Char/Jacques Malaterre, France 3, 1997.

Livres sur René Char

Bibliographies

Pierre-André Benoit, *Bibliographie des œuvres de René Char 1928-1963*, Demi-jour, 1964.

Guus Van Hoogstraten – Paul Smith, *Essai de bibliographie des études chariennes*, Groningue, Institut des langues romanes, 1990.

Catalogues d'exposition

René Char, Saint-Paul-de-Vence, éditions Maeght, 1971.

René Char : manuscrits enluminés par des peintres du XXe siècle, textes d'Antoine Coronet et G. le Rider, Bibliothèque Nationale, 1980.

Lettera amorosa, Georges Braque – René Char, Musée Pétrarque, Fontaine-de-Vaucluse, 1986.

L'inclémence lointaine, poèmes de René Char illustrés par Vieira da Silva, Musée Pétrarque, Fontaine-de-Vaucluse, 1987.

M.-Cl. Char, *Faire du chemin avec...,* catalogue de l'exposition du Palais des Papes, Avignon, 1990, réédition Gallimard, 1992.

Voisinages de René Char, Musée des Baux-Arts Denys-Puech, Rodez, 2001.

René Char et ses alliés substantiels, artistes du XXe siècle, catalogue de l'exposition organisée à la Maison René Char à L'Isle-sur-Sorgue, sous la direction de Marie-Claude Char, 2003.

Biographies, essais ou documents à caractère biographique

J.-Ch. Blanc, *Famadihana, la valise de Marthe*, Farrago, 1999.

M.-Cl. Char, *Pays de René Char*, Flammarion, 2007.

L. Greilsamer, *L'éclair au front, la vie de René Char*, Fayard, 2004.

J. Pénard, *Rencontres avec René Char*, J. Corti, 1991.

G.-L. Roux, *La nuit d'Alexandre, René Char, l'ami et le résistant*, Grasset, 2003.

Essais

P. Badin, *Fragments des Busclats*, P. Badin, 1988.

P. Berger, *René Char*, coll. « Poètes d'aujourd'hui », Seghers, 1951.

M. Bishop, *René Char, les dernières années*, Rodopi, 1990.

G. Bounnoure, *René Char, Céreste et la Sorgue*, Fata Morgana, 1986.

Ph. Castellin, *René Char, Traces*, les Éditions Évidant, 1989.

M.-A. Caws, *L'Œuvre filante de René Char*, Nizet, 1981.

P. Guerre, *René Char*, coll. : « Poètes d'aujourd'hui », Seghers, 1961.

D. Leuwers, *René Char, dit-elle, est mort*, Amor Fati, 1990.

J.-C. Mathieu, *La Poésie de René Char*, Librairie José Corti, 1985.

J.-M. Maulpoix, *Fureur et Mystère*, Foliothèque, Gallimard, 1996.

G. Mounin, *Avez-vous lu Char ?*, in *La Communication poétique*, Gallimard, 1971.

P. Née, *René Char, une poétique du retour*, Hermann, 2007.

E. Nogacki, *René Char, Orion pigmenté d'infini ou de l'écriture à la peinture*, Presses Universitaires de Valenciennes, 1992.

Gilles Plazy, *René Char, fiction sublime*, JM Place, 2003.

J.-D. Poli, *Pour René Char, la place de l'origine*, Rumeur des âges, 1997.

G. Rau, *René Char ou la poésie accrue*, Librairie José Corti, 1957.

S. Velay, *René Char, qui êtes-vous ?*, La Manufacture, 1987.

P. Veyne, *René Char en ses poèmes*, Gallimard, 1990 (réédition coll. Tel, 1995).

J. Voellmy, *René Char ou le mystère partagé*, Champvallon, 1989.

Ouvrages collectifs

René Char, in *L'Arc*, n° 22, été 1963.

René Char, colloque de l'université de Tours, juin 1983, *Sud*, 1984.

« René Char », *La Licorne*, Université de Poitiers, 1987.

René Char, in Europe, n°s 705-706, janvier-février 1988.

René Char, L'Herne, 1971 (repris en livre de poche Bilioessais, 1989).

« Autour de René Char, *Fureur et Mystère*, *Les Matinaux* », (sous la dir. de Didier Alexandre), Presses de l'ENS, 1991.

« René Char », *Magazine littéraire*, février 1996.

« René Char, 10 ans après » (sous la dir. de Paule Plouvier), L'Harmattan, 2000.

« Série René Char n° 1 : Le Pays », Lettres Modernes/Minard, 2005.

« Série René Char n° 2 : Poètes et philosophes », Lettres Modernes/Minard, 2006.

« René Char », numéro hors série de *Télérama*, 2007 (dir. Michèle Gazier).

Articles ou chapitres de livres consacrés à René Char

G. Bataille, « l'Œuvre théâtrale de René Char », *Critique*, septembre 1949 ; « René Char et la force de la poésie », *Critique*, octobre 1951 ; « Lettre à René Char sur les incompatibilités de l'écrivain », *Botteghe oscure*, quaderno VI, 1951.

Y. Battistini, « Fauves et enfants dans l'œuvre de René Char », *Courrier du centre international d'études poétiques*, avril 1956.

G. Benrekassa, « Nocturne de René Char », in *La Nuit*, J. Millon, 1998.

Ph. Berthier, « De Courbet à Char : casser des cailloux, peindre, écrire », *Stanford French Review*, VI, 2-3, 1982.

M. Blanchot, « René Char », *Critique*, octobre 1946, repris in *La Part du feu*, Gallimard, 1946 ; « La bête de Lascaux », *Nouvelle NRF*, avril 1953 ; « René Char et la pensée du neutre » et « Parole et fragment », *L'Entretien infini*, Gallimard.

G. Blin, Préface à *Commune présence*, Gallimard, 1964.

L. Bourgault, « Espace et Résistance dans les *Feuillets*

d'*Hypnos* de René Char », *Revue romane*, volume 30, n° 2, 1995

A. Breton, « Réponse à Rolland de Renéville », *Le Point du jour*, Gallimard.

A. Camus, « Albert Camus parle de René Char » (1948), in *La Pensée de Midi*, printemps 2000.

Ph. Corcuff, « René Char ou la philosophie politique d'une résistance », in *Les Cahiers de la Villa Gillet*, novembre 2000.

J. Dupin, « Dehors la nuit est gouvernée », *L'Arc*, 1963.

A. du Bouchet, « Fureur et Mystère », *Les Temps Modernes*, avril 1949.

A. Finkielkraut, « La persistante solitude de Char et de Camus », in *Une voix vient de l'autre rive*, Gallimard, 2000.

L. Fourcaut, « Une lecture de *Evadné* de René Char », *The Romanic Review*, vol. 88, n° 1, janvier 1997.

P. Jaccottet, « Poésie et vérité de Char », *Nouvelle NRF*, décembre 1958. « Brève remarque à propos de René Char », in *L'Entretien des muses*, Gallimard, 1973.

R. Laporte, « Clarté de René Char », *Critique*, juin 1965.

E. Marty, « René Char : du texte à l'œuvre », *Critique*, juin-juillet 1985, n°s 457-458 ; « René Char : Sade et Saint-Just », *The French Review*, mai 1989, volume 62, n° 6 ; « René Char : Le Marteau parle », in *Nietzsche, Magazine littéraire*, Hors série, 2001 ; « René Char et la question de l'image », in *La Bible et l'homme*, Pardès, 2006 ; « Commentaire du fragment 178 de *Feuillets d'Hypnos* », in *Revue des sciences humaines*, Lille III, second trimestre 2007 ; « *Feuillets d'Hypnos*, Histoire, extase, engagement » in *Savoirs et clinique*, « L'écriture de l'extase », 2007.

J.-C. Mathieu, « Le poète renaît Char », *Corps écrit*, n° 8, décembre 1983.

J.-P. Richard, « René Char », *Onze études sur la poésie moderne*, Seuil, coll. « Points ».

J. Roudaut, « Territoires de René Char », Préface aux Œuvres complètes ; « Le Cœur du furieux », *NRF*, mai 1983.

J. Starobinski, « René Char et la définition du poème »,
Liberté, juillet-août 1968, volume 10.

P. Veyne, « Char et Sade », *NRF*, mars 1984 ; « René Char et
l'expérience de l'extase », *NRF*, nov.-déc. 1985.

M. Worton, « Du tableau au texte : Courbet, Corot, Char »,
Littérature, octobre 1985 ; « L'Accrue du mot et l'image
muette : René Char voisin de Van Gogh », *La Poésie
française au tournant des années 80*, textes réunis et
présentés par Philippe Delaveau, Librairie José Corti,
1988.

Remerciements

L'auteur adresse ici toute sa gratitude à Marie-Claude Char qui l'a aidé dans le choix des illustrations.

Table

RÉALISATION : IGS-CP, À L'ISLE D'ESPAGNAC
IMPRESSION : NORMANDIE ROTO IMPRESSION S.A.S.
DÉPÔT LÉGAL : MAI 2007. N° 92575 (07-1036)
IMPRIMÉ EN FRANCE

Collection Points Poésie

Collection Points